Jeder Mann ein Treffer

Tatjana Kruse, Jahrgangsgewächs aus süddeutscher Hanglage, lebt und arbeitet mit einem Bein in Schwäbisch Hall und mit dem anderen in der Hansestadt Hamburg. Es ist ein großer Spagat, aber sie ist gelenkig. Mehr Informationen zu diesem Roman und ihrer Kommissar-Seifferheld-Reihe unter: www.tatjanakruse.de

TATJANA KRUSE

Jeder Mann ein Treffer

Roman

Weltbild

Besuchen Sie uns im Internet:
www.weltbild.de

Genehmigte Lizenzausgabe für Verlagsgruppe Weltbild GmbH,
Steinerne Furt, 86167 Augsburg

Ein Unternehmen der Droemerschen Verlagsanstalt
Th. Knaur Nachf. GmbH & Co. KG, München
Umschlaggestaltung: Zero Werbeagentur, München
Umschlagmotiv: Getty Images, München (© Karen Moskowitz/
© Mike Kemp)/FinePic®, München
Gesamtherstellung: CPI – Clausen & Bosse, Leck
Printed in the EU
ISBN 978-3-86365-538-9

2016 2015 2014 2013
Die letzte Jahreszahl gibt die aktuelle Lizenzausgabe an.

Ich widme dieses Buch
DER STADT HAMBURG

– sie muss sich eine Menge darin gefallen lassen.

L

L

L[1]

1 Lebensmotto. Aufklärung am Buchende. Nicht spicken!

Was würde Uma Thurman tun?

Männer sind wie phantastische Stöckelschuhe in der falschen Größe: Egal, wie sehr man sie liebt, was nicht geht, geht eben nicht und verursacht nur Hühneraugen, Blutblasen und Haltungsschäden. Aber natürlich ist man selbst immer die Letzte, die es merkt, lange nachdem die Fußpflegerin Alarm geschlagen hat. Was man stets für übertriebene Hysterie hielt. Bis es zu spät ist. Und man für den Rest seines irdischen Lebens mit einem Senk-spreiz-Klumpfuß geschlagen ist. Will heißen, mit einem vernarbten Herzen.

Kurzum, ich war frisch von meinem langjährigen Partner getrennt.

Genauer gesagt, er hat sich von mir getrennt, und ich hab's nicht kommen sehen. Das Übliche, wegen einer anderen. Einer halb so alten. Dass ich voll zum Klischee wurde, ärgerte mich fast noch mehr als das Verlassenwerden an sich. Ich hatte es einfach nicht kommen sehen. Doch am meisten machte mir zu schaffen, dass dieser Mann nicht den Anstand hatte, mich wegen einer doppelt so alten Frau zu verlassen. Das hätte meiner

Geschichte wenigstens ein wenig modernes Flair verliehen.

Ich gönnte mir Selbstmitleidsanfälle und Depri-Schübe im Überfluss. Dazu die drei Ks: Kinderlosigkeitspanik, Klimakteriumsblues und Kleinstadtennui. Sogar Kehrwochenverweigerung! Ein gefährlicher Cocktail. Dazu kam noch, dass ich über vierzig war und – Tusch! – auch so aussah. Trotz Anti-Aging-Creme mit Hyper-ultra-super-Faltenglättung aus dem Drogeriemarkt.

Wenn man als Kind Trübsal bläst, sagen die Eltern gern: »Denk an die armen kleinen, hungernden Kinder in Afrika und sei dankbar.« In der Midlife-Crisis konnte man natürlich ebenfalls an die Afrikaner denken, die immer noch schlimm hungerten und dazu auch noch Aids hatten. Aber der Gedanke war nicht mehr tröstlich und führte auch nicht zu Dankbarkeit, sondern ließ einen noch viel mehr an der Welt verzweifeln. Weil die Menschheit offenbar nichts dazulernte.

Göttin sei Dank verfügte ich jedoch über starke Überlebensgene: Bevor ich mir den Suizid gab oder, schlimmer noch, mich mit dem Status quo abfand und den Rest meines Lebens in Lethargie und allenfalls im gelegentlichen Engagement für die Blumengruppe des örtlichen Trachtenvereins verbrachte, hatte ich – beim nächtlichen Zappen und Hängenbleiben in der Arm-ab-Blut-spritz-Sequenz von *Kill Bill, Volume 2* – eine Epiphanie. So wurde ich gewissermaßen auf einen Schlag von der Saula zur Paula. Und das durch eine simple Frage: *Was würde Uma Thurman an meiner Stelle tun?*

Sie würde nicht Rotz und Wasser heulen, oh nein, sie würde sich einen Krummsäbel, ein Samuraischwert oder wenigstens einen Gemüseschäler schnappen und tatkräftig Gerechtigkeit einfordern. Jawohl! In mir erwachte die Vision zum Leben, *Kill Bill* nachzustellen. In der schwäbischen Provinzvariante.

Ich sprang zwar nicht gerade von der Couch und reckte die Hände in die Höhe, aber es war schon so etwas wie ein Erweckungserlebnis. Ich würde es Uma gleichtun!

Nein, nicht bei der Umsetzung wilder Gewaltphantasien. Ich würde Rüdiger und seine Neue nicht mittig halbieren und auch nicht auf dem Wochenmarkt unserer Kleinstadt Amok laufen. Ich wollte vielmehr das Nächstbeste tun: mein altes Leben töten. Jawohl! Es massakrieren! Gesagt, getan. Am nächsten Morgen ließ ich mir beim Friseur meines Vertrauens die Haare schneiden (von der Azubine, dann kostet es nur zwölf Euro), gab einen erklecklichen Teil meiner geringen Ersparnisse für zwei (für mich gewagte) neue Kleider und ein paar hochhackige Schuhe aus, kündigte meinen ohnehin öden Job als stellvertretende Leiterin der »Frauenakademie« in der örtlichen Volkshochschule, packte meinen nigelnagelneuen knallroten Trolley und kaufte mir eine Bahnfahrkarte nach Hamburg. Im Gepäck das Buch *Die 48 ultimativen Dinge, die du getan haben solltest, bevor du 48 bist.*

Ich wollte noch mal völlig neu anfangen. Wozu hatte ich all die öden Kleinstadtjahre lang ein – Achtung: Neudeutsch – Scrapbook geführt, mit Bildern, die ich aus Hochglanzzeitschriften ausgeschnitten hatte. Fotos von eleganten Lofts, schicken Menschen, die Champagner tranken, Reisen an exotische Orte. Mein Traum von einem soliden Mann, einem Reihenhaus und einem Boot auf dem Bodensee war zwar noch nicht ausgeträumt. Aber er wurde upgedatet. Von nun an wollte ich von einem eleganten Mann, einer Villa und der ultimativen Atlantiküberquerung im Luxusdampfer nach New York träumen. Gewissermaßen die Version 2.0 für Fortgeschrittene. Neuer Anlauf, neues Glück!

* * *

Röchelatmung. Im Wechsel mit Keuchen und Schnaufen. Gepaart mit ziemlich undamenhaftem Schweinsgalopp. So fing mein neues Leben an. Im Idealfall hat man am Bahnhof Stuttgart bequeme fünf Minuten zum Umsteigen, auch wenn man von Gleis 16 zu Gleis 9 muss, so zumindest die Aussage des Schalterbeamten beim Kauf der Fahrkarte. Aber wann tritt schon einmal der Idealfall ein?

Bei der Deutschen Bahn an diesem Morgen jedenfalls nicht.

Ich hatte mir in den Wochen zwischen Entschluss und Durchführung meines Plans alle Uma-Thurman-Kassenschlager, die unsere Videothek vorrätig hatte, ausgeliehen. Zur inneren Einstimmung. In einem der *Batman*-Filme hatte Uma *Poison Ivy* verkörpert, eine Öko-Terroristin, die unglaublich sexy war. Was mir ein Widerspruch in sich zu sein schien. Sexy Ökotante. So wie schwarzer Schimmel. Also, das Pferd, nicht das, was in Badezimmerfugen zu wachsen pflegt. Einen schwarzen Schimmel oder eine sexy Ökotante fand ich physikalisch nicht möglich. Nicht in diesem Universum. Umas Darstellung hatte mich dennoch tief beeindruckt, und natürlich kam für mich daraufhin nur die Bahn in Frage und nicht etwa die Mitfahrzentrale. Der Umwelt zuliebe. Wegen der Nachhaltigkeit.

Der Sprint beim Umsteigen forderte jedoch die ganze Frau.

Vielleicht hätte ich nicht all die Jahre dem Motto *Sport ist Mord* frönen sollen. Vielleicht wäre ich dann mit nur leicht geröteten Wangen und normaler Atmung in Wagen 5 des ICE nach Hamburg angekommen. So aber war ich binnen Sekunden, also auf Höhe von Gleis 15, nass geschwitzt, bekam keine Luft mehr und wurde nur von dem einen Gedanken getrieben: So wollte ich mein neues Leben nicht beginnen, dass ich den Anschluss verpasste. Eine Frau, ein Ziel!

Dank des Mannes, der den zweirädrigen Rollkoffer mit Teleskopgriff erfunden hat, schafften es mein Trolley und ich gerade noch rechtzeitig. War ja klar, dass so ein

ICE die Länge eines Halbmarathons umfasst und dass der erste Wagen der zweiten Klasse mitnichten am Kopfende stand. Stattdessen gehörte am Vorerst-noch-Kopfbahnhof in Stuttgart der erste Wagen zur ersten Klasse, und man musste an drei Wagen plus Bordbistro vorbeitraben. Und dann hatte auch noch halb Süddeutschland beschlossen, an diesem völlig unscheinbaren Mittwoch von Stuttgart nach Hamburg fahren zu wollen. Der Zug war knallevoll. Und natürlich hatte ich keine Platzreservierung. Schwer atmend stieg ich ein, wollte angesichts der Überfüllung schon die Hoffnung auf einen Sitzplatz fahrenlassen und visualisierte, wie ich fünf Stunden lang auf meinem Trolley im Gang kampierte. Gleich im zweiten Abteil nach der Zugtoilette jedoch saß nur eine alte Dame mit Strickzeug. Ganz allein. Wieso ganz allein? Das hätte mir zu denken geben sollen … Ich öffnete die Tür und röchelatmete hinein. »Ist … hier … noch … frei?« Die Frau sah kurz von ihrem Strickzeug zu mir auf. Ende sechzig, würde ich schätzen. Hamsterbacken, die längst der Schwerkraft folgend nach unten gerutscht waren. Der spärliche Haarbewuchs dauergewellt und in einem künstlichen Sandbraun gefärbt. Ein knallbunter, mehrfarbig gestreifter Blazer zu einem graumelierten Tweedrock und hässlichen braunen Gesundheitsschuhen mit Velcro-Verschluss.

»Nur immer frisch herein, Kindchen.« Ein Lächeln begleitete diese Aufforderung nicht.

Ich schob meinen Koffer ins Abteil, während hinter

mir ein hochgewachsener Geschäftsreisender im Maßanzug und mit Handy am Ohr ebenfalls eintreten wollte, kurz stockte und rasch weiterging.

»Um den ist es nicht schade«, erklärte die Endsechzigerin, ohne sich im Strickfluss unterbrechen zu lassen, während ich dem schmalen Rücken des Mannes nachschaute, der mich null wahrgenommen hatte. Also, der Mann, nicht der Rücken.

»Der hätte die ganze Zeit nur telefoniert. Aber nichts, was man gerne hört. Streit mit seiner Frau, Terminabsprachen mit seiner Geliebten oder, noch schlimmer, irgendwelche öden Bürogespräche.« Ich, die ich mir – wie so oft in letzter Zeit – unsichtbar vorkam, nickte nur. Meine Atmung normalisierte sich langsam, und mein Geruchssinn kehrte zurück.

Meine Großmutter hatte immer nach *Tosca* gerochen. Die Großmutter meiner Freundin nach Lavendelseife. Diese Großmutter hier – aus den winzigen Ringelsöckchen, die sie strickte, schloss ich, dass sie Großmutter war – roch nach… Mein Gott, was war das nur? Jedenfalls stank es infernalisch. Ich überlegte mir, mit welcher Ausrede ich mich aus diesem Abteil verabschieden konnte, als eine junge Mutter mit umgeschnalltem Baby vor dem Bauch und einem süßen Kleinkind an der Linken die Tür öffnete, kurz Luft holte, gekünstelt lächelte und wortlos die Tür wieder schloss.

»Gut so«, befand die Strick-Oma. »Ich hasse es, mit

Kindern zu reisen. Die sind laut und quengelig und nerven.« Das war jetzt wiederum nicht so typisch großmütterlich. Irgendwie war ich immer davon ausgegangen, dass mit dem Abschluss des Klimakteriums ein »Ei, dei, dei«-Gen aktiviert wurde, das alte Frauen dazu brachte, sich gurrend über grundsätzlich jeden Kinderwagen zu beugen, ausnahmslos alle Kleinkindfrisuren zu zerzausen und allein bei der Erwähnung des Wortes »Kind« dahinzuschmelzen. Ausnahme von dieser Regel bildeten allenfalls workaholische Karrierefrauen. Ganz sicher aber nicht strickende Greisinnen mit Dauerwelle. Ich spürte erste Risse in meinem festgefügten Weltbild.

Meine Abteilnachbarin nölte aber nicht nur über Mütter und Manager. Als ein Jungmann im selbstgestrickten Norweger die Abteiltür öffnete, rief sie: »Alles besetzt!« Kaum hatte er die Tür wieder geschlossen, erklärte sie: »Den können wir hier nicht gebrauchen. Der sah missionarisch aus. Hätte uns bestimmt Werbe-Flyer für ein veganes Leben in die Hand gedrückt.« Also, diese Strickerin war alles, nur keine liebenswürdige, altersmilde Großmutter.

In diesem Moment überkam mich ein Gedanke: *Ende sechzig.* Die Frau vor mir war Ende sechzig. Ja, Großmutteralter. Aber nicht *meine* Großmutter. Rein rechnerisch unmöglich. Allenfalls, wenn sie – wie früher in unseren Breitengraden und noch heute in abgelegenen Urwalddörfern üblich – mit zwölf zwangsverheiratet worden und gleich schwanger geworden wäre und auch ihre Erstgeborene dieses Schicksal geteilt hätte. Nein, diese Frau könnte höchstens meine Mutter sein. Was im Umkehrschluss bedeutete: Für mich lautete der nächste Halt nicht Mannheim, sondern Altersheim. Mir wurde klar, ich hatte die Hälfte meines Lebens hinter mir. Immer vorausgesetzt, dass ich das deutsche Durchschnittsalter überhaupt erreichte. Das deprimierte mich so schlagartig so sehr, dass ich mich, immer noch im Trench, einfach fallen ließ und mit leerem Blick auf den Abteilboden schaute.

Die folgenden fünf Stunden und acht Minuten Fahrt gedachte ich mich in Selbstmitleid zu suhlen. Ach was, versinken wollte ich darin, wie in Treibsand. Doch weit gefehlt.

»Mein Gott, Kindchen, was ist denn mit Ihnen los? Müssen Sie so eine Schnute ziehen? Da wird ja die Kaffeemilch sauer. Das kann ich nicht gebrauchen. Der Zugkaffee ist teuer genug.«

Hatte sie das jetzt wirklich gesagt? Ich hörte nur das Klappern der Stricknadeln. Allerdings stand tatsächlich ein Kaffeebecher aus dem Bordbistro vor ihr. Flockte die Milch wirklich aus? Ich räusperte mich.

»Mein Lebensgefährte hat mich verlassen. Ich bin alt, und der Lack ist ab. Mein Leben ist vorbei.« Ich hielt es für einen großen Triumph in der Geschichte der selbstbestimmten Frauen, dass ich das sagen konnte, ohne zu heulen, zu schniefen oder auch nur zu stocken. Mein Kinn hob sich um mindestens einen Zentimeter. Das Schicksal hatte mich arg gebeutelt, hatte mich in die Hoffnungslosigkeit katapultiert, aber ich ging hocherhobenen Kopfes unter. Eine tragische Heldin der Neuzeit. Im Film würde jetzt weinerliche Geigenmusik erklingen.

»Ach du großer Gott, wenn sonst nichts ist …« Die Alte tat mein Leid mit einem Lächeln ab. Ich wollte protestieren, wollte ihr klarmachen, wie schrecklich es mich getroffen hatte, wie unfair das Leben mit mir umgesprungen war und dass sie das nicht schulterzuckend abtun dürfe. Nur weil sie im Ersten Weltkrieg Gräueltaten im Schützengraben miterlebt hatte oder womit alte Menschen sonst ihre Mein-Leben-ist-aber-noch-viel-tragischer-Vergleiche gewannen. Doch da ging die Abteiltür erneut auf. »Zugestiegene, die Fahrkarten, bitte.« Die junge Schaffnerin sprach's, hustete und trat einen Schritt zurück in den Gang. Die alte Frau kicherte.

Ich reichte meine Fahrkarte hinaus. »In Wagen drei sind noch Plätze frei, wenn Sie das Abteil wechseln möchten«, bot die Schaffnerin an. »Nein danke«, sagte die alte Frau. »Ich überlege es mir noch«, erwiderte ich. Die Schaffnerin schloss die Tür. Ich sah, wie sie sich draußen im Gang an einer Scheibe abstützte und mehrmals tief Luft holte.

»Eine geniale Mischung aus Zigarettenrauch und Mottenkugeln.« Die Alte klopfte grinsend auf ihre Gobelin-Handtasche im Retro-Stil und lächelte mich an. »In Verbindung mit einem Stück Münsterkäse.« Sie hob die

BILD-Zeitung, die auf dem Platz neben ihr lag und unter der in der Tat ein halbausgepackter Käse zum Vorschein kam. »Diese Methode garantiert mir seit Jahren ein Abteil für mich. Das hält keiner aus.«

»Mit Ausnahme von mir.« Langsam zu Tode gestunken zu werden passte in die Mythisierung meiner Person als tragische Heldin.

»Sie gehen bestimmt auch bald. Man sagt ja immer, irgendwann gewöhne sich die Nase an schlechte Gerüche und nehme sie gar nicht mehr wahr. Aber das dauert weitaus länger, als es die meisten Menschen ertragen können.« Die Alte strickte weiter. Mein Ehrgeiz war geweckt.

Schon als Kind wuchs ich genau dann über mich hinaus, wenn irgendjemand behauptete, ich könne dieses oder jenes nicht. Meistens sollte dieser Jemand mit seiner Einschätzung zwar recht behalten, aber ich gab niemals kampflos auf und ging immerhin wild strampelnd unter. Und obwohl ich gedacht hatte, dass mir dieser Kampfgeist in den letzten Jahren abhandengekommen sei, war er offenbar noch da.

Demonstrativ zog ich meinen Trench aus und legte meinen Rucksack auf die Gepäckablage, setzte mich und verschränkte die Arme.

»Schon besser«, kommentierte die Alte. »Jetzt machen Sie auf Trotzkopf und ziehen keine Ich-will-sterben-Schnute mehr. Das gefällt mir. Frauen müssen stark sein! Knesebeck«, stellte sie sich vor. »Nennen Sie mich Doris.«

»Mara.« Ich entfaltete meine Arme.

»Mara, was soll denn das für ein Name sein?«, fragte die Knesebeck. Sie fragte es streng. Vermutlich würde ich beim nächsten Halt doch so tun, als müsste ich aussteigen. Nur zum Teil wegen des Gestanks, hauptsächlich wegen ihrer einmischenden, neugierigen, übergriffigen Art. Und natürlich hatte sie den Nagel auf den Kopf getroffen. Ich war auf den Namen Maria getauft, hatte Maria aber immer für altbacken und bieder gehalten und darum das »i« unter den Tisch fallen lassen. Meine Mutter hatte das albern gefunden, wohl auch als Angriff auf ihre Namenswahl, und bis zu ihrem Tod hatte sie das »i« nun gerade besonders betont. MarIa.

»Bis wohin fahren Sie denn?«, fragte ich statt einer Antwort. Ich fand mich keck. Uma Thurman hätte es genauso gehalten.

»Bis Lübeck. Also, bis Hamburg, wo ich umsteigen muss.«

Na bravo, bis zum Endbahnhof. So schnell würde ich sie also nicht los. Die alte Dame legte ihr Strickzeug zur Seite. »Ich liebe Lübecker Marzipan. Ich habe auch Verwandte dort, denen ich immer erzähle, wie gern ich sie besuche. Aber im Grunde fahre ich nur wegen des Marzipans nach Lübeck. Direkt vor Ort gekauft schmeckt es einfach besser, als wenn man es hier im Süden beim Feinkosthändler ersteht. Hier, probieren Sie.« Sie schob mir etwas Herzförmiges in rotem Glanzpapier über die Ablage zu und nahm ihr Ringelsockengestricke wieder zur Hand.

»Danke nein.«

»Wieso nicht? Achten Sie etwa auf Ihre Figur?« Sie schaute über ihre Strickarbeit auf mein dezent hellblaues, bügelfreies, unkaputtbares Reisekleid aus Polyester. Gab es seit Twiggy eine im Westen sozialisierte Frau, die *nicht* auf ihre Figur achtete? Ich fand mich fett. Jede Frau findet sich fett, selbst eine Größe 36, ich aber hatte mir in meiner Beziehungsendetrauerphase eine satte Kleidergröße mehr angefuttert, trug jetzt Größe 42, und das war definitiv am Anschlag. Vielleicht lag es daran, dass man im Alter einen langsameren Stoffwechsel hatte, aber wenn ich das Marzipan nur ansah, spürte ich schon, wie meine Hüfte wieder einen halben Millimeter in die Breite poppte. »Natürlich achte ich auf meine Figur, man sollte sich nicht gehenlassen.«

Ich schaute auf Knesebecks Blazer, aber unter dieser bunten, geruchsintensiven Monstrosität war nicht genau auszumachen, wie viel sie wog. Jedenfalls war sie keine Größe 36, und somit war meine Bemerkung tendenziell eine Frechheit. Zumal ich sie mit einem anzüglichen Augenbrauenwackeln krönte.

Frau Knesebeck lächelte nur. »Kindchen, machen Sie sich nicht verrückt. Werfen Sie die Regeln über Bord. Was Sie brauchen, ist Lebenslust. Lust an gutem Essen, Lust auf Männer, einfach mal wieder laut singen und tanzen und lachen.« In diesem Satz hätte so mancher jetzt sicher profunde Altersweisheit gesehen. Ich nicht. Eine billige Plattitüde erkenne ich auch in finsterster Nacht und bei Gegenwind.

»Als Fettleibige tanzt man nicht, und Männer übersehen einen. Weshalb man auch nichts zu singen und zu lachen hat.« Ich musste an den Geschäftsreisenden denken. Wann hatten Männer aufgehört, mich wahrzunehmen? Mir nachzuschauen? Gar nachzupfeifen? War das irgendwann während meiner Beziehung passiert? Oder war das der zusätzliche Bonus des Verlassenwordenseins?

Frau Knesebeck kicherte. »Bis Sie *fettleibig* sind, Kindchen, gehen noch ein paar Tonnen Marzipan ins Land.« Ihre Nadeln klapperten. »Marilyn Monroe war übrigens eine Kleidergröße 42, und die konnte sich über mangelndes männliches Interesse nicht beschweren.« Stummer Zwischengedanke: Woher wusste diese Frau, welche Größe ich trug?

Lauter Einwurf: »Nun ja, Marilyn Monroe, das war im vorigen Jahrhundert. Heutzutage gelten andere Schönheitsmaßstäbe.«

Strenger Blick über den Brillenrand. »Sie sind wirklich fest entschlossen, sich in Selbstmitleid zu suhlen, oder? Glauben Sie mir, *das* macht Sie unattraktiv, nicht die Hängebrüste und die Cellulite.« Cellulite? HÄNGEBRÜSTE?

»Kindchen«, sagte die Knesebeck, und ihre Nadeln

klapperten geräuschvoll dazu, »Kindchen, Sie kennen doch den Satz: Die beste Art, über einen Mann hinwegzukommen, ist, unter einen anderen Mann zu kommen. Ich kann Ihnen nur raten, sich wieder in den Sattel zu schwingen. Und glauben Sie mir: Männer nehmen, was sie kriegen können. Hauptsache, willig.« Darauf fiel mir so schnell keine passende Erwiderung ein. Ich war gleichzeitig empört, erbost und peinlich berührt. »Der nächste Halt in wenigen Minuten ist Mannheim Hauptbahnhof«, knackte es durch die Lautsprecheranlage. »Sie erreichen dort alle vorgesehenen Anschlüsse. Vielen Dank für Ihre Fahrt mit der Deutschen Bahn.«

»Ah, wir sind immer noch pünktlich«, freute sich Frau Knesebeck, »dann erreiche ich meinen Anschlusszug.«

Es lagen noch fünf Stunden Fahrt vor uns, in denen weiß Gott was passieren konnte – Personen auf den Gleisen, Schafe auf den Gleisen, Laub auf den Gleisen, vorausfahrender Zug auf den Gleisen –, womöglich wurden aus den fünf Stunden sechs oder sieben oder die Unendlichkeit, aber die Knesebeck freute sich schon mal prophylaktisch. Diese Art von penetrantem Optimismus konnte einem gehörig auf den Keks gehen.

In Mannheim öffnete ein frisch Zugestiegener ahnungslos unsere Abteiltür. Gletscherblaue Augen, rote Locken. Mein Alter, wie ich aus den grauen Schläfen schloss, dunkelbraune Lederjacke im genau richtigen Maß an Abgewetztheit, Jeans, unaufdringliches, aber betörendes Aftershave. Das ich rasch inhalierte, bevor der Mottenkugelkäsegestank sein Territorium zurückeroberte. Der Mann, der mir gerade ein unwiderstehliches Lächeln schenken und fragen wollte, ob hier noch frei sei, zuckte entsetzt zurück, holte probeweise noch mal flach Luft, schloss rasch die Abteiltür und ging zügig weiter. Schade. Wirklich schade. Ich mochte rote Haare …

»Der hätte Ihnen gefallen, was?«, gluckste die Knesebeck, die offenbar Gedanken lesen konnte. Und die mir zunehmend unsympathisch wurde. Ich ignorierte ihre Frage und beschloss, mich die nächsten fünfhundert Kilometer nicht mit ihr herumzustreiten, stand auf, zog mein Buch aus dem Rucksack und setzte mich wieder. Das typische Knesebeckkichern ertönte. *»Die 48 ultimativen Dinge, die du getan haben solltest, bevor du 48 bist?* Köstlich!« Für ihr Alter war ihre Sehschärfe erstaunlich gut. »Was wird Ihnen denn geraten? Eine Weltreise? Schoßhundhaltung? Eine Fahrt im Heißluftballon?« Sie kicherte noch etwas mehr. Ätzend, die Alte. Vor allem deshalb, weil sie immer den Nagel auf den Kopf traf. Ich hatte nicht übel Lust, sie mit einer ihrer Stricknadeln zu piksen. Richtig fest. Da, wo es weh tat. Und so, dass Blut spritzte. Quentin Tarantino sollte stolz auf mich sein. *Pulp Fiction* bei Tempo 273. *Vielleicht erinnern Sie sich nicht mehr, wie es ist, wenn man Liebeskummer hat, wenn die Welt, wie man sie bisher kannte, aufhört zu existieren, wenn …* Hatte ich das jetzt laut ausgesprochen? Zum Glück nicht. Also sagte ich: »Ich möchte einen Neuanfang wagen. Da ist man für Hinweisschilder dankbar.«

»Quatsch«, erklärte sie kategorisch, ließ eine Masche fallen und nahm sie wieder auf. »Liebeskummer ist wie eine Virusinfektion. Kommt drei Wochen, bleibt drei Wochen, geht drei Wochen. Der Liebeskummer, nicht die Virusinfektion. Wenn Sie nach der neunten Woche noch laborieren, machen Sie was falsch.« Verdammt, ich hatte also doch laut gesprochen! Ostentativ hob ich mir das aufgeschlagene Buch vors Gesicht, aber für die alte Dame war das als Hinweis zu subtil. Sie redete weiter. »Ich habe früher, als ich noch berufstätig war, als Musiktherapeutin mit Wachkomapatienten gearbeitet, und ich sage Ihnen: Genießen Sie einfach das Hier und Jetzt. Sie können keine Straßenkarte für den Rest Ihres Lebens erstellen. Das funktioniert nicht. Man weiß nie, wohin einen das Leben trägt. Aber ich habe gelernt: Es trägt einen. Immer!« Möglicherweise gab ich an dieser Stelle ein äußerst skeptisches »Hmpf« von mir. Oder schnaubte verächtlich.

»Na schön, Sie sind auf die Schnauze gefallen. Oder …«, rief die Knesebeck rasch, als ich wieder die Ungerechtigkeit des Schicksals beschwören wollte, »… oder Sie wurden vom Schicksal böse gefoult. Egal. Aufstehen, Krone richten, weitergehen. Der Sinn des Lebens besteht nicht darin, quasi in der Originalverpackung ins Grab zu sinken, ohne Schrammen, jungfräulich, dellenlos. Im Gegenteil, schlittern Sie durchs Leben, knallen Sie auch mal gegen eine Wand, stürzen Sie hin, schlagen Sie sich die Knie blutig, aber leben Sie so, dass Sie am Ende, in diesem letzten kostbaren Moment, bevor es mit Ihnen vorbei ist, von ganzem Herzen rufen können: ›Meine Güte, was für eine wilde Fahrt!‹ Und bereuen Sie nichts! Niemals!«

Ich sah mir Frau Knesebeck genauer an. Die Dauerwelle, die ich in dieser Art schon seit Ende des vorigen Jahrhunderts für ausgestorben gehalten hatte, den Mottenkugelzigarettenrauchblazer, die Omaschuhe mit Klettverschluss, die Stützstrümpfe, das Strickzeug (Ringelsocken in Hellblau und Rosa, ausgerechnet), und dachte: *Erzähl du mir doch nichts vom Prickeln des Lebens.*

Natürlich fing sie meinen Blick auf. »Schätzchen, ich bin alt, aber nicht tot. Ich lebe noch in vollen Zügen.« Das mochte buchstäblich der Wahrheit entsprechen, bildlich gesehen nahm ich es ihr nicht ab. Was man mir ansah. Wieder mal. Wohin auch immer mein Weg mich künftig führen sollte, Las Vegas und ein Leben als professionelle Spielerin würden mir in Ermangelung eines Pokerface verschlossen bleiben. Die Strickoma schüttelte den Kopf. »Oh bitte, sind Sie in Ihrem Alter wirklich noch so oberflächlich und unbedarft, dass Sie sich vom äußeren Erscheinungsbild täuschen lassen?« Diese Frage war natürlich zu verneinen. »Reißen Sie sich zusammen, Kindchen. Wagen Sie etwas, was Sie noch nie gewagt haben. Gehen Sie dem Lockenkopf in der Lederjacke nach und sprechen Sie ihn an!«

Das war natürlich vollkommen idiotisch. Möglicherweise lief ich in diesem Moment rot an. »Das kann ich nicht.«

Uma könnte. Die Uma aus *Pulp Fiction* und *Kill Bill* hätte das ohne mit der Wimper zu zucken getan, aber ich war nicht Uma. Ich würde niemals Uma sein. Verdammt. Ich brauchte ein anderes Vorbild.

»Klar können Sie! Wo, wenn nicht hier? Wir sind in einem Zug. Sie sehen diesen Mann niemals wieder. Das ist die ideale Chance, neue Verhaltensweisen zu üben.« Frau Knesebeck redete sich in Fahrt. Gleich würde sie »Tschakka!« rufen und mich über glühende Kohlen gehen lassen. Sie rief dann aber doch nicht »Tschakka!«, sondern sagte nur: »Kindchen, Sie sind zu alt für dumme Hemmungen. Hier hat sich Ihnen eine Chance aufgetan. Ergreifen Sie sie – das ist das Geheimnis. Das Schicksal belohnt Sie nicht dafür, ein anständiges Mädchen zu sein. Wenn alle passiv darauf warten würden, dass Amor seinen Pfeil abschießt, wäre die Menschheit längst ausgestorben.« Das Blöde an diesen Kalendersprüchen war, dass sie so verführerisch klangen. So logisch. So machbar.

»Ich wüsste gar nicht, was ich zu ihm sagen sollte.« Die Knesebeck hatte es geschafft. Wie eine Eintagsfliege klebte ich am Leim ihres Fliegenfängers. Und erhoffte mir von ihr einen hundertprozentig erfolgreichen Aufreißerspruch.

»Sagen Sie einfach, was Ihnen durch den Kopf schießt. Machen Sie sich mal locker, Kleine. Wir sind alle viel zu angestrengt. Sie, meine Liebe«, sie schaute mich über den Rand ihrer Brille streng an, »*Sie* sind viel zu angestrengt. Lassen Sie sich doch zur Abwechslung im Fluss des Lebens treiben und warten Sie ab, was passiert. Nicht tun, einfach nur zulassen. Und unbekümmert jede Chance, die sich bietet, nutzen! Das Lebensglück lässt sich nicht erzwingen, aber man kann ihm die Tür öffnen, wenn es anklopft.«

Das war mir dann doch zu viel an hehrer Weisheit vom Berge Knesebeck. Und außerdem fürchtete ich, dass es mir wie Obelix gehen könnte, der in einer Episode auf einer Amphitheaterbühne stand und auch einfach sagen sollte, was ihm durch den Kopf schoss. Doch es kam eben gelegentlich vor, dass ihm nichts durch den Kopf schoss. Die Knesebeck nadelte munter weiter. »Ach Kindchen, nur kühn voran. Der Mutigen gehört die Welt.« Ich schluckte. Und stand auf. Und trat auf den Gang hinaus, wo mehrere Touristen auf ihren Rucksäcken saßen.

Festen Schrittes marschierte ich in die Richtung, die jener entgegengesetzt war, die der Lockenkopf eingeschlagen hatte. Denn ich war noch nicht so weit, Fremdmänner anzusprechen. Vierzig Jahre antrainierte Kleinstadtmädchenhaftigkeit schüttelte man nicht einfach ab, nur weil eine strickende Oma einen dazu aufforderte.

Nein, ich würde mich eine Weile im Zugklo einschließen, und gut.

Als ich an den Rucksacktouristen vorüberging, drehten sie die Köpfe beiseite. Einer hielt sich die Nase zu. Frau Knesebecks Aroma war auf mich übergegangen. Na toll.

Was würde Jennifer Aniston tun?

»Was in einen Koffer passt … also mein ganzes Leben.«

Mein Koffer und ich kamen um exakt 17.49 Uhr am Hamburger Hauptbahnhof an. Nur zwölfeinhalb Minuten später als im Fahrplan angekündigt. Wunder gibt es eben immer wieder, wie die vielreisende Frau Knesebeck noch meinte, bevor sie sich zügig auf den Weg zu ihrem Anschlusszug nach Lübeck machte und auf dem übervollen Gleis dank ihres Gestanks die Menschenwogen teilte wie einst Moses die Meeresfluten.

Es war schon dunkel. Hamburg im Winter war vielleicht nicht so aufregend wie manch exotisches Ziel. Aber nachdem mein altes Leben gerade vor meinen Augen zerbröselt war und ich dringend Luftveränderung brauchte, gab es nur hier in Hamburg einen Menschen, der mir auf die Schnelle eine Arbeit anbieten konnte: Bille, die Frau meines Cousins zweiten Grades Bengt.

Bille hatte mir auch das Zimmer in der Erwachsenen-WG in ihrem Haus vermittelt, trotz der super Innenstadtlage bezahlbar, weil ein wenig renovierungsbedürftig. Vorerst nur zur Zwischenmiete, bis zur Rückkehr einer der Bewohnerinnen, die als Austauschlehrerin ein halbes Jahr lang kleine Mittelamerikaner mit Mathematik quälen wollte. Oder kleine Südafrikaner mit Physik. Das hatte ich vergessen. Jedenfalls ein Fall für Amnesty International. Die Adresse lag in der Neustadt. Ich sollte mit dem Bus hinfahren, hatte Bille gesagt. Nur einmal umsteigen. »Das schaffst sogar du« hatten ihre exakten Worte gelautet.

Womöglich eine voreilige Einschätzung.

Wenn man aus der schwäbischen Provinz in eine Weltmetropole kommt, ist man schon mal unschlüssig. Der Hamburger Hauptbahnhof verfügte über vier Ausgänge, und nachdem ich endlich den richtigen gefunden hatte, vor dem die Busse abfuhren, stellte sich nicht nur heraus, dass es wie aus Kübeln goss, nein, es existierten auch noch mehrere Bushaltestellen. Auf dieser und auf der anderen Straßenseite. »Entschuldigung«, sprach ich eine junge Frau im Kapuzenshirt an, »wie komme ich denn zu …?«

»Tut mir leid, bin nicht von hier.« Weg war sie.

»Entschuldigung …«, wandte ich mich an einen älteren Herrn mit Kapitänsmütze. Er drehte mir demonstrativ den Rücken zu und paffte an seiner Pfeife. Das gestresste Muttertier neben ihm sah mich nur aus leeren Augen an. Ein Zwillingspärchen zerrte an ihren Rockschößen.

Der dämliche Werbespruch der baden-württembergischen Regierung – *Mir könnet älles, nur koi Hochdeutsch* –

traf auf mich nicht zu. Ich war zweisprachig. Hochdeutsch ging mir flüssig von den Lippen, auch wenn es mit der Sprachmelodie ein wenig hapern mochte. Ich war mir ziemlich sicher, dass die Eingeborenen mich verstehen konnten. Wenn sie wollten. Aber sie wollten offensichtlich nicht. Ich faltete die Karte auseinander, die ich mitgebracht hatte. Ja gut, das müsste sich auch zu Fuß laufen lassen.

Gegen 19 Uhr, nach diversen Umwegen und klatschnass bis auf die Haut, klingelte ich endlich bei Bille und Bengt. Von Uma Thurman war ich gedanklich mittlerweile zu Jennifer Aniston umgeschwenkt. Uma hätte den Bus genommen, Jennifer wäre gelaufen. Das verbindet. Doch Jennifer hätte zweifellos auch unter diesen Umständen noch phantastisch ausgesehen, wohingegen ein Blick in die Scheibe der Haustür zeigte, dass ich den Eindruck vermittelte, man hätte mir den Kochwaschgang in einer überdimensionierten Waschmaschine angedeihen lassen.

»Du bist spät dran«, schimpfte es aus der Sprechanlage.

»Sorry, Bille, der Zug, böse Verspätung«, log ich. Sie betätigte den Türöffner. Zum ersten, aber nicht zum letzten Mal musste ich lernen, dass viele alte Häuser in Hamburg keinen Aufzug besaßen. Mühsam schleppte ich meinen Koffer und mich in den sechsten Stock. Erneute Röchelatmung, aber das war für meinen Körper an diesem Tag ja nichts Neues.

»Gott, du stinkst!« waren Billes erste Worte. »Und nass

bist du auch noch.« Sie nahm mich nicht in den Arm. Willkommen in Hamburg …

* * *

Die Generalprobe für den Weltuntergang fand an diesem 12. Januar in einer WG-Küche zu Hamburg statt. Die Welt bekam davon nichts mit. Hörte denn wirklich niemand außer mir das ständige Bimmeln einer Glocke?

»Hallo, ich bin die Mara«, sagte ich, immer noch ungläubig blinzelnd. Eigentlich flüsterte ich es mehr, so derart hatte es mir beim Anblick der Küche die Sprache verschlagen. Bille neben mir schubste mich in die Raummitte. »Das ist meine Cousine aus Süddeutschland. Die Mara. Ich bin sicher, ihr werdet euch bestens verstehen. Ich muss jetzt los. Tschüssikowski.« Ich würde mich an anderer Stelle dafür entschuldigen, dass jemand von meinem Fleisch und Blut fähig war, eine Frau zu ehelichen, die sich tatsächlich mit »Tschüssikowski« verabschiedete. Aber erst musste ich mich umschauen. Mit großen, ungläubigen Augen.

Bille hatte mich aus Angst vor Kontamination – wegen meiner eklatanten Ausdünstungen – und weil ich klatschnass war, gar nicht erst in ihre Wohnung gelassen, sondern gleich in die Wohngemeinschaft zwei Stockwerke tiefer geführt. Drei Leute in den besten Jahren, alles Lehrer, hatte Bille gesagt, und ich hatte mir eine gediegene Wohnung mit Mittelklasseschick und intellektuellem

Charme vorgestellt. Aber hier sah es aus wie nach einem Terroranschlag in der Ikea-Küchenabteilung. Nur viel unaufgeräumter. Und bunter. Die Küche war riesengroß, selbst für WG-Maßstäbe, und einen so großen Raum in das Chaos zu verwandeln, das vor dem Urknall geherrscht haben musste, nötigte mir widerwilligen Respekt ab. Weil dieser Angriff von Chaos und Farben auf die Augen zu heftig war, konnte man nicht auf Anhieb erkennen, wer sich hier zwischen Töpfen und Vorratspackungen und den fünf Wir-trennen-fanatisch-Mülleimern befand. Aber es musste jemand da sein, oder? Mit irgendjemandem hatte Bille doch eben gesprochen. Ich holte tief Luft und sah genauer hin.

Am ausladenden Küchentisch saß eine bezopfte Blondine mittleren Alters mit Gummihandschuhen und Mundschutz und sezierte einen Fisch. Oder nahm ihn fürs Abendessen aus. Das war auf den ersten Blick nicht deutlich zu erkennen. Der Mundschutz und die Einmalhandschuhe ließen allerdings eher auf eine gerichtsmedizinische Prozedur schließen, auch deshalb, weil die Frau jetzt aus einer Phiole einige Tropfen klarer Flüssigkeit auf das offen liegende Innere des Fisches träufelte. »Ich teste, ob er mit Schwermetallen verseucht ist«, erklärte mir die Blondbezopfte, ohne mich anzusehen. »Schwermetalle sind heute überall. Eine Geißel der Menschheit. Da kann man gar nicht vorsichtig genug sein. Ich bin Signe. Pädagogin.«

Kurz angebunden. Mit einem leichten Akzent, das musste die dänische Bio- und Chemielehrerin sein.

Ich nickte nur, so als ob auch ich immer eine Autopsie durchführte, wenn ich eine Dose Hering in Tomatensoße öffnete.

»Rasmus kann leider nicht hier sein, um dich zu begrüßen«, hörte ich jemanden sagen. Mein Blick wanderte weiter. »Er führt ja neben seiner Lehrtätigkeit noch eine Galerie, und da findet heute Abend die Finissage der Ausstellung mit Bildern schleswig-holsteinischer Heimatmaler statt. Rasmus ist übrigens schwul, das macht dir doch hoffentlich nichts, oder? Bei euch süddeutschen Provinzlern weiß man ja nie …«

»Nein«, sagte ich. Meine Empörung, für eine homophobe Dörflerin gehalten zu werden, schluckte ich hinunter. Meine Augen entdeckten einen Mann im selbstgestrickten Norwegerpulli, der ebenfalls am Küchentisch saß und zwischen zwei Türmen aus Kochbüchern hindurchlugte.

»Ich bin Jürgen. War früher auch Pädagoge. Religion und Geschichte waren meine Fächer. Ich war wandelndes Bibelsprachrohr und Weltalmanach in einem, wie ich immer zu sagen pflege. Heute bin ich Schriftsteller. Romane. Sozialkritisch.«

Auf Sozialkritik hätte ich jetzt nicht getippt. Eher auf Esoterik. Höchstens noch auf Physik, weil er mit seinen abstehenden grauen Haaren sehr an Albert Einstein erinnerte. Am ehesten aber doch auf Esoterik: Mit der Rechten umklammerte er nämlich ein qualmendes Räucherstäbchen, das einen penetranten Gestank verströmte. Ich ahnte, dass es Schwermetallräucherfisch zum Abendessen geben würde, und nahm mir auf der Stelle vor, eine Fischallergie vorzuschieben, falls ich zum Mitessen aufgefordert würde. »Salbei«, erklärte Jürgen, als er meinen Blick auf sein Räucherstäbchen bemerkte. Er lief rot an. Es war ihm offensichtlich peinlich. Sein Blick wanderte zu Signe.

Sie ergriff das Wort. »Ich habe Jürgen darum gebeten. Das nimmst du mir hoffentlich nicht übel, oder? Aber Salbei verteilt mögliche negative Schwingungen, die durch dich in unsere Wohnung kommen könnten.«

Oh ja, ich war in meiner Gesamtheit eine einzige negative Schwingung. Hatte natürlich mit einem Mann zu tun. Meinem Ex-Mann. Also, Ex-Partner. Wir hatten ja nie geheiratet. Hmpf.

»Setz dich doch«, forderte Signe mich auf. Hinter ihrem Mundschutz, der auch die Nase bedeckte, konnte sie mich offenbar nicht riechen. »Oder möchtest du dich erst frisch machen?«

»Frisch machen. Gute Idee«, fand Jürgen, dessen Geruchssinn offenbar auch über den ausgedehnten Küchentisch hinweg funktionierte. Ich blieb unschlüssig stehen. Hamburg. Da dachte man doch an elegante Hanseaten mit blauen Augen, an das Kreischen von Möwen, den

Duft von Meer in der Luft, an Abenteuer. Und an ein Loft in der Hafencity.

Aber nein, Bille, meine angeheiratete Cousine zweiten Grades, in deren Buchhandlung ich vorübergehend jobben durfte – »Aber nur, weil meine übliche Hilfe gekündigt hat, diese illoyale Trutsche, und ich so schnell keinen billigen Ersatz finde, damit das klar ist, Mara« –, hatte mir diese abgedrehte Wohngemeinschaft in ihrem Mehrfamilienhaus in der Neustadt aufs Auge gedrückt. In einem nach Moder riechenden Altbau, der aus dem Deutsch-Dänischen Krieg von 1864 zu stammen schien. Aber gut, eine Lehrerin, ein schwuler Galerist und ein Schriftsteller, ich hatte das für machbar gehalten. Ein Fehler. Das wurde mir jetzt klar. Nach unserem Vorbild würde man niemals eine Serie wie *Friends* drehen können. Eher einen Horrorstreifen, bei dem einer nach dem anderen massakriert wird, bis am Ende nur die süße Blondine übrig bleibt. Und ich war nicht blond …

Doch wie auch immer, es war spät, und ich war hundemüde, ich kannte sonst niemanden in der Stadt, hatte kein Geld, und es regnete. Außerdem hatte ich damals gefehlt, als das Rückgrat ausgegeben worden war. Jede andere wäre einfach gegangen. Ich kapitulierte. Das Leben hielt in seinen schäbigen Ärmeln tausend miese Tricks versteckt, um naive Seelen wie mich zu triezen. Ich war, wer ich war, und hatte keine Chance. Aber das würde sich ändern. Hamburg würde eine neue Frau aus mir machen. Ganz bestimmt!

Hatte Jennifer sich nicht auch berappelt, nachdem Brad Pitt sie so schnöde für Angelina Jolie verlassen hatte? Okay, alle Welt bemitleidete Jennifer, weil ihre Karriere einfach nicht in Schwung kommen wollte und weil Brad gesagt hatte, die Ehe mit ihr sei langweilig gewesen. Aber im Vergleich zu einer Ehe mit Angelina wäre alles langweilig, dieses Argument zog daher nicht. Egal, Jennifer war wieder auf die Beine gekommen. Und sie hatte mit ihrem Braves-Mädchen-Image gebrochen und in *Kill the Boss* eine sexbesessene Zahnärztin gespielt. Das würde mir auch gelingen. Also, nicht Zahnmedizin studieren und mich auf alles stürzen, was nicht bei zwei auf dem Baum war. Aber die Frau, die ich einst war, gab es nicht mehr. Ich würde mich neu erfinden. Im Moment war ich nur übermüdet und dehydriert und unterzuckert. Aber nach einem heißen Bad, einer heißen Mahlzeit und einem Acht-Stunden-Schönheitsschlaf würde ich morgen gestärkt und vollgepumpt mit neuem Mut an den Start gehen.

Neues Leben, ich komme!

»Danke, dass ihr mich bei euch aufnehmt. Ist ja nur für ein paar Nächte. Höchstens. Ich suche mir schnellstmöglich was Eigenes.« Das passte dann wohl bestens in die Reihe *Berühmte letzte Worte …*

* * *

Die gelbe Ente geriet ohne eigenes Zutun in eine der größten Hochseeschlachten der Weltgeschichte, bei der die Flotte des japanischen Tenno auf die spanische Armada traf. Ein paar versprengte römische Galeeren machten auf einem Nebenschauplatz hinter meinen Knien zwei nordamerikanische Flugzeugträger nieder. Schaum spritzte, Wasser platschte über den Wannenrand auf den Fliesenboden.

Frei nach Loriot muss ich sagen: Ein Leben ohne Badewanne ist möglich, aber sinnlos. Nur in der Wanne konnte ich lebenswichtige Entscheidungen treffen. Vor meiner Trennung war das beispielsweise die Frage, wie ich meinen Lebensabschnittsgefährten mal dazu bringen konnte, mich in die Oper oder ins Theater zu begleiten. Nach meiner Trennung, ob ich mir eine Packung *Miracoli* aufreißen oder beim Bringdienst eine Pizza bestellen sollte. Und in der Wanne hatte ich beschlossen, meinem Erleuchtungserlebnis zu vertrauen, tatsächlich alle Brücken hinter mir abzubrechen und mich auf den Weg nach Hamburg zu machen. Heißes Wasser, Duftschaum und meine gelbe Gummiente – mehr bedurfte es nicht, um mein Gehirn zu Höchstleistungen zu schrauben. An diesem Abend allerdings war ich für Entscheidungen jedweder Art zu erschöpft. Ich badete nur, um endlich diesen unsäglichen Mottengestank mit Münsterkäsearoma loszuwerden. So ganz ohne Nachdenken war Baden natürlich langweilig, weswegen ich aus dem Schaum

Kriegsschiffe formte und mir eine imaginäre Schlacht lieferte.

Normalerweise badete ich bei Kerzenlicht, aber die Badezimmertür der WG ließ sich nicht abschließen, und daher galt: Wenn das Deckenlicht brennt, draußen bleiben. Das zumindest hatte Signe mir gesagt, und an sich war das ein vernünftiges Abkommen. Und sicher hätte ich mir am nächsten Tag den Weg in einen Heimwerkerladen auf der Suche nach einem Türriegel gespart, wenn nicht just in dem Moment, als sich meine Schaum-Japaner mit lauten »Gironimo!«-Rufen auf die Schaum-Spanier warfen, die Tür aufgegangen wäre und ein enorm durchtrainierter, enorm gutaussehender, enorm lässiger Mann im Smoking ins Bad geschlendert wäre. So etwas passierte einem in der schwäbischen Provinz nicht. Deshalb war ich kurz sprachlos. »Hallo, du musst die Mara sein. Ich bin der Rasmus«, sagte er, ratschte seinen Hosenschlitz auf und erleichterte sich stehend in die Kloschüssel.

»Das macht dir doch nichts, oder? Wir sind hier nicht so etepetete.« Das war eine Fangfrage. Wenn ich jetzt auf zimperlich machte, würde ich womöglich schnurstracks vor die Tür gesetzt. Das wollte ich nicht. Andererseits hatte ich in all den Jahren meiner Beziehung das Bad kein einziges Mal mit meinem Mann geteilt. Also, höchstens zum Zähneputzen, das aber auch nur, wenn es gar nicht anders ging. Zum Pinkeln jedenfalls nie. War womöglich eine süddeutsche Eigenart. Wie Jennifer in *Wanderlust* wurde mir klar, dass das Kommunenleben nicht für jeden geeignet ist.

»Signe lässt ausrichten, dass du dich gern sputen darfst, der Fisch ist fertig, es gibt gleich Abendbrot«, meinte Rasmus noch und war auch schon wieder verschwunden. Ich redete mir gut zu: Das ist eine WG, du musst dich einfügen, gewöhne dich daran, dass von nun an einiges anders läuft, so bleibst du geistig flexibel und körperlich jung. Frau Knesebeck hätte für diese Situation sicher den richtigen Motivationsspruch bereitgehalten. Ich dagegen tat mich schwer. Bevor ich mich abtrocknete, schob ich jedenfalls den Hocker und den Wäschekorb vor die Tür.

»Dein Mann hat dich also verlassen«, konstatierte Rasmus, immer noch im Smoking, als ich, nunmehr zart nach Pfirsich duftend, kurz darauf in die Küche trat. »Äh … ja.«

Signe stocherte in einer Auflaufform, Jürgen deckte den Tisch, und Rasmus begutachtete sich im Fensterglas und zupfte eine widerborstige Strähne zurück in Reih und Glied. Wenn man nicht gerade selbstverliebt das eigene Spiegelbild musterte, konnte man durch das Fenster in die Küchen der umstehenden Häuser blicken. Überall wurden gerade Abendbrottische gedeckt oder Feierabendbiere getrunken. In Hamburg pflegte man einfach nicht Vorhänge vor den Fenstern zu haben. Hier galt die alte, ursprünglich holländische Pietisten-Devise: Wer nichts zu verbergen hat, der braucht auch keine Vorhänge. Sehr vorteilhaft für Spanner. Ich fragte mich, ob die Menschen in den Küchen der gegenüberliegenden Häuser wohl glücklich waren?

Rasmus hatte seine Inspektion beendet. »Wegen einer anderen?«, fragte er. Es hieß ja immer, der Norddeutsche im Allgemeinen und der Hamburger im Besonderen sei verschlossen, zurückhaltend und ruhig. Das traf auf Rasmus offenbar nicht zu. »Äh … ja«, sagte ich nur und blieb stehen.

»Hach, du Arme. Emmerich, das ist doch sicher nicht dein Ehename, oder? Hast du deinen Mädchennamen wieder angenommen?«, bohrte Rasmus weiter. Kannte der Mann wirklich keine Scham?

»Äh … nein.« Ich fing gar nicht erst groß mit Erklärungen an, dass mein Ex und ich ja nie verheiratet gewesen waren. Sollten mich ruhig alle für eine geschiedene Frau halten. Ich *wollte* mich selbst wie eine geschiedene Frau fühlen. Das stand mir nach all den Jahren zu, wie ich fand. Wäre ich wirklich eine geschiedene Frau gewesen, ich hätte nie und nimmer meinen Ehenamen abgelegt. Wenn ich neben allem anderen auch noch die Identität verlor, die ich so lange gelebt hatte, dann käme das geradezu einem Selbstmord gleich. Lebe wohl, Mara Emmerich, du bist jetzt nicht mehr du. Und außerdem wäre das dem Eingeständnis meiner Unfähigkeit gleichgekommen, einen Mann für alle Ewigkeit für mich zu gewinnen. Nein, ich hätte Mara Emmerich bleiben wollen. Aber eben eine verbesserte Version, ein Update. Mara 2.0. Die Frage stellte sich natürlich gar nicht. Was, ehrlich gesagt, an mir kratzte.

Jürgen riss mich aus meinen Grübeleien. »Wir sollten ihr ein paar Tage Schonfrist gewähren«, schlug er vor. Mittlerweile hatte er sich an den Tisch gesetzt und betrieb Papierservietten-Origami. Von meiner erhöhten Warte aus konnte ich sehen, dass seine weiße Löwenmähne am Hinterkopf dünn wurde. Durch den Flaum konnte man die Kopfhaut schimmern sehen. Ich sah aber auch, dass Rasmus – der auf Paradiesvogel mit Muckis machte – nicht mehr so jung sein konnte, wie er tat. Die Haare waren eindeutig gefärbt, und die Haut war ledrig und von feinen Falten durchzogen.

»Setz dich«, forderte Signe mich auf, schlug ein Glöckchen an und rief mit zur Decke erhobenem Blick: »Ihr guten Geister, seid mit uns, wenn wir uns nun zu Tisch setzen.« *Pling,* machte das Glöckchen erneut. Ich sah nach oben zur Decke, konnte aber nur eine Stuckrosette ausmachen, keine übernatürlichen Tischgäste.

»Wir lassen uns hier unsere Eigenarten«, erläuterte Jürgen, der meinen perplexen Blick beinahe richtig gedeutet hatte. *Eigenartig* war nicht der Begriff gewesen, der mir beim Anblick der bimmelnden, die Augen verdrehenden Signe durch den Kopf geschossen war, aber es zielte ungefähr in die richtige Richtung.

Jürgen schob ein Buch neben meinen Teller. »Hier,

bitte, ein signiertes Exemplar meines letzten Werkes, *Ragnarök – Untergang einer Republik.* Es geht um die Endzeitstimmung in unserem Lande. Um Krisen und Verrat. Ein wahrer Augenöffner. Du wirst es in einem Rutsch durchlesen.« Das bezweifelte ich. »Die großen Publikumsverlage haben die Brisanz darin nicht erkannt, darum ist es im Selbstverlag erschienen. Aber es verkauft sich bestens. Ich bin schon in der zweiten Auflage.« Ich lächelte unverbindlich. Signe bimmelte ein drittes und letztes Mal.

»Ist das ein alter dänischer Brauch? So was wie ein Tischgebet, nur mit Glocke?«, wollte ich wissen.

Rasmus sagte: »Frag nicht, iss.« Er faltete den Kranich auseinander, den Jürgen Sekunden zuvor aus der Serviette gebastelt hatte.

»Es gibt Pangasius im Reisbett mit scharfer Soße.« Signe strahlte. »Ich koche jeden Abend für uns. Ich liebe es zu kochen. Dein Anteil an den Lebensmitteln beträgt dann sieben Euro achtzig. Wirf das Geld bitte genau abgezählt in das Geldschwein.« Sie zeigte auf ein lebensgroßes rosa Ferkel aus Porzellan neben dem Kühlschrank, das einen Schlitz auf dem Rücken hatte.

»Guten Appetit«, riefen Jürgen und Rasmus unisono. Ich kostete. Hm. Sollte die Biowaffenabteilung der CIA noch nach dem perfekten Massenvernichtungsmittel forschen, konnte sie ihre Suche ab sofort einstellen. Meine Geschmacksknospen starben den Sekundentod, als sie mit der Soße in Berührung kamen. Die Männer mampften gierig. Lag es an mir? War der norddeutsche Gaumen genetisch anders gestrickt? Oder brachte man einfach alles runter, waren die Geschmacksnerven erst einmal abgestorben? Nein, beantwortete ich mir meine Frage, nachdem ich mich an einem weiteren Bissen versucht hatte.

»Dir schmeckt's nicht«, konstatierte Signe. Ihr dauerlächelndes Gesicht war zur Maske erstarrt. Schweigen senkte sich über die Küche, die Männer hielten mitten im Essen inne, und es wurde klar, dass von mir ein Dementi erwartet wurde. Früher hätte ich gelogen. Als ich noch das brave, angepasste Frauchen meines Ex-Partners war, da wäre ich lieber tausend Tode gestorben, als bei Tisch für Unmut zu sorgen. Um mich herum sollten alle glücklich sein, egal, was mir das abforderte. Doch das Früher hatte ich hinter mir. Ich war jetzt eine andere. Ich war jetzt die Killer-Jennifer. Banzai!

»Aber nein, es schmeckt mir hervorragend, der Fisch ist wirklich köstlich. Eine ganz außergewöhnlich aufregende Geschmacksnote. Wie hast du das hinbekommen? Was ist dein Geheimnis? Ein besonderes Gewürz? Ich komme einfach nicht drauf. Verrätst du es mir?« Ich konnte nicht gut lügen. Ich geriet dabei immer ins Plappern. Aber das wussten die hier ja noch nicht.

Signe lächelte schließlich geschmeichelt und erzählte dann eine Viertelstunde irgendwas von selbstgemischten Komponenten aus dem Hare-Krishna-Laden von um die Ecke. Kurkuma und LSD? Chilischoten und Ecstasy? Keine Ahnung. Ich hörte nicht zu.

Ich würgte den Fisch hinunter. Und schämte mich, weil ich wieder einmal eingeknickt war. Immerhin verhalf mir dieser Vorfall zu der Erkenntnis, dass man zwanzig Jahren lang eingeübte Verhaltensweisen nicht einfach ablegen konnte, nur weil man jetzt kürzere Haare hatte und siebenhundert Kilometer näher am Pol wohnte ...

* * *

Scheitern, wieder scheitern, besser scheitern. Hat Beckett mal gesagt und meinte damit, ohne es zu wissen, meinen ersten Arbeitstag in Billes Buchhandlung. Wobei ich dort über das erste Scheitern nicht wirklich hinauskam. Von der WG in der Neustadt lief man zu Fuß eine Viertelstunde, und schon stand man vor dem Schaufenster von *Billes Bücher.* Ein langer Schlauch von einem Laden, kaum breiter als das Schaufenster. Weil Bille erst um zehn öffnete, war noch geschlossen. Ich klopfte an die Glastür. Es war Viertel vor zehn.

»Du bist zu spät«, sagte Bille ohne ein »Hallo« oder gar ein »Schön, dass du da bist«. Bille sah aus, wie man sich gemeinhin eine Buchhändlerin vorstellte: blass, dürr, mit Brille und fatzenglatten Haaren. Zügig ging sie durch die gesamte Länge des Ladens voraus in das Büro der Buchhandlung, eine Strecke, die für Unbedarfte einem Halbmarathon gleichkam. Das Büro selbst war nicht viel mehr als ein Wandschrank, in den die dürre Bille gut hineinpasste, in dem ich mit meiner Größe 42 hingegen Platzangst bekam.

»Deinen Mantel kannst du hier links auf den Karton mit den Leseexemplaren legen. Natürlich nur, wenn er nicht nass ist.« Sie zeigte in eine staubige Ecke. »Die Kaffeeküche und die Toilette sind gleich hier.« Bille öffnete eine Tür. Ich hatte bei *Kaffeeküche und Toilette* zwei Räume erwartet, wurde jedoch enttäuscht. »Kaffee steht schon in der Thermoskanne bereit. Zehn Cent pro Tasse, das Kaffeeschwein steht da drüben.« Sie zeigte auf ein buntes Miniaturkeramikferkel.

Lebensmittelschwein in der WG, Kaffeeschwein in der Buchhandlung – und da hieß es immer, wir Schwaben seien geizig. Und warum hatten diese Nordlichter Sparschweine und keine Sparfische?

»Wir haben heute ein strenges Programm. Ich habe dir eine Liste gemacht.« Bille reichte mir drei DIN-A-3-Blätter, die sie zusammengeheftet hatte. »Wenn du Fragen hast, dann komm auf mich zu, aber eigentlich sind meine Anweisungen selbsterklärend. Du hast ja schließlich Abitur, oder?« Sie wartete keine Antwort ab, nickte mir nur zu und ging in den Verkaufsraum.

Na gut, dachte ich, du wolltest einen Neuanfang, das hier ist dein Neuanfang. Er ist nicht besonders herzlich, aber du spuckst jetzt in die Hände und gibst dein Bestes.

Was soll schon schiefgehen? Ich helfe in einer Buchhandlung aus und assistiere nicht etwa bei einer Herztransplantation. Versagen gibt es ja auch gar nicht. »Versagen« besteht nur in der Meinung anderer darüber, wie eine bestimmte Sache ausgeführt werden sollte. Man muss sich einfach wohlfühlen, ganz gleich, was man macht. Muss sich auf das einlassen, was um einen herum vor sich geht. Ich werde mich von nun an weigern, mir Sorgen zu machen! Zu meiner Verteidigung möchte ich anführen, dass ich früher keine inneren Selbstgespräche geführt habe. Also zumindest nicht in Form von küchenphilosophischen Weisheiten, aus denen man problemlos einen Abreißkalender fertigen könnte. Vergiss nicht, die Blumen zu gießen. Unbedingt *Ferrero Küsschen* und *Mon Chéri* für den Mädelsabend kaufen. Solche Sachen pflegten mir früher durch den Kopf zu schießen. Jetzt waren es Binsenwahrheiten wie »Handele stets so, als sei ein Scheitern unmöglich«. Das mussten die Nachwirkungen der strickenden Frau Knesebeck aus dem ICE sein. Was die wohl gerade machte? Im Cafe Niederegger in Lübeck eine Marzipantorte mümmeln?

Ich seufzte sehnsüchtig und machte mich an die Arbeit. Verkehrt einsortierte Bücher umdrehen, lautete der erste Punkt auf Billes Liste. Das kann ich, dachte ich. Und dachte falsch, aber das war mir in dem Moment natürlich nicht klar. Eine gute Stunde lang lief ich durch den Ladenschlauch und richtete alle Bücher einheitlich nach rechts aus, damit jeder, der den Kopf nach links legte, mühelos den Titel auf dem Buchrücken lesen konnte. Währenddessen bediente Bille exakt zwei Kunden, von denen keiner etwas kaufte. Entsprechend mies war sie drauf, als sie zwanzig nach elf plötzlich hinter mir stand. »Was machst du denn da?«, rief sie völlig entgeistert.

»Ich drehe die Bücher um, die falsch herum im Regal stehen«, erläuterte ich, was eigentlich selbsterklärend sein müsste. Zur Demonstration legte ich den Kopf schräg nach links und sagte noch: »Schau, alle sind jetzt in eine Leserichtung ausgerichtet.«

Ich war schnell und effizient. Eigentlich müsste sie stolz auf mich sein. Aber ich spürte, dass sie das nicht war. Was sie mich gleich darauf auch wissen ließ. Und zwar unmissverständlich.

»Bist du von allen guten Geistern verlassen!«, kreischte Bille. Womöglich hätte sie mich geschlagen oder ausgepeitscht oder wenigstens angespuckt, was man mit Lohnsklaven, die einen in Wut versetzt hatten, eben so machte. Doch in diesem Moment schlug das Windspiel über der Eingangstür an, und der Postbote rief: »Die Post.« Er legte einen Stapel Briefe neben die Kasse und ging gleich wieder. Diesen kurzen Moment der Ablenkung nutzte ich jedoch, um außer Reichweite von Billes hageren Armen zu treten.

»Was habe ich denn falsch gemacht?«

»Das fragst du noch?« Sie sah mich mit einem Blick an,

in dem alles Leid dieser Welt lag. Einschließlich der Überzeugung, dass mein IQ im zweistelligen Minusbereich liegen musste und ich unmöglich mit ihr verwandt sein konnte. »Sieh her.« Sie zog zwei nebeneinanderstehende Bücher aus dem Krimi-Regal und hielt sie mir vor die Nase. »Fällt dir irgendetwas auf?«

Ich hasste das. Wenn man was falsch machte und dann raten sollte, was genau es war. Weil es doch vermeintlich so unübersehbar auf der Hand lag. Aber wenn es tatsächlich so unübersehbar auf der Hand läge, hätte man es ja nicht falsch gemacht, oder? Eben! Ich verschränkte die Arme und antwortete nicht. Wie *bockig* ging, wusste ich. Hatte ich im Alter von vier Jahren gelernt und seitdem perfektioniert.

Bille seufzte. »Hier, dieses Buch von dem Eifler Kleinverlag. Wenn du es aus dem Regal ziehst, siehst du gleich die Titelseite. Aber dieses Buch von dem großen Publikumsverlag, wenn du das auch nach rechts ausrichtest, dann schaust du auf die Rückseite des Buches, sobald du es herausziehst.«

»Wieso sind denn die Buchrücken nicht einheitlich nach einer Seite normiert?« Das war mir bisher nie aufgefallen.

»Sind sie halt nicht. Punkt. Und jetzt bringst du das gefälligst wieder in Ordnung.«

»Ich finde es aber für den Kunden einfacher, wenn alle Buchrücken einheitlich ausgerichtet sind. Dann muss man nicht wie ein Wackeldackel ständig den Kopf hin- und herwerfen, wenn man die Buchrücken liest.«

»Ja, aber ich finde das nicht, und es ist *meine* Buchhandlung.« Bille zog eine Augenbraue hoch. Es lag auf der Hand, dass dies mein erster und letzter Arbeitstag sein würde, wenn ich mich jetzt sperrte. Dennoch forderte eine Urkraft in mir, mich zu verweigern.

»Aber die Leute kriegen Nackenschmerzen, wenn sie andauernd von links nach rechts schauen müssen«, wandte ich ein.

Bille sah mich spitz an. »Das ist mir egal. Sollen sie doch anschließend zum Chiropraktiker. Der will auch von was leben.«

Wir musterten uns wie Revolverheld und Sheriff beim Showdown um zwölf Uhr mittags. Nur, dass es erst halb zwölf war. Und ich kein Revolverheld, sondern die feige Socke, die sich schutzsuchend in den Saloon flüchtete. Kurzum: Ich kniff. Weil ich den Job brauchte und das Geld. Also zauberte ich mit übermenschlicher Anstrengung ein Lächeln in mein Gesicht und sagte: »Wie du meinst, es ist ja dein Laden.«

»Sehr richtig.« Bille ging ins Büro, goss sich eine Tasse ein und schlug das *Hamburger Abendblatt* auf.

Ich musste an Jennifers Film *Kill the Boss* denken. Ein verlockender Gedanke. Allerdings war Jennifer in dem Film der Boss, der getötet werden sollte, darum passte die Analogie nicht so ganz. Egal. Aus irgendeinem Grund ging mir das Zurücksortieren sehr viel schwerer von der Hand. Um halb eins kam Bille aus dem Büro und sagte: »Ich hole jetzt mein Mittagessen.«

Panik machte sich in mir breit. »Du lässt mich allein? Was ist, wenn jetzt jemand kommt?« Seit dem Postboten war keiner mehr da gewesen, aber der Teufel war ja bekanntermaßen ein Eichhörnchen.

»Da kommt keiner. Und wenn doch, dann bittest du ihn, sich umzuschauen. Ich hole mir nur schnell einen Salat von Kemal auf der anderen Straßenseite. Das dauert keine zehn Minuten.«

Schon war sie draußen. Ich schluckte schwer und brachte die letzten Bücher im Regal Esoterik in Ordnung. Und da hörte ich auch schon das Windspiel über der Eingangstür. War ja klar.

Ein Kunde. Ich wischte mir die vor Angst schwitzigen Hände an der Jeans ab und ging zur Kassentheke. »Moin«, sagte der Hanseat. Um die vierzig, beiger Kamelhaarmantel, weißer Pavarotti-Gedächtnisschal lose um den faltigen Hals geschlungen. »Grüß Gott«, entfuhr es mir automatisch, was eine hochgezogene Augenbraue zur Folge hatte. Doch er fasste sich schnell wieder. »Ich suche ein Buch«, sagte er.

»Da sind Sie hier richtig.« Ich strahlte über alle vier Backen. Das lief ja gut!

»Ich suche ein ganz bestimmtes Buch. Es lag bis letzten Samstag bei Ihnen im Schaufenster. Sonnenblumengelber

Einband. Ungefähr so groß.« Da er ein Mann war, war das, was er mit beiden Händen anzeigte, schon aus Prinzip ein Ding der Unmöglichkeit. Wie bei einem Angler, dessen ausgebreitete Arme auf den weißen Hai hindeuteten, obwohl es sich in Wirklichkeit um eine Elritze handelte. Bücher dieser Dimension gab es jedenfalls nicht. Folglich strahlte ich nur noch über drei Backen. »Wie lautet denn der Titel? Oder der Name des Autors?«

»Das müssen *Sie* mir doch sagen können. Sonnenblumengelb«, wiederholte er, als sei das ein eindeutiges Identifizierungskriterium.

»Worum ging es denn in dem Buch?«

»Keine Ahnung, ich habe es ja nicht gelesen. Es soll ein Geschenk werden. Und es ist sonnenblumengelb!«

»Es tut mir leid, aber heute ist mein erster Tag hier in der Buchhandlung. Ich weiß nicht, welche Bücher letzte Woche im Schaufenster auslagen.« Mein Zwei-Backen-Strahlen besänftigte seinen aufkeimenden Unmut nicht.

»Sonnenblumengelb! Wie viele sonnenblumengelbe Bücher kann es schon geben?« Sollte ich ihm sagen, dass es mehrere zehntausend Neuerscheinungen pro Jahr auf dem deutschen Buchmarkt gab? Und dass kein Katalog existierte, in dem sie nach Farben geordnet aufgeführt wurden? So viel hatte ich in meinem noch jungen Leben als Aushilfsbuchhändlerin zumindest schon gelernt. Ich sah auf die Uhr. Bille war bereits über eine halbe Stunde weg.

»Die Besitzerin kommt in wenigen Minuten wieder. Sie kann Ihnen bestimmt weiterhelfen ...«, fing ich an, aber der potenzielle Kunde hatte schon den Türknauf in der Hand. »Eine solche Inkompetenz habe ich noch nicht erlebt!«, echauffierte er sich und verließ grußlos die Buchhandlung.

Keine meiner Backen strahlte mehr, und mir wurde klar, dass das Leben als Buchhändlerin kein einfaches sein würde.

Ich ging ins Büro, schenkte mir einen Kaffee ein, warf keine Münze in das Kaffeeschwein, nahm Billes *Hamburger Abendblatt* und schlug die Seite mit den Stellenangeboten auf. Je eher ich etwas anderes fand, desto besser ...

* * *

Die Straßenlampen spielten Schattenspiele an der Zimmerdecke. Es war 2.32 Uhr nachts, und ich lag wach im Bett.

Irgendwie war es nicht so einfach. Das mit dem neuen Leben. Ein bisschen wie mit den Vorsätzen am ersten Januar. Man war sich – mit Restalkohol im zweistelligen Promillebereich im Blut – absolut sicher, dass man von nun an definitiv a) nicht mehr rauchen, b) nicht mehr völlen und c) nicht mehr faul vor dem Fernseher auf dem Sofa liegen würde. Doch schon am zweiten Januar zeigte sich, dass man doppelt so viel rauchte, doppelt so viel aß und doppelt so lange Couch-Potato spielte. Der Mensch war schwach. Und ich war noch schwächer. Ich hatte die Bilder aus meinem Scrapbook nachstellen wollen, aber ich lebte dasselbe, besch...eidene Leben wie in meiner süddeutschen Heimat, nur eben in Hamburg. Wohin man auch ging, man nahm sich selber mit.

Mitten in der Nacht kamen die Geister der Vergangenheit, um mich kettenrasselnd heimzusuchen. Es war doch nicht alles schlecht gewesen mit Rüdiger. Warum hatte es nicht so weitergehen können wie bisher? Ich hätte mich an eine Dreierbeziehung bestimmt gewöhnt. Aber nein, jetzt lag ich hier, allein in einem fremden Bett, dessen Matratze zu hart und dessen Decke nicht warm genug war, und nichts, wirklich gar nichts war mehr sicher und in Stein gemeißelt. Ich hatte das Gefühl, dass mir das Leben unter den Fingern zerbröselte. Und tat mir mal wieder furchtbar leid. Auch deshalb, weil es im Nebenzimmer stöhnte. Erst guttural, dann mezzosopranig. Immer abwechselnd. Tief, hoch. Hoch, tief. Ich tippte auf einen heißen Quickie von Jürgen und Signe und beschloss, das als ermutigend zu empfinden. Auch wenn man alt und faltig war, konnte man Spaß im Bett haben. Und die beiden waren fast zwanzig Jahre älter als ich. Die kompostierten ja schon beinahe. Ich würde also noch ganz viel Zeit haben, um wieder glücklich zu werden. Und befriedigt.

Fünf Minuten später war ich noch gerührter. Es stöhnte

immer noch. Hoch, tief. Tief, hoch. Ob Jürgen Viagra genommen hatte? Dieses Stehvermögen … *Bravo, Jürgen, bravissimo.* Das würde auch mir zuteilwerden, ganz bestimmt. Irgendwann, ganz bald.

So einen wie Jürgen, das wünschte ich mir. Ein Netter, der mich gut behandelte und hin und wieder sogar zum Stöhnen brachte. Mehr brauchte ich gar nicht.

Zehn Minuten später fingen die Sorgen an. Hatte Jürgen womöglich zwei Viagra eingeworfen? Eine so lange Intensivphase beim Sex, das war doch in dem Alter sicher nicht normal … Was, wenn er einen Herzinfarkt bekam?

Fünfzehn Minuten später überlegte ich mir, ob ich diese Rücksichtslosigkeit morgen beim Frühstück thematisieren oder einfach einen Zettel an die Kühlschranktür kleben sollte: *Nächtliches Vögeln nur mit Schalldämpfer!* Das dämliche Gestöhne ging mir mittlerweile auf den Senkel. Wie sollte man denn dabei schlafen? Unverschämt, das!

Zwanzig Minuten später stand ich auf, schlüpfte in meinen Morgenmantel und stapfte in die Küche. Ich wollte mir eine Wärmflasche machen. Irgendwie war es hier im Norden kälter als im Süden. Selbst bei identischer Temperatur. Tief, hoch. Hoch, tief. Sogar in der Küche war das Stöhnen zu hören. Nicht über den Wasserkocher hinweg, aber dann, als ich mit gerunzelter Stirn vorsichtig das heiße Wasser in die Wärmflasche goss. Das ging jetzt echt nicht. Wenn die nicht gleich mit ihrem Karnickelgerammel aufhörten, würde ich an die Tür klopfen. Ja, das würde ich! Es konnte sich nur noch um Sekunden handeln – entweder bis zum Orgasmus oder bis Signe und / oder Jürgen kollabierten. Ich würde mir noch eine heiße Schokolade machen und dann hoffentlich endlich Schlaf finden. Da betrat Signe die Küche. Statt der üblichen zwei Zöpfe trug sie nur einen Zopf. Einen Nacht-Zopf. Dazu einen rosa Pyjama. »Ah, du bist auch wach«, sagte sie, ging zum Kühlschrank und nahm sich einen Becher Buttermilch heraus, auf dem mit Filzstift SIGNE stand.

Das Stöhnen ging unvermittelt weiter. Sogar noch lauter, weil Signe die Küchentür nicht hinter sich geschlossen hatte.

Wie jetzt? Trieben es etwa Jürgen und Rasmus miteinander? Hatte ich da etwas nicht mitbekommen? »Was machst du denn hier?«, fragte ich Signe. Entgeistert, was man mir offenbar ansah.

Signe stutzte. »Dasselbe wie du, einen Schlummertrunk trinken.«

»Nein … Das meine ich nicht … Ich dachte, das bist du. Bei Jürgen.«

»Wie, bei Jürgen?«

War die Frau taub? Hatte sie Wachs in den Ohren? »Jürgen hat doch gerade Sex. Ich dachte, mit dir.«

Signe kicherte. Sie goss die Buttermilch aus dem Becher in eine kleine Karaffe um. »Jürgen schnarcht.« Das war ja wohl ein Witz. Ich mochte ein Landei sein, aber ich konnte Schnarchen von Sexgestöhne unterscheiden. Mein Gesicht war ein offenes Buch für die Dänin. »Du glaubst mir nicht? Komm mit.« Lächelnd zog Signe mich am Pyjamaärmel aus der Küche. Wir gingen in den Flur und bauten uns vor Jürgens Tür auf. Tief, tief, hoch, hoch.

»Das ist doch kein Schnarchen«, protestierte ich. »Da stöhnen zwei Menschen in Verzückung.« Hinter uns ging eine Tür auf. Rasmus, in einem weißen Männernachthemd und mit einem Haarnetz auf dem Kopf, stürmte auf den Gang, an uns vorbei, riss die Tür zu Jürgens Zimmer auf und brüllte im Bassbariton: »Geht das auch leiser?« Dann stapfte er in sein Zimmer zurück. Ich lugte über Signes Schulter in Jürgens Zimmer. Das erinnerte ein wenig an eine Altachtundsechziger-Kommune, mit Kampfparolenplakaten an den Wänden und Wasserpfeifen und Büchertürmen auf dem Boden. Und da sah ich Jürgen, der – allein! – in seinem Bett auffuhr, die Einstein-Haare nach allen Seiten abstehend. Völlig verwirrt blickte er um sich. »Was? Wie? Wo bin ich?«

»Sag ich doch, ein Schnarcher«, konstatierte Signe und ging in ihr Zimmer. Die Buttermilch schwappte in der Karaffe. Ich blieb verwundert in der Tür stehen. In Norddeutschland war echt alles anders. Sogar das Schnarchen. Welche Geräusche machten die hier oben wohl beim Sex? Tja, das erinnerte irgendwie an einen von Jennifers Filmtiteln, *Meine erfundene Frau*. Oder in meinem Fall: Es ist nicht alles so, wie es stöhnt …

»Mara«, rief Jürgen, der langsam zu sich kam und mich im Morgenmantel quasi vor seinem Bett stehend sah. »Was willst du in meinem Zimmer?« So etwas wie ungläubige Vorfreude machte sich in seinem Gesicht breit. Ich trat beherzt die Flucht an.

* * *

Nicht alles ist so schlimm, wie es auf den ersten Blick scheint. Vieles ist schlimmer. Mein zweiter Arbeitstag in Hamburg weckte in mir den Wunsch, das Rad der Zeit zurückzudrehen. Auf die Zeit vor Bille. Ich hätte mit Frau Knesebeck nach Lübeck fahren sollen. Als Gesellschafterin. Die würde bestimmt gern ihre Rente mit jemandem teilen, der sich geduldig ihre Binsenweisheiten anhörte und besonders stinkigen Stinkekäse für eventuelle Zugfahrten kaufte.

Arbeit ist des Bürgers Zierde, Segen ist der Mühe Preis. Hat Schiller mal gedichtet. Da war er zweifellos trunken vor Trollinger. Oder geistig weggetreten, weil er angeblich immer faulende Äpfel auf seinem Schreibtisch liegen hatte. Hätte Schiller jemals auch nur einen Nachmittag lang unter meiner angeheirateten Cousine Bille arbeiten müssen, sein Aphorismus wäre anders ausgefallen. Meiner Mühe Preis waren Kopfschmerzen, weil Bille ständig an mir herumnörgelte. Dass man mit Lob mehr erreichte – natürlich da, wo es angebracht war, aber ich hatte ja nicht nur Mist gebaut –, dieses Konzept war Bille fremd. Für den Fall, dass sie doch davon wusste, hatte sie es erfolgreich verdrängt. Und natürlich hatte sie statt »Nur mal schnell Salat holen, dauert keine zehn Minuten« wieder über eine Stunde Mittagspause gemacht, obwohl sie wusste, wie sehr ich mich vor der Rückkehr des Sonnenblumengelb-Mannes fürchtete.

Herzlose Person. Auf dem Heimweg hatte ich noch ein »Aushilfe gesucht«-Schild im Schaufenster der *Budnikowski-Filiale* in unserer Straße entdeckt und mich spontan beim Filialleiter vorgestellt. Alles war besser, als für Bille zu arbeiten, und ich hatte mich schon satte vierzig Prozent Mitarbeiterrabatt auf meine Anti-Aging-Creme mit Hyper-ultra-super-Faltenglättung bekommen sehen. Aber der – höchstens fünfundzwanzig Jahre alte – Filialleiter fand mich für das Einsortieren von Pflege- und Duftprodukten in Regalwände zu alt und zu unbeweglich. Was er nicht sagte. Seine Worte: »Oh, tut mir leid, die Stelle ist schon besetzt. Wenn es Ihnen ein Trost ist: Sie wären ohnehin überqualifiziert gewesen.« Das Schild nahm er dennoch nicht aus dem Schaufenster. Ha! Auch egal, wer will schon bei *Budni* arbeiten.

Ich kam also völlig erledigt und groggy in meiner neuen WG an und freute mich auf ein heißes Bad, eine heiße Schokolade und mein Bett. Und Ruhe, nichts als Ruhe. Durfte eigentlich kein Problem sein. Meine Zimmer hatte eine Tür, die würde ich schließen und verriegeln, und gut.

Pustekuchen. Schon im Treppenhaus drang unverkennbar *Rock Me Amadeus* an mein Ohr. In der dreistimmigen Version von Jürgen, Rasmus und Signe. Als ich vor unsere Wohnungstür trat und den Schlüssel zückte, hörte ich auch Falco, ganz leise aus der Bose-Anlage von Rasmus. Der tote Österreicher hatte allerdings keine Chance gegen die lauthals schmetternden Kehlen meiner Mitbewohner. »Was ist denn hier los?«, brüllte ich. Mein Schädel pochte. Jürgen tänzelte mit einem nassen Wischmopp an mir vorbei. »Heute ist Putztag, Putztag, Putztag«, jaulte er im Takt von *Rock Me Amadeus.*

»Putztag?« Der Chor verstummte. Signe trat mit einem Mikrofasertuch aus der Küche. »Ah, da bist du ja. Gerade rechtzeitig. Dann kann ich dir gleich erklären, wie wir es hier mit der Hygiene halten. Ich habe mich ein wenig in deinem Zimmer umgeschaut, du kleines Ferkel. Schon nach zwei Tagen so ein Saustall. Das muss besser werden.« Mit ihrem entzückenden Dänen-Akzent konnte Signe einem wirklich alles an den Kopf werfen, und es klang trotzdem niedlich. »Ich bin doch gerade erst eingezogen«, fing ich an, mich zu rechtfertigen. Wenn in meinem Zimmer eine Staubmaus entdeckt worden war, dann gehörte sie meiner Vormieterin. Und was hatte Signe überhaupt in meinem Zimmer zu suchen? Gab es den Begriff *Privatsphäre* im Dänischen nicht? In mir wallte Zorn auf. Zumal bei meinen Kopfschmerzen. Ich pfefferte meinen Mantel auf die Garderobenanrichte und stapfte in mein

Zimmer. Wo Rasmus vor meinem geöffneten Kleiderschrank stand, den Kopf schüttelte und »ts, ts, ts« machte.

»Hallo?« Ich hatte eigentlich »Geht's noch? Was hast du hier zu suchen?« fauchen wollen, aber irgendetwas, vermutlich die Erziehungsbemühungen meiner Eltern, hielt mich davon ab.

»Das sind deine Sachen?« Es war eine rhetorische Frage. Rasmus verschränkte die Arme. »Schlimm. Wenn du je Motten haben solltest, dann sind die nur in deinen Schrank geflogen, um dort Selbstmord zu begehen. Wir müssen dringend an deinem Outfit arbeiten. Sonst kriegen wir dich ja nie an den Mann.«

Ach ja? Auch egal. Mit meinem Leben als sexuelles Wesen hatte ich ohnehin abgeschlossen. Aber dass Rasmus das so schnöde in Worte fasste – um in der Jennifer-Filmsprache zu bleiben: *Er steht einfach nicht auf dich…* und alle anderen auch nicht –, das ärgerte mich dann doch. In mir brodelte und geysirte es. Wenn mir die Staubmaus in diesem Moment vor die Füße gelaufen wäre, ich hätte sie Rasmus in den vorlauten Mund gestopft. »Lässt du mich bitte allein. Mir ist nicht gut.«

»Oh weh, du wirst doch nicht etwa krank? Ist es ansteckend? Ich darf mir jetzt nichts einfangen. Nicht so kurz vor der nächsten Vernissage.« Rasmus floh in die Küche. »Signe«, hörte ich ihn über Falco hinwegrufen, »ich brauche ganz schnell immunabwehrstärkendes Ingwerwasser.«

»Wir haben keinen Ingwer mehr.«

»Nein!«, kreischte Rasmus, als habe man ihm gerade mitgeteilt, dass morgen die Welt untergehen würde. Oder dass *Davidoff* die Produktion seines Lieblingsmännerduftes einzustellen gedachte.

Er lief in den Flur, das Lebensmittelschwein unter dem Arm. »Ich besorge uns Ingwer. Ich darf auf keinen Fall krank werden. Oh Gott, oh Gott.« Weg war er. Mitsamt Schwein. Signe und Jürgen tauchten vor meiner Tür auf. Ich ahnte nichts Gutes.

»Rasmus wäre heute für das Bad zuständig gewesen. Das kannst du ja dann übernehmen«, sagte Signe. »Und verwende bitte nur die Öko-Putzmittel aus dem Putzschrank, ja? Ich mache nachher die Schlierenprobe an den Fliesen und den Fenstern. Keine Sorge, nur jetzt am Anfang, bis du weißt, wie wir das haben wollen.«

Jürgen stellte den Wischmopp neben sich auf, und jetzt sahen sein Einsteinkopf und der Wischmoppfeudel aus wie zweieiige Zwillinge. »Nächsten Mittwoch kommst du aber pünktlich. Wir putzen immer von sieben bis neun. Das ist eine geheiligte Tradition.« Signe nickte. Ich seufzte. WG-Leben war die Hölle.

Da war ich fast tausend Kilometer entfernt vom Land der Kehrwoche, doch natürlich musste ich in eine Wohngemeinschaft aus fanatischen Putzteufeln geraten. Ganz oben auf meine mentale To-do-Liste setzte ich den Punkt *Eigene Wohnung suchen.* Das nutzte mir in diesem Moment natürlich nichts. Also schlüpfte ich in meine Trainingsklamotten, krempelte die Ärmel hoch und ging ins Bad. Keine zwei Minuten später kam Signe herein und setzte sich auf den Wannenrand. In der Hand hielt sie ein Räucherstäbchen.

»Das macht dir doch nichts, oder? Goldrute, das beruhigt. Ich spüre, dass du nervlich am Ende bist. Willst du darüber reden?« Signe legte den Kopf schräg. Ich atmete tief aus, zählte bis zehn und polierte kraftvoll den Spiegel über dem Waschbecken. »Danke, lieb von dir, aber mir ist nicht nach Reden.«

Signe nickte verstehend. »Du hast recht, man sollte nicht alles zerreden. Aber ich bin für dich da, wenn du mich brauchst.« Ich zwang mir ein dankbares Lächeln ins Gesicht. Signe blieb auf dem Wannenrand sitzen. In mir köchelte es immer noch. Stiegen schon kleine Rauchwölkchen aus meinen Ohren? Ich drehte mich mit fragendem Blick zu ihr um. »Ist noch was?« Sie hob das Räucherstäbchen hoch. »Ich warte nur noch, bis es abgebrannt ist, ja? Du musst tief ein- und ausatmen.«

Ich wandte mich dem Regal über dem Waschbecken zu. Und stutzte. »FertiQuick Spermien-Schnelltest?«, las ich von der weißen Schachtel ab. Daneben stand ein halbvoller Plastikbecher. »Oh, das gehört Rasmus. Er und sein Süßer wollen schon lange ein Kind, aber es klappt nicht so recht.« Ich drehte mich wieder zu ihr um.

»Von einer Leihmutter«, erklärte Signe geduldig. »Das Ei ist von der Schwester seines Süßen, Rasmus spendet den Samen, und eine Leihmutter trägt das befruchtete Ei dann aus.« Für wie blöd hielt sie mich? Klar, so lief das heutzutage. Wie auch sonst?

»Sobald es klappt, zieht sein Süßer nach Hamburg. Momentan führt er noch eine Galerie in Flensburg, und sie sehen sich nur am Wochenende. Ich finde das ja mutig von den beiden, von der Fernbeziehung gleich hinein in eine Kleinfamilie, aber es sind ja erwachsene Jungs und …«

»Und er pinkelt einfach in einen Becher und lässt den im Badezimmer stehen?«, unterbrach ich sie und zeigte auf den Plastikbecher neben der FertiQuick-Schachtel. »Das ist eklig hoch drei!«

»Wer in einem Boot sitzt, sollte nicht mit Staubmäusen werfen«, mahnte Signe, nicht ganz sprichwortsicher. Sie lächelte mich betont milde an und setzte noch eins drauf. »Außerdem misst man die Spermiendichte nicht mit einer Urinprobe, sondern mit Ejakulat. Das ist dir schon klar, oder?« Sie sah mich an, als ob sie sich plötzlich nicht mehr wunderte, warum ich keine Kinder hatte. Das war's. Das war eindeutig zu viel lässiges Großstadtflair für mich. Ich warf den Putzlappen ins Waschbecken, stapfte in mein Zimmer und schloss mich ein. An diesem Abend ging ich ungebadet zu Bett.

Was würde Doris Day tun?

Mein erster Sonntagmorgen in Hamburg. Ich wollte ihn auf gar keinen Fall mit meinen Mitbewohnern verbringen. Themen wie unsere Kehrwoche oder unsere Truppen in Afghanistan, die Weltverschwörung der Energiekonzerne gegen erneuerbare Energien, der Ausverkauf der öffentlich-rechtlichen Programme an die Quote oder noch mal unsere Kehrwoche waren allesamt wichtig, ganz bestimmt und zweifelsohne, aber nicht an einem Sonntagmorgen. Mein persönliches Credo: Am siebten Tage sollst du ruh'n und nichts tun. Außer im Bett zu frühstücken. Alternativ in einem Café.

Hamburg, das hatte ich in den letzten Tagen schon auf dem Weg zur Arbeit und zurück gemerkt, war voller Cafés. Keine Kaffeehäuser im Wiener Stil. Hierher kam man nicht, wenn man allein sein, dieses Alleinsein aber unter Menschen zelebrieren wollte. Nein, Hamburger Kaffeegäste tranken Kaffee, lasen Zeitung, tippten etwas in ihr iPad und gingen wieder. Oder es kamen andere Hamburger, die man kannte, dann begrüßte man sich, las gemeinsam Zeitung oder verglich iPad-Apps und blieb noch auf eine weitere Runde Kaffee sitzen. Außerdem sahen sie alle tipptopp gepflegt aus, als ob sie gleich eine Vorstandssitzung leiten oder doch wenigstens auf ihre hochseetaugliche Jacht steigen und nach Sylt segeln würden.

Ich marschierte an meinem Sehnsuchtsort vorbei: der Binnenalster, die Fontäne vor mir, das Alsterhaus hinter mir. Nirgends war es schöner. Die beiden Dinge, die mir am meisten ein Gefühl von Weite und Alles-ist-möglich vermittelten, nämlich Wasser und Großstadt, auf engstem Raum beisammen. Schon nach wenigen Schritten hatte ich den Ärger der Woche und das Unbehagen angesichts meiner unsicheren Zukunft abgeschüttelt. Von der Binnenalster ging es an die Außenalster. Selbst an einem nieseligen Sonntagmorgen wie heute war ich hier nicht allein unterwegs. Vermummte Gestalten joggten an mir vorbei, riefen »Der will nur spielen«, wenn irgendein kalbsgroßer Köter an meinem Hintern schnupperte, schoben einen Kinderwagen über den schlammigen Grund, standen im kurzgeschorenen Grün und schauten auf die kräuselnden Wellen und die unerschrockenen Kanuten, die bei Wind und Wetter über die Alster ruderten.

Nach der halben Strecke bog ich ins Viertel Eppendorf. An zwei, drei Cafés schlenderte ich vorbei, unauffällig durch die großen Schaufenster nach drinnen linsend und zu dem Schluss kommend, dass ich da nicht hingehörte.

Zu edel, zu hanseatisch. Dann stand ich plötzlich vor einem leicht verratzt aussehenden Eckgebäude. Die Gartenstühle vor dem Café waren an die Gartentische gekippt. Ich ging durch die Drehtür hinein. Dunkle Brauntöne, links die Kuchentheke, rechts der Sitzbereich, in schmeichelnd gedämpftem Licht. Wann immer ich sehr unsicher war, streckte ich das Kinn nach vorn und gab mich betont selbstsicher. In ebendieser selbstbewussten Haltung streifte ich mir mit eleganter Geste – doch ja, das kann ich – die Lederhandschuhe von den Händen, ließ im Gehen meinen Trenchcoat von den Schultern gleiten und setzte mich an den kleinen Zweiertisch in der hintersten, mithin dunkelsten Ecke. Geschafft!

Ebenfalls anders als in einem Wiener Kaffeehaus gab es keine livrierten Kellner, sondern nur eine erschöpft wirkende Frau in meinem Alter, die zweifelsohne fünf Kleinkinder zu versorgen hatte, so verhärmt sah sie aus, so gut organisiert war sie andererseits auch. Sie kam mit der bereits aufgeschlagenen Karte auf mich zu. »Frühstück à la carte oder unser Sonntagmorgenbrunch?«, fragte sie und zeigte auf die Schiefertafel über der Kuchentheke. Der Brunch für fast vierzig Euro war mir definitiv zu teuer. »À la carte«, sagte ich.

»Dann komme ich gleich wieder.« Ihr verhärmtes Gesicht versuchte sich mehr oder weniger erfolglos an einem Lächeln. Sie strich mit rissigen Händen ihre kleine weiße Schürze glatt und verschwand in der Küche des Cafes.

Mir geht's doch gut, dachte ich, als ich ihr nachsah. Okay, die Dinge, die ich mir vom Leben wünschte, hatte ich nicht. Noch nicht. Aber ich hatte es doch gold. Vergleichsweise. Die Frau war womöglich alleinerziehend, wusste nicht, wie sie die drückenden Schulden abbezahlen sollte, konnte sich nicht mal Handcreme aus dem Drogeriemarkt leisten, geschweige denn die Anti-Aging-Creme mit Hyper-ultra-super-Faltenglättung, mit der ich vorerst noch jeden Morgen und Abend mein Gesicht glatt bügelte. Was sich schnell ändern mochte, weil die Cremedose fast leer war. Kurzum: Würde ich so leben wollen wie sie? Natürlich nicht. Ich beschloss, zumindest für die Dauer des Frühstücks glücklich zu sein, entschied mich für zwei Eier im Glas und eine Schale Milchkaffee, und während ich darauf wartete, dass die Kellnerin wieder an meinen Tisch trat, ließ ich meinen Blick schweifen.

Das Café war zur Hälfte besetzt. Mit Hanseaten wie aus dem Bilderbuch. Ich musste erst noch lernen, dass Eppendorf eines der Nobelviertel der Freien und Hansestadt war und Normalos wie ich mithin die Minderheit bildeten. Zwei Tische weiter links ein elegantes junges Paar, das sich beim Frühstücken an der Hand hielt. Ekelhaft! Diese Zurschaustellung von Liebesglück. Sollte unter Strafe gestellt werden. Fand das außer mir niemand anstößig? Nein, offenbar nicht. Mein Blick wanderte zu dem Rentner einen Tisch weiter. Erinnerte an den alten Darboven aus der *Darboven*-Werbung. Womöglich war es der alte Darboven höchstselbst. Wir waren ja hier in Hamburg. Mittig im Raum saß eine Frau mit strengem Haarknoten, die bestimmt Richterin war. Anthrazitgraues Kostüm, Perlenohrringe. Vor ihr eine Pubertierende mit Schottenrock. Schottenrock! Und zwei Tische rechts von mir saß … Ich sah noch mal hin, nur um ganz sicherzugehen, dann wandte ich sofort den Blick ab und betrachtete angelegentlich den ausgeschalteten Kronleuchter an der Decke.

Er war es. Er war es wirklich. Nein, nicht der Kronleuchter. Der Mann zwei Tische weiter. Das Original. Kein Doppelgänger wie beim Darboven-Greis. Nein, der Echte. Helge Harenfleth! Der nicht mehr ganz junge, aber umso berühmtere Promi-Journalist Helge Harenfleth. Schrieb seit Jahren eine äußerst beliebte Klatschkolumne für ein großes deutsches Regenbogenblatt und tourte nebenher mit einem Ein-Mann-Lästerprogramm über die Bühnen der Republik. Gefürchtet von den Berühmtheiten, die seine spitze Zunge zu spüren bekommen hatten. Und gleichzeitig von ihnen umschwärmt, weil der Normalomensch ihn heiß und innig liebte und seine Kolumnen gierig verschlang. Wie alt war er wohl? Mein Alter plus zehn? Aber gut konserviert. Sehr elegante Erscheinung. Sehr gepflegte Erscheinung. Seine Hände sahen weicher aus als meine. Bestimmt ging er regelmäßig zur Maniküre. Früher hatte er auch auf einem der besseren Privatsender eine Late-Night-Talkshow moderiert, mit

One-on-one-Interviews. Er hatte sie alle gehabt, wirklich Gott und die Welt – von Madonna über Helmut Schmidt bis hin zu Dieter Bohlen. Helge Harenfleth!

Wenn ich beim Friseur die *Bunte* las, tauchte er so gut wie immer in der Partybildersektion auf. Jedes Mal mit anderen prominenten Frauen an seiner Seite. Und dieser Mann saß jetzt zwei Tische neben mir, atmete dieselbe Luft wie ich. Aber natürlich ließ ich mir meinen Schock nicht anmerken. Ich tat so, als hätte ich ihn nicht erkannt. Das machte man hier so. In Hamburg galt Privatsphäre noch etwas. Als die verhärmte Kellnerin an meinen Tisch trat, bestellte ich nonchalant meine Eier, meinen Milchkaffee und die Tageszeitung, und als die Zeitung kam, blätterte ich ganz lässig zum Kulturteil durch. Er hatte bestimmt nicht gemerkt, dass ich die Zeitung anfangs falsch herum hielt. Warum sollte er mich überhaupt bemerken?

Meine Bestellung kam verdammt schnell. Zu schnell. Eier im Glas zu essen war eine glitschige und unansehnliche Angelegenheit. Ich hätte etwas bestellen sollen, das man damenhaft essen konnte. Einmal im Leben saß ich neben einem echten Prominenten, da wollte ich mich nicht mit den Tischmanieren blamieren. Er sollte mich, wennschon, nicht als Kleckerliesel in Erinnerung behalten, sondern als elegante Unbekannte. Ich nippte also nur damenhaft an meinem Milchkaffee und ließ die Eier Eier sein. Ob ich heimlich ein Handyfoto schießen sollte? Um es meiner besten Freundin Petra zu schicken natürlich.

Vordergründig, um sie wissen zu lassen, dass es mir gut ging. Aber hauptsächlich, um mit dem aufregenden Leben zu prahlen, das ich führte. Aushäusig frühstückend, mit Berühmtheiten Tisch an Tisch.

»Sind die Eier nicht zu Ihrer Zufriedenheit?« Die Kellnerin hatte sich lautlos an mich herangepirscht.

»Doch, wunderbar. Alles wunderbar.« Meine Stimme war einen Tick zu hoch. Mein Gott, Mara, das ist doch albern. Du isst jetzt deine Eier!, schimpfte meine innere Stimme. Ich griff zum Löffel. Und ließ ihn wieder fallen, als er an meinen Tisch trat. Ja. *Er.*

»Entschuldigen Sie, wenn ich störe …« Die Stimme vibrierte mit einem Timbre, das mir durch und durch ging. Mein Hals wurde trocken. Er schwieg kurz. Wollte mir zweifellos Gelegenheit geben, in den Windungen meines Gehirns nachzugraben, woher ich ihn kannte. Dabei hatte ich diesen Punkt längst abgehakt. »Ihre Serviette ist zu Boden geglitten«, fuhr er fort, ging betont langsam in die Knie, hob sie auf und legte sie neben meine Eier. Harenfleth trug eine schokobraune Cordsamtjacke mit Ellbogenschützern, einen braunen Pulli und braune Stoffhosen. Einen Tick altmodisch, aber es unterstrich seine Persönlichkeit.

Sollte ich jetzt aufstehen? Ich entschied mich dagegen. Blinzelte ein paarmal, was hoffentlich unschuldig wirkte und nicht treudoof und naiv. »Danke«, hauchte ich. Rauchig. Wie Marilyn Monroe »Happy birthday,

Mr President« gehaucht hatte. Obwohl ich mich doch eigentlich – nach dem Aufwachen an diesem Morgen war mir das schlagartig bewusst geworden – in meiner Doris-Day-Phase befand. Aber im Leben war, so wie in der Mathematik, eben alles voller Schnittmengen und Überlappungen. Jedenfalls hätte ich mir nicht mit jedem Dahergelaufenen vorstellen können, die Happy-End-Szene aus *Bettgeflüster* nachzustellen, mit *ihm* aber schon …

Harenfleth lächelte, beugte sich vor und ergriff doch tatsächlich meine Hand. Seine Haut war warm. Und weich. Definitiv manikürt. »Ich muss Ihnen einfach sagen, wie sehr Sie mich beeindruckt haben, als Sie dieses Café betraten. Sie sind eine auratische Erscheinung.« Er hauchte einen Kuss auf meinen Handrücken. Möglich, ja sogar sehr wahrscheinlich, dass ich in diesem Moment einen Orgasmus hatte. Bestätigen könnte ich das nicht. Mein Erinnerungsvermögen setzte aus. Harenfleth richtete sich wieder auf, lächelte mich aus braunen Augen, in denen der Schalk zu sitzen schien, fröhlich an, nickte mir zu und verließ das Café.

War das jetzt wirklich passiert? Das turtelnde Paar hatte nichts gemerkt, der Darboven-Rentner las ungerührt Zeitung, die Richterin und ihre Schottenrocktochter stritten sich, worüber, war nicht zu verstehen. Nur die Kellnerin an der Kuchentheke fing meinen Blick auf, lächelte wieder, dieses Mal jedoch nicht künstlich, sondern echt, und kam auf mich zu.

»Möchten Sie noch einen Kaffee?«, fragte sie. »Mit Schuss?«

Ich nickte. »Viel Schuss.«

»Der frühstückt hier öfter«, flüsterte sie mir verschwörerisch zu und zwinkerte. Ich stierte nur in meine erkaltenden Eier im Glas. *Helge Harenfleth hat mich »auratisch« genannt und mir die Hand geküsst!*

Als die Kellnerin mit meinem Pharisäer kam – extrastarker Kaffee mit einem ordentlichen Schuss Rum unter einem prallen, kakaopulverbestreuten Sahnehäubchen –, fragte ich sie, ob es im Café einen öffentlichen Internetzugang gab. Gleich darauf stand ich an einem alten Computer und googelte »auratisch«, nur um sicherzugehen, ihn auch richtig verstanden zu haben.

* * *

Wie in Trance schwebte ich auf der anderen Seite der Außenalster entlang zu meinem Temporär-Zuhause. Ich schloss mich in meinem Zimmer ein, legte mich aufs Bett und tagträumte. Es schien mir ein unglaublich bedeutungsschwangeres Zeichen. Der erste Mann, der mir nach dieser unterirdisch langen sexlosen Durststrecke seine Aufmerksamkeit schenkte – richtige, männliche Aufmerksamkeit –, war ein Prominenter. Vor ein paar Wochen erst hatte er für den *Playboy* einen mehrseitigen Artikel geschrieben: *Was bleibt von Boris Becker & Co.?*

Von der Moral in unmoralischen Zeiten. Untertitel: *Helge Harenfleth philosophiert gnadenlos über Wäschekammern und andere Leistungssportbegleiterscheinungen.* Ich hatte den Artikel natürlich nicht gelesen, sondern nur auf dem Cover des *Playboy* von seiner Existenz Kenntnis genommen. Jetzt aber war ich im Nachhinein beeindruckt. Die Hand, die Becker literarisch abgewatscht hatte, die zweifellos auch einmal die schwielige Rechte von Wladimir Klitschko gedrückt hatte, die absolut zweifelsfrei bei einer *Bambi*-Verleihung einmal das unbestoffte Kreuz von Kate Winslet gestreichelt hatte (im Bild festgehalten von einem Paparazzo), diese Hand hatte nun die meine gehalten. Gänsehautfeeling!

Mir war total bewusst, dass ich mich wie ein Teenager benahm, aber aus meiner Teenagerzeit stammten eben auch meine letzten Erfahrungen in Sachen Flirt. Gleich nach dem Abitur war ich mit Rüdiger zusammengekommen, und das war es seitdem gewesen.

Zuletzt hatte ich auf diese Weise für Matze geschwärmt. Fußballlegende an unserer Schule. Später dann doch nicht gut genug für den VfB Stuttgart, aber sein Ruhm in meinem Heimatort blieb ungebrochen, und Matze bekam selbst dann noch Freibier in unserer Dorfkneipe, als er längst Sparkassenfilialleiter war und sein Bauch nicht länger vom Sport zeugte, sondern von ebenjenem Freibier.

Kurzum, einer, der noch viel, viel prominenter war als Matze, führte mich zurück zu den so lange vermissten

Schmetterlingen im Bauch. Nannte mich *auratisch.* Was im Übrigen laut Duden »zur Aura gehörend, die Aura betreffend« bedeutete. Und unter Aura verstand der Duden eine besondere [geheimnisvolle] Ausstrahlung. Es hatte sich also gelohnt, dass ich meine letzten Ersparnisse in das smaragdgrüne Etuikleid investiert hatte. Das Grün, das im Dunkel des Cafés keineswegs zu schillernd war, sondern unergründlich tief leuchtete, hatte mir eine besondere, geheimnisvolle Ausstrahlung verliehen. Ich wackelte mit den Zehen. Und grinste in mich hinein. Ob ich ihm schreiben sollte, wie sehr mich seine Worte gefreut hatten? Nein, natürlich nicht, wie albern war das denn? Ich hatte den Gedanken noch nicht ganz zu Ende gedacht, da lief ich auch schon in die Küche.

»Signe, darf ich deinen Laptop benutzen?« Signe kämpfte mit einem Meer an Schuppen. Nicht ihren eigenen. Sie nahm wieder mal einen Fisch aus. »Natürlich, ich bin sowieso gerade online. Bediene dich.« Sie zog mit einer Pinzette eine Gräte aus dem Fischkadaver. »Das hier soll ein Jamie-Oliver-Rezept werden. Aber der blöde Fisch wehrt sich. Nächstes Mal nehme ich einen ohne Gräten.«

Blöd. Ich wollte eigentlich nicht hier in der Küche meinen Teenagerlüsten frönen. Bestimmt würde Signe mich fragen, was ich da machte. Ich kannte Signe. Aber es nutzte ja nichts.

»Lässt du die Seite mit dem Rezept bitte geöffnet?

Dann kannst du mir den nächsten Schritt vorlesen, sobald ich mit dem Entgräten fertig bin«, bat Signe und zog die Gräten weiterhin einzeln aus dem Fischkadaver. Ich würde heute Abend ganz sicher nicht mitessen.

Verstohlen schob ich Signes Laptop etwas zur Seite, sodass sie nicht auf den Bildschirm sehen konnte, sollte sie aus irgendeinem Grund die Küche verlassen und dabei notgedrungen an mir vorbeikommen. Ich googelte *Helge Harenfleth.* Ein ungewöhnlicher Name. Alle 708 000 gemeldeten Einträge mussten mit ihm zu tun haben. Ganz oben auf der Seite erschien der Amazon-Eintrag. Dann gleich Helges Homepage. Huch, ich nannte ihn innerlich schon Helge. In dem Moment, in dem ich seine Homepage anklicken wollte, kam mir ein Gedanke. Konnte er am Ende sehen, wer seine Homepage anschaute? Das war doch megapeinlich, wenn er mein Interesse an ihm mitbekam. Dann fiel mir ein, dass das ja gar nicht mein Laptop war und er allenfalls eine Dänin namens Signe im Verdacht haben konnte. Ich kam mir vor wie ein *Spion in Spitzenhöschen* mit Leihcomputer. Sehr aufregend. Schon hatte ich die Homepage geöffnet.

Helges Augen sahen mich an. Darunter rollte ein Textband mit seinen nächsten Auftritten. Im Hintergrund das Cover seines aktuellen Buches. Die Kontaktadresse war blöderweise auf eine Frau ausgestellt. Nicht seine Frau, sondern seine Büroleiterin. Er war bekanntermaßen einer der begehrtesten Junggesellen der Stadt, wenn nicht gar der Nation. Aber natürlich konnte so ein Prachtkerl nicht Single sein. Bestimmt hatte er an jedem Finger zehn willige Frauen. Egal. Ich ging auf meine Yahoo-Mailadresse. Das hieß, ich wollte es, hatte aber das Passwort vergessen, weil ich seit der Trennung von meinem Ex, also eine gefühlte Ewigkeit her, meine Mails nicht mehr abgerufen hatte. Was war es doch gleich? Nicht mein Geburtsdatum. Auch nicht Carlo, der Name unseres lange verstorbenen Briard-Rüden, den ich über alles geliebt hatte. Verflixt und zugenäht!

»Ah, Signe, ich wollte dich auch gerade bitten, ob ich kurz etwas im Internet nachschauen kann.« Rasmus kam herein. Obwohl es schon Kaffeezeit war, trug er noch sein Männernachthemd. Diesmal nicht in Weiß. Leuchtend rote Seide. Kein Morgenmantel, dafür ein Einstecktuch. Wie man sich einen Galeristen an einem Sonntagnachmittag so vorstellte. Sein Süßer aus Flensburg hatte den Wochenendbesuch wegen Grippe abgesagt, darum suchte Rasmus jetzt Anschluss bei uns Frauen. Der Mann konnte einfach nicht allein sein.

»Ich brauche aber noch einen Moment«, fauchte ich, ungewohnt aufmuckend. Dementsprechend erstaunt schürzte Rasmus die Lippen. »Aber natürlich, gar kein Thema. Ich trinke solange einen Kaffee.« Er warf zwei seiner Spezialpads aus Italien in den Coffeemaker und saß keine zwei Minuten später direkt neben mir. Ehrlich gesagt war das meinen amourösen Abenteuern hinderlich.

Ich wollte Helge doch eine bedeutungsschwangere Botschaft schicken. Eine verschlüsselte Nachricht, die seine Büroleiterin für harmlos halten würde, die ihm aber – sollte sie die Mail denn überhaupt an ihn weiterleiten – sofort signalisierte, wie offen ich einer Fortsetzung unserer Bekanntschaft gegenüberstand.

»Was schreibst du denn da?«, erkundigte sich Rasmus, der einfach nicht still dasitzen konnte. Ich musste ihn ablenken. »Nur eine kurze Nachricht an meine Erbtante.« Eine 85-Jährige, die nichts zu vererben hatte, auch keinen Computer, und in Ermangelung moderner Elektrogeräte auch keine Mails abrufen konnte. Aber das wusste Rasmus ja nicht. Es interessierte ihn auch nicht. Er musste nur reden. Schnell, eine Ablenkung!

Ich lenkte seine Aufmerksamkeit auf Signe. »Also, gerade dieser Fisch ist ja für seine Gräten berüchtigt«, log ich keck. Ich hatte nicht die leiseste Ahnung, was für einen Fisch Signe da zerlegte. Egal, ich folgte einer höheren Mission. »Daran soll doch auch eine der Kennedy-Frauen erstickt sein, oder nicht? War es Ethel? Die Gräten haben nämlich Widerhaken, und wenn man sie verschluckt, hilft nur noch ein rascher Luftröhrenschnitt. Sonst heißt es: *Aus die Maus.* Finito. Exitus. Nie wieder Kuscheln mit deinem Süßen.« Rasmus stellte den Kaffee ab, sprang auf und schaute Signe beim Sezieren des Fisches über die Schulter.

Zwischen den beiden kam es zu einem verbalen Schlagabtausch:

»Das ist doch Unsinn.« (Vorteil Signe)

»Aber was, wenn nicht?« (Ausgleich Rasmus)

»Du kannst ja vorsichtig essen.« (Zwei zu eins für Signe)

»Das hat man Ethel Kennedy bestimmt auch gesagt.« (Doppelpunkt Rasmus) Wie beim Tischtennis. Plong, plong, plong, ging es hin und her. »Also ehrlich…« (Signe, kein Punkt, weil im Aus)

»Wenn mir was passiert, verklagt dich mein Süßer!« (Vorteil Rasmus)

»Ihr beide macht mich ganz wuschig.« Signe legte das Seziermesser aus der Hand. (Spiel, Satz und Sieg – Rasmus)

Ich tippte währenddessen eifrig. Was ich hier tat, hätte ich mich früher nie getraut. Aber mein *Jetzt* hatte mit meinem *Früher* nichts mehr zu tun. Gestern war gestern und nichts weiter als das Kielwasser meines Lebensbootes, das ich heute schon in eine völlig andere Richtung lenken konnte. Wenn ich wollte. Und wie ich wollte! Ich erfand mich in jedem Moment neu. Und in diesem Moment wurde ich zur Femme fatale, die lässig berühmten Zeitgenossen mailte. Oder zumindest deren Sekretärinnen-Schrägstrich-Büroleiterinnen.

Sehr geehrte Frau Rühlenkamp,
wären Sie so freundlich, meinen Dank an Herrn Harenfleth weiterzuleiten? Heute Morgen beim Frühstück im Café Dengler hat er mich mit einem für Prominente ungewöhnlichen Akt der

Wohlerzogenheit dermaßen überrascht, dass ich nur perplex schauen konnte, anstatt mich artig zu bedanken, was ich hiermit über Sie nachholen möchte. Kleine Freundlichkeiten sollten nicht unbelohnt bleiben.

Mit besten Grüßen

Mara Emmerich

Jürgen kam nach Hause. »Hallo, zusammen«, rief er und betrat gleich darauf die Küche, wobei er Spuren auf dem Dielenboden hinterließ, weil es draußen, natürlich, regnete.

»Draußen regnet's«, erklärte er überflüssigerweise. Auf die Idee, die nassen Sachen im Flur auszuziehen, war er nicht gekommen. Immerhin griff er sich ein Wischtuch und warf es achtlos in die Richtung der Pfützen. »Was 'n hier los?«, wollte er wissen, als ich gerade auf *Senden* drückte.

»Signe will uns mit den Fischgräten ermorden, an denen schon Ethel Kennedy elend erstickt ist«, petzte Rasmus. Signe stand mit verschränkten Armen vor dem sezierten Fisch und schaute unschlüssig.

»Aha«, erwiderte Jürgen und nickte. »Ethel Kennedy lebt aber noch. Und sollte sie in diesen Sekunden sterben, liegt das vermutlich eher an Altersschwäche.«

Rasmus wirbelte zu mir herum. »Du hast gesagt, sie ist tot.«

»Habe ich das?« Ich zuckte mit den Schultern und

stand auf. »Wie auch immer, ich bin fertig, du kannst jetzt an den Laptop.«

Den Rest des Tages verbrachte ich meistenteils in der Horizontalen und träumte von Helge. Mich fragend, wie es wohl sein würde, wenn er mich mit seinen manikürten Händen berührte. Mit seinen Fingerspitzen zart über meine Haut fuhr. Nur unter größten Anstrengungen konnte ich mich davon abhalten, mit meinem Füllfederhalter die Unterschrift *Mara Harenfleth zu* üben.

Um kurz vor Mitternacht, Signe richtete sich im Bad zum Schlafengehen, nur ihr Laptop flimmerte noch in der dunklen Küche, schaute ich auf Yahoo rasch nach, ob ich eine E-Mail hatte, und tatsächlich, da war eine. Zum Schlag der Glocke vom Hamburger Michel las ich:

Liebe Mara Emmerich,
Sie waren eine hoheitsvolle Erscheinung in diesem Frühstücksraum, und nichts konnte leichter sein, als auf diese Fata Morgana zuzugehen, um in einem Handschlag zu fühlen: Ja, sie ist real.
Ich freue mich, dass Sie ebenso ohne Kalkül schreiben wie ich, rasch, direkt, kühn, mit festem Blick auf das Persönliche, das uns möglich ist. Wie wunderbar. Wir sind nicht grün genug für Spiegelfechterei, nicht wahr? Ihre Erscheinung – und damit meine ich durchaus das Auratische – hat mich so angezogen, dass ich Ihnen unbedingt die Hand küssen wollte, um den Moment der Verbindung auszukosten.

Schön war es, Sie zu sehen, Ihre Zeilen zu lesen, die Hoffnung zu hegen, Sie einmal in diesem Café wiederzusehen.

Ergebenst, Ihr Helge Harenfleth

Mara, mahnte ich mich, *nicht sofort antworten. Männer muss man schmoren lassen.* Und überhaupt – wenn er mich jetzt so sehen könnte. In meinem ausgeleierten Baumwollpyjama. Mit verwaschenem Daisy-Duck-Aufdruck. Von wegen *hoheitsvoll.*

Andererseits hatte er mich auch nicht schmoren lassen. An einem Sonntag hatte er die Büromails aufgerufen und mir unverzüglich geantwortet. Und wie unglaublich wunderbar, dass er in mir, der Mara aus Hinterpfuiteufel, offenbar eine starke Frau zu sehen glaubte. Eine Frau, deren Ausstrahlung ihn faszinierte, ihn in Bann schlug. Und das bei einem Mann, der womöglich per Du mit Uwe Seeler und Kaiser Franz war! Das musste irgendwie begossen werden. Gab es in dieser WG Alkohol? Ich schaute im Kühlschrank nach. Kein Prosecco, kein Weißwein, kein nichts. Nur sechs Kartons Molke, auf denen SIGNE stand. In der Chaosküche war auch weit und breit kein Weinregal mit Rotwein auszumachen. Mist!

Die Wohngemeinschaft besaß keinen Gemeinschaftsraum. Wenn man das volle Gruppenfeeling wollte, ging man in die Küche. Eine Küche ohne geistige Getränke? Das durfte doch nicht wahr sein. Verstieß das nicht gegen alle WG-Gesetze dieser Welt? Oder hortete hier jeder seine Alkoholika für sich? Ich schaltete die Deckenbeleuchtung ein. Sah im Geschirrschrank nach. Im Besenschrank. Unter der Spüle. Und wie ich so auf allen vieren auf dem Boden kauerte, ging die Küchentür auf. Jürgen. »Ist dir nicht gut?« Man konnte nicht würdevoll aussehen, wenn man in einem Daisy-Duck-Pyjama auf der Suche nach Alkohol über den Küchenboden rutschte. Geschweige denn hoheitsvoll. »Äh …«

Schnell, eine Ausrede. Würde er mir abnehmen, dass ich als Schwäbin mitternächtliche Putzanfälle bekam? Bestimmt.

Nein, bestimmt nicht. Auch wenn er mich erst seit kurzem kannte, das würde er mir sicher nicht abnehmen. »Habt ihr nichts zu trinken im Haus?«, fragte ich daher mit einer Offenheit, die ich früher nicht gekannt hätte. Jürgen grinste.

Zweifellos hielt er mich jetzt für eine Alkoholikerin und würde mir morgen verstohlen die Adresse einer Selbsthilfegruppe unter der Zimmertür durchschieben. Damit konnte ich leben. »Was hättest du denn gern?«

Ich stand auf. »Irgendwas, was prickelt.«

Er schürzte die Lippen. »Ich habe nur Whisky im Angebot. Dafür aber echt guten. Untersteh dich, meinen edlen Tropfen mit Eiswürfeln zu verwässern.«

Jürgen, der in seinem karierten Männerschlafanzug im Übrigen keinen Deut besser aussah als ich, kam kurz darauf mit einer Flasche Talisker wieder. »Kennst du dich mit

Whisky aus?«, fragte er. Eindeutig die Gretchen-Frage. Ich versagte.

»Nein«, gab ich zu.

»Der hier ist zehn Jahre alt. Rauchig und torfig und kräftig. Im Abgang ein echter Nachbrenner.« *Rauchig und torfig* war für mich jetzt nicht so das Verkaufsargument, aber ich konnte schlecht ablehnen. Der Talisker brannte in der Kehle. Jürgen lächelte. »Lecker«, brachte ich noch zustande.

»Merkst du, wie der Geschmack des Whiskys geradezu am Gaumen explodiert?« Jürgen sah mich an wie ein Forscher, der einer Ratte im Labor eine selbstentwickelte Mixtur verabreicht hatte. Was erwartete er? Hielt er mich für eine Frau Doktor Jekyll, aus der gleich eine Mrs. Hyde würde?

»Äh … nein. Es brennt nur«, sagte ich. Man sah Jürgen an, dass er fand, seinen kostbaren Tropfen an eine Geschmacksnull verschwendet zu haben. »Kriege ich noch einen Schluck?«, bat ich, als er mitsamt Flasche wieder abziehen wollte. Es kämpfte in ihm, das war deutlich zu sehen, aber seine gute Erziehung obsiegte. Er schenkte mir noch einmal fingerbreit ein. Ich schenkte ihm im Gegenzug mein charmantestes Lächeln. »Danke.« Kaum war er weg, galt mein Lächeln einem anderen.

Lieber Helge H.,
ich fühle mich von Ihnen gerade angelächelt, und das ist schön. Ich freue mich ganz außerordentlich über Ihre wunderbaren Zeilen, die eigentlich auf Büttenpapier gehören, damit ich sie immer wieder hervorholen und lesen könnte. Sie verdienten eine schöne Antwort, eine überlegte und ausgefeilte Antwort, aber ich bin leider nicht so wortgewandt wie Sie. Darum nur: Danke! Kein Mann ist gefährlicher als derjenige, der gut zu formulieren weiß. Bei Ihnen musste ich mit diesem Talent rechnen, aber dennoch: Ich bin sehr angetan von Ihren Zeilen. Und Sie sollten Ihr Licht nicht unter den Scheffel stellen. Nicht jeder Mann ist so mutig, eine »Erscheinung« auf ihre reale Existenz hin zu überprüfen. Man sieht sich ja immer zweimal im Leben. Ich freue mich schon sehr auf das nächste Mal. Vorfreudig lächelnd, Ihre Mara E.

Ich drückte auf die Senden-Taste. Es ertönte ein zischendes Geräusch. Zack und weg. Huch, war das jetzt zu gewagt? Und diese Vermessenheit, mich als leidenschaftliche Frau hinzustellen! Sprach da der Whisky aus mir? Oder die Notgeilheit? Ich hatte seit exakt neunzehn Monaten, sieben Tagen und, Moment, zwei Stunden keinen Sex mehr gehabt. Und ja, mein Ex und ich hatten uns erst vor wenigen Wochen getrennt, aber wir hatten ewig nicht mehr miteinander geschlafen. Mir fiel die alte Frau Knesebeck aus dem Zug wieder ein. Wetten, die hatte mehr Sex als ich? Wer wusste schon, was beim Canasta-Abend im Seniorenheim so alles abging?

Es war frech gelogen, als ich mir einredete, meine Libido hätte sich in den Ruhestand verabschiedet. Ich wollte nicht das Leben einer Nonne führen. Das musste sich schleunigst ändern. Ich musste wieder aufsitzen, mich wieder in den Sattel schwingen, wie es die Knesebeck formuliert hatte. Und es wäre nicht das Schlechteste, wenn ich nach dieser elendig langen Durststrecke auf einem so charmanten Promi wie Helge zu sitzen käme.

Dachte ich, solange der Talisker noch in meinem Gaumen brannte.

Dann setzte mein Verstand wieder ein. Großer Gott, was hatte ich nur getan?

Ich hatte mich einem Mann an den Hals geworfen. Noch dazu einem Mann, der an jedem Finger zehn Frauen haben konnte, wenn er nur wollte. Und all diese – Moment, hicksen, kurz nachrechnen –, all diese hundert Frauen wären Supermodels und Hollywoodstars. Keine sitzengelassene Provinzmaus in Größe 42. Wenn der meine Mail las, lachte er sich doch ins Fäustchen. Er würde sie ausdrucken und bei Herrenabenden herumreichen, es wäre der Brüller des Jahres. Sch…

Pling, machte es da. *Pling.* Das *Pling,* das den Eingang einer E-Mail verkündete.

Oho, liebe Mara, erst Erscheinung sein, dann exquisit Zwischentöne setzen. Das wird einem wie mir gefährlich, der in diese Nuage hineingeschwebt ist, die Sie waren, weil er nicht anders konnte. Was muss ich tun, damit ich als Hamburger Seemannsbraut unter der Laterne stehen und auf Sie warten darf? Außerdem kann ich sagen, die Beichte weitertreibend, dass Sie mir erschienen wie ein Versprechen. Ich meine diesen Konjunktiv: Was, wenn sie so wäre, wie sie mir erscheint? Und nun sind Sie so! Ich möchte Sie furchtbar gern wiedersehen, zum Beispiel am 1., 5. oder 8. des kommenden Monats. Das ist das Schleunigste, was ich anbieten kann. Schon jetzt ist es schöner, mit Ihnen zu leben als ohne Sie. Das ist wahr. Was sagen Sie? Wollen wir uns sehen?

Mitten in Ihr Lächeln lächelnd,

Helge H.

* * *

Bist du ein Mann oder bist du eine Maus? Das fragte ich mich am nächsten Morgen nach schlaflos verbrachter Nacht. Natürlich war ich weder noch, also keins von beiden, aber wenn ich in meiner nächsten Inkarnation wählen dürfte, würde ich mich für den Mann entscheiden.

Ich schlich mich in die Küche. Jürgen schlief noch, was man durch die geschlossene Tür an seinem Schnarchen hörte, tief, hoch, hoch, tief. Rasmus war schon zu seiner morgendlichen Trainingseinheit ins Fitnessstudio aufgebrochen. Signe duschte. Ich klappte den Laptop in der Küche auf, stellte zu meiner Freude fest, dass das Teil noch lief und ich somit kein Passwort knacken musste.

Was ich ohnehin nicht gekonnt hätte, und wenn mein Leben davon abhinge.

Ich surfte zu Helge Harenfleths Homepage und sah unter *Terminen* nach. Denn eins stand fest: Die Zeit, als ich von einem Kerl abserviert wurde und dann heulend mein Kissen umarmte, war endgültig vorbei. Ich war geheilt! Seit genau fünf Stunden, um exakt zu sein. Ab sofort nahm ich mein Schicksal selbst in die Hand.

Was brauchte ich den erfolglosen, gefühllosen Rüdiger, wenn ich einen allseits begehrten, sehr charmanten Promi haben konnte, der mich für auratisch hielt? Helge war derzeit auf Tour durch Deutschland, Österreich und die Schweiz. Mit seinem Ein-Mann-Programm, bei dem er locker vom Hocker über seine Begegnungen mit den Reichen und Schönen dieser Welt plauderte. Also schön, dann gab es eben so schnell kein Wiedersehen. Erst Anfang nächsten Monats. Aber ich wollte verdammt sein, wenn ich dieses kleine Flämmchen des Interesses erlöschen ließ.

Die Dusche verstummte. Rasch, ich musste mich beeilen.

Lieber Helge, Ihre Worte treffen mich mitten ins Herz, als hätte ich eine Zielscheibe auf der Brust. Vielleicht erfordert es zwei knorrige alte Eichen wie uns, die vielen heftigen Stürmen getrotzt haben, um erkennen zu können: Da ist einer wie ich. Wettergegerbt und vielleicht gerade deshalb so interessant und faszinierend. Dennoch sehe ich in Ihnen und mir die grünen

Triebe zweier junger Bäume, die noch nicht zu erwachsen sind, um sich an verrückte Abenteuer zu wagen.
Kurzum, ich möchte Sie sehr gern wiedersehen und wähle gleich den 1. des kommenden Monats. Ich freue mich ungemein darauf, Ihnen in die Augen zu schauen. Tief und lange. Und ich hoffe, an jenem Tag wird es kalt sein, damit wir näher aneinanderrücken können … Wo Sie auch sind, haben Sie es gut – und denken Sie gelegentlich an mich.
Ihre Mara

Kitsch as Kitsch can. So lyrisch schrieb ich sonst nicht und so schnell schon gar nicht. Aber ich hatte ja auch die ganze Nacht kein Auge zugetan und am Text gefeilt. Deswegen sah ich übernächtigt und verquollen aus. Was aber nichts machte, denn mich sah ja keiner. Außer meinen Mitbewohnern, Bille und der Kundschaft im Laden. Aber die waren mir allesamt egal. Für mich zählte nur noch Helge Harenfleth.

In diesem Moment fühlte ich mich unglaublich stark. Unbesiegbar. Wie Königin Boadicea bei den alten Briten. Oder die Amazonen-Königin Penthesilea. Königin Mara. Nein, eine moderne Revolverheldin traf es eher. *Wild Mara Emmerich. Mara the Kid. Schwere Colts in zarter Hand.* Meiner Hand.

Ich klappte den Laptop in exakt dem Moment zu, als Jürgen, wie der junge Morgen, mit federndem Schritt in die Küche schlenderte.

»Gott, siehst du scheiße aus«, sagte er bei meinem Anblick.

»Danke gleichfalls.« Idiot. Ein noch größerer Idiot, weil das nicht stimmte und er ziemlich gut aussah. Jedenfalls nicht verquollen und tränensackig.

»Gibt's noch keinen Kaffee?«, wollte Jürgen wissen.

»Nein.«

Was erwartete dieser Mann? Dass die Frauen im Haus sich um den Koffeinpegel in seinem Blut kümmerten? Und das in Zeiten, in denen man am Coffeemaker nichts weiter tun musste, als ein Säckchen in eine vorgefertigte Säckchenkuhle zu werfen und auf den EIN-Knopf zu drücken?

Jürgen zog wieder ab. Keine zwei Sekunden später betrat Signe im Morgenmantel mit feuchten Haaren und ungeschminkt die Küche.

»Moin«, sagte sie und schlurfte zur richtigen Kaffeemaschine. »Oh, hast du noch keinen Kaffee gemacht?« Hallo? Ist das jüngste Mitglied der WG automatisch Mädchen für alles?

»Sorry, bin auch gerade erst aufgewacht.« Was sie mir offensichtlich abnahm, weil meine Haare nach allen Seiten abstanden und die Kissenknautschfalten auf der linken Wange noch deutlich ausgeprägt waren.

Ich beugte mich über die Tageszeitung, die ich – wohlweislich zu Tarnungszwecken – aus dem Wohnungstürschlitz gezogen und vor mir ausgebreitet hatte. Der Laptop verschwand darunter. »Was gibt's Neues?«, fragte Signe.

»Äh … das Übliche. Wenn das Bad jetzt frei ist, mache ich mich fertig.«

»Nur zu.«

Keine fünf Minuten später stand ich unter der Dusche und konnte es kaum glauben: Ich, die unscheinbare Mara aus der hintersten Provinz, hatte soeben einer deutschen Fernsehlegende eine E-Mail geschrieben und ein Treffen der besonderen Art vorgeschlagen. Heute hatte ich die Latte höher gehängt und bereute es nicht. Noch nie hatte ich mich so lebendig gefühlt. Oder so sehr wie ein Tittentörtchen auf Männerfang …

Egal. In meinem Leben würde es wieder *Bunga Bunga* geben!

Ich nahm den Conditioner von Rasmus, weil der so herrlich nach Pfirsich duftete. Und heute war definitiv ein Pfirsichtag!

Zum Abschluss schminkte ich mich, was ich sonst selten tat. Aber an einem Tag wie diesem war alles möglich. Und für dieses »alles« wollte ich gut aussehen. Statt Jeans und Bluse zog ich eins der beiden neuen Kleider an. Nicht das smaragdgrüne Etuikleid, sondern das schokoladenbraune Strickkleid, das meinen Körper an genau den richtigen Stellen betonte. Meiner Meinung nach strahlte ich eine unbeschreibliche Schönheit und Weiblichkeit aus. Also, im Rahmen meiner Möglichkeiten. Und abgesehen davon, dass ich trotz Schminke immer noch völlig übernächtigt aussah.

Lächelnd betrat ich die Küche.

»Du hast eine Mail bekommen«, begrüßte mich Signe, immer noch allein in der Küche, mit einem verschwörerischen Schmunzeln.

»Was?«

»Wenn du schon meinen Laptop benutzt, was du echt gern tun darfst, dann solltest du ihn ausschalten, wenn du fertig bist. Oder wenigstens die Seite schließen, die du zuletzt geöffnet hattest.« Jetzt grinste sie breit von einem Ohr zum anderen. »Okay, erzähle: Du hast also was mit Helge Harenfleth? *Dem* Helge Harenfleth?«

Ich warf mich förmlich auf den Laptop. »Wie kann er mir denn schon geantwortet haben? Ich habe ihm doch gerade eben erst gemailt.« War der Mann etwa so verrückt nach mir, dass er vor seinem Mailbriefkasten ungeduldig auf ein Zeichen von mir harrte? Mir wurde heiß. Das kam mir alles vor wie im Traum. Oder wie in einem Hollywoodstreifen. Ich war wirklich Doris Day, Helge war Rock Hudson, und Signe gab den Tony Randall. Als komisches Element.

Meine Mitbewohnerin zuckte gleichgültig mit den Schultern. »Er wird ein Smartphone mit E-Mail-Zugang haben und seine Mails immer gleich beantworten. Dann häuft sich nichts an. Mache ich auch so.«

Das hatte ich nicht bedacht. Wie unromantisch. Mein

Herz schlug mir bis zum Hals. »Nur zu«, forderte Signe mich auf. »Lies. Ich hab's auch schon getan.« Ich überging diesen Einwurf, kauerte mich vor den Laptop und sog jedes Wort wie durch einen Strohhalm ein.

Oh, zauberhafte Mara, der möchte ich sein, der mit dem Langbogen, der den Armen gibt und sie am Ende mit dem großen Herzen erobert! Und es ist auch nicht so, dass ich »gelegentlich« an Sie denke, sondern Sie machen sich ganz unverschämt breit in meinem Innenleben. Es ist alles so erstaunlich. Nie wusste ich weniger. Ich kann es nur Glück nennen, dass wir uns nicht verpasst haben. Ja, wir sind nicht mehr grün, und was wäre elender, als vor der Möglichkeit Reißaus zu nehmen, dass wir einander guttun könnten. Ihre Zeilen machen mich froh, und ich mag nicht davon lassen, in uns ein glückliches Wunder zu sehen. Mon Dieu, am Ersten des nächsten Monats stehen Sie vor meiner Tür, und ich bin kühn genug zu sagen: Bleiben Sie, wenn Sie wollen, für diese Nacht einfach da. Jetzt sind wir so weit gegangen, da brauchen wir auch nicht verspätet ängstlich zu werden, oder? Ich habe auch ein Gästezimmer, in dem Sie sich zur Ruhe betten können. Ich freue mich so sehr auf Ihren Anblick und auf den ersten Händedruck und den zweiten …
Liebe Mara: Ihr Helge

»Du weißt hoffentlich, dass das eine verdammt noble Adresse ist, die er dir da genannt hat. Liegt in Blankenese«, klärte Signe mich auf. »Und jetzt erzähle: Woher um alles in der Welt kennst du den Harenfleth? Das ist doch *der* Harenfleth, oder? Weißt du, vor dem muss ich dich eindringlich warnen. Der hat einen Ruf, was Frauen angeht. Und nicht zu Unrecht, wie ich anmerken möchte.« Sie wackelte ominös mit den Augenbrauen.

Ich hielt Signes Warnung für den Neid der Besitzlosen. Wann hatte ihr jemals eine Berühmtheit begehrliche E-Mails geschrieben? Eine Berühmtheit, die jede Frau der Welt haben könnte, aber *sie* wollte? Außerdem war es schon spät, und ich durfte Bille nicht verärgern, indem ich wieder einmal unpünktlich zur Arbeit erschien. Die ließ mich sonst zur Strafe mit der Zahnbürste den Buchhandlungsboden schrubben. Also versprach ich Signe, ihr später brühwarm alle Details zu erzählen. Dann tänzelte ich zur Buchhandlung. Nein, ich schwebte. Wie auf Wolken. Nur schöner.

* * *

Die Liebe macht uns schöner. Daran musste es liegen. Der Postbote, der die Briefe sonst immer auf die Kassentheke knallte, fing eine Unterhaltung mit mir an. Ein älterer Herr, dem ich mitteilen musste, dass wir den von ihm bestellten antiquarischen Folianten über die spätmittelalterliche Baukunst im Burgund trotz fester Zusage und Anzahlung nicht termingerecht hatten besorgen können, blieb dennoch charmant.

Und dann kam *er.* Weil aller guten Dinge immer drei sind.

Ich freute mich über seinen Anblick, auch wenn Bille gerade mal wieder in ihre kurze, ausgedehnte Mittagspause gegangen war.

Ein wunderschöner Mann stand plötzlich vor mir, zart gebaut, schwarze Locken und schwarze Augen, hohe Denkerstirn, Adlernase, Pianistenfinger. Wie ein Schotte gekleidet, ganz in Tweed.

»Kann ich Ihnen helfen?«, fragte ich, wohl wissend, dass ich das nicht konnte, egal, was er wollte. Nicht einmal die Uhrzeit hätte ich ihm nennen können, weil ich keine Armbanduhr besaß und es in Billes Buchhandlung keine Ladenuhr gab, die »nur Strom fressen würde«.

Der hübsche Schotte nickte. »Ja, sehr gern, vielen Dank.« Er klang kein bisschen schottisch. »Ich suche ein antiquarisches Buch. Ein Essay von Picasso über die Malerei.« Er lächelte, und es zeigten sich Grübchen auf seinen Wangen. Ich lächelte zurück.

Der Mann strich sich mit einer eleganten Geste die schwarzen Locken aus dem Gesicht und reichte mir einen Zettel, auf dem Autor und Titel des Buches vermerkt waren. Wer so schön und zart gebaut war, konnte eigentlich nur schwul sein.

Ich gab Autor und Titel in das System ein, aber es erschien nur *Kein Treffer* auf dem Bildschirm. »Heute ist mein erster Tag hier. Leider kenne ich mich mit dem System noch nicht aus. *Kein Treffer* will nichts heißen, vermutlich habe ich nur nicht richtig gesucht. Wenn Sie ganz kurz auf die Besitzerin warten möchten? Sie muss jeden Moment von der Mittagspause zurückkommen. Ich kann Ihnen eine Tasse Kaffee anbieten.«

»Zu gern.«

Ich goss ihm aus der Thermoskanne ein. Das Kaffeeschwein blieb auch dieses Mal wieder hungrig. Er bedankte sich sehr höflich und ließ sich auf der Lesecouch gegenüber der Kasse nieder.

»Wollen Sie sich nicht zu mir setzen?«

Bille wüsste meinen Kontakt zu einem potenziellen Kunden sicher nicht zu schätzen, aber ich setzte mich trotzdem.

»Sind Sie Stammkunde?«, fragte ich.

Er nickte. »Goswin von Hensch«, erwiderte er und streckte mir die zartgliedrige Hand entgegen. Ich griff zögernd zu.

Von Hensch? Von Hensch war natürlich ein Name, den man kannte. Gawain von Hensch. Einer der bedeutendsten deutschen Komponisten unserer Zeit, in einem Atemzug zu nennen mit… Keine Ahnung, ich kannte sonst keine zeitgenössischen Komponisten. Aber offenbar hatte er Musikgeschichte geschrieben, wie ich bei der Verleihung des *Echo Klassik* am Rande mitbekommen hatte. Ich konnte mich aber auch irren, denn ich hatte damals nur wegen David Garrett zugeschaltet. Jedenfalls waren bereits erste Musikschulen nach ihm benannt worden. Und es gab auch schon eine Gawain-von-Hensch-Konzerthalle. Irgendwo im Hochsauerlandkreis.

»Aber nicht verwandt oder verschwägert?«, sagte ich lachend, weil ich mir sicher war, dass dem nicht so war. Nicht so sein konnte.

»Mein Bruder«, antwortete er nur. Ein peinlicher Moment. Von Hensch spürte meine Befangenheit und wollte sie mir nehmen. »Ich bin Maler und Bildhauer, mit Musik habe ich nichts am Hut. Mein Bruder sagt zwar immer, ›wenn schon Leben, dann muss es ein Fest sein, dann muss es Musik sein‹, aber für mich geht es auch ohne Musik. Dafür mit Farben. Und Formen.«

Hatte er mir gerade auf den Busen geschaut? Ignorieren.

»Puh, da bin ich aber froh. Wenn Sie vorausgesetzt hätten, dass ich etwas über Ihren Bruder weiß, würde ich Sie kläglich enttäuschen. Musik ist nicht so meins.« Musik war nicht so meins, Sport war nicht so meins, es wäre wirklich einfacher, wenn ich mal herausfinden würde, was genau denn nun *meins* war.

»Dann haben Sie mich also im Sommer nicht im Fernsehen gesehen? In der Sendung *Ich trage einen großen Namen?* Gott sei Dank. Ständig werde ich darauf angesprochen, dabei definiere ich mich nicht über meinen Bruder. Es war ein böser Fehler, an dieser Veranstaltung teilzunehmen. Aber mein Vater wollte es unbedingt, die Familie sollte vertreten sein, aber er selbst war zu dem

Zeitpunkt zu krank, um nach Baden-Baden zu fahren.« Von Hensch pustete sich eine Locke aus der Stirn. »Ich möchte, dass man mich als eigenständigen Künstler wahrnimmt, nicht als Wurmfortsatz meines Bruders.«

»Kann ich schon einmal eine Arbeit von Ihnen gesehen haben?«, fragte ich.

Er strahlte. »In der Sparkasse Poppenbüttel hatte ich letzten Winter eine Einzelausstellung mit Skizzen für meine Skulpturen.«

»Oh, damals war ich leider noch in Süddeutschland.«

Er wirkte enttäuscht. Nach kurzem Nachdenken meinte von Hensch: »Eine meiner Skulpturen steht in der Eingangshalle der Hauptpost von Itzehoe.« Itze-was?

»Kenne ich leider nicht.«

Schnell, ich musste das Thema wechseln, bevor sich seine sensible Künstlerseele angesichts meines Nichtwissens angewidert von mir abwandte.

»Leben Sie schon immer in Hamburg?«

»Ich bin hier geboren. Später habe ich in New York und Paris studiert und war dann lange in Indien, wo ich auch Buddhist wurde. Seitdem lebe ich vegan. Viele halten das nur für aufgesetztes Künstlertum, aber es ist mir ein inneres Anliegen. Sind Sie Buddhistin?«

»Äh… nein. Aber ich fühle mich dem buddhistischen Gedankengut sehr verbunden.« Aha. Seit wann das denn?, wollte meine innere Stimme wissen. Ich brachte sie schnell zum Schweigen.

»Ich bin vor kurzem nach einer Trennung aus der süddeutschen Provinz nach Hamburg gezogen und muss mir meinen Platz in der Welt erst noch suchen. Manchmal denke ich, ich habe die letzten zwanzig Jahre wie unter einer Käseglocke verbracht. Wer ich bin, weiß ich eigentlich noch gar nicht. Und … meine Trennung war … unerquicklich.«

Von Henschs Blick wanderte durch die Schaufensterscheibe in die Ferne. »Da haben wir was gemeinsam. Ich bin geschieden, das war auch die Hölle.«

Tröstend legte ich meine Rechte auf seine Linke. Er entzog sie mir nicht, und wir sahen uns tief in die Augen.

Da ging die Ladentür auf. Es war der Hausbesitzer. »Ich drehe mal für fünf Minuten das Wasser ab. Ist das okay für euch, Mädels?«

Ich stand auf. »Natürlich, kein Thema.«

Goswin von Hensch erhob sich auch und stellte die immer noch volle Kaffeetasse auf die Kassentheke. »Ich muss dann los.«

Billes zehn Minuten waren längst vorbei.

Er schüttelte zum Abschied meine Hand. »Hören Sie, ich unterhalte mich sehr gern mit Ihnen, Frau …«

»Emmerich. Mara Emmerich.«

»Frau Emmerich. Sie haben einc ganz besondere Ausstrahlung.«

Ja, weiß ich schon, eine auratische, wollte ich sagen. Tat es aber nicht, weil man die Adjektive, mit denen einen unterschiedliche Männer bedachten, nicht durcheinanderbringen sollte. Das gehörte sich nicht.

»Ich würde Sie zu gern wiedersehen. Am Wochenende habe ich meine Tochter bei mir – ein verlängertes Wochenende, wir fliegen nach London –, aber was halten Sie davon, wenn wir am Mittwochmorgen zusammen einen Spaziergang unternehmen? Gleich in aller Frühe? Ich kann Ihnen meine Stadt zeigen. Hamburg wird Sie begeistern. Und inspirieren. Ich bin sicher, hier finden Sie sich selbst.«

Goswin von Hensch war ein sehr feingeistiger Mensch, klug, mit viel Esprit. Und angesichts der leichten Theatralik seiner Bewegungen, seines hohen Lachens und seiner eleganten Mimik und Gestik zweifelsohne schwul. Hatte seinem dominanten Vater zuliebe geheiratet und Kinder gezeugt, dann aber ein spätes Coming-out erlebt. Ganz sicher.

Es war also vollkommen ungefährlich für mein körperliches und seelisches Wohl, am Mittwoch bei Sonnenaufgang einen gemeinsamen Spaziergang zu unternehmen.

»Sehr gern«, sagte ich und lächelte und schrieb ihm meine Telefonnummer und meine Adresse auf. »Bis Mittwoch habe ich Ihnen auch den Essay von Picasso besorgt. Versprochen.«

* * *

Mittlerweile war es ein wunderbares mitternächtliches Ritual. Wie Ingrid Bergman und Cary Grant in *Indiskret.* Jede Mitternacht sah ich auf Signes Laptop nach, ob Helge mir ein paar Zeilen hatte zukommen lassen. Und das hatte er. Immer.

Liebwerte Amazone, die Aussicht, Sie wiederzusehen, von Ihren Armen umschlungen zu werden, beglückt mich ganz und gar. Und wenn ich nun mal eben Ihren Kopf in meine beiden Hände nehmen dürfte, um es geradewegs in Ihre Augen hineinzusprechen, so sei es hier gesagt: Ich habe kein Maß mehr für uns. Nicht für die Zeit, die seit unserer ersten Begegnung vergangen ist, nicht für die Tiefe unseres Kennenlernens, denn da ist doch etwas Verbindlicheres, als es eigentlich sein könnte, und es ist da auch eine andere Form der Aneignung des anderen, verschlungen und verschmolzen. So viel Ali Baba in uns, so viel Schatzhöhle. Ach, Mara, wenn Sie meine Offenheit für alles, was Mara ist, als Liebeserklärung verstehen mögen, dann ist es eine. Und wenn wir wirklich würden, wie wir zu werden können meinen, dann war dies die unglaublichste Liebe-auf-den-ersten-Blick-Geschichte meines Lebens. In gewisser Weise ist sie dies jetzt schon, und ich werde, ganz gleich, wie wir sein werden, diese jetzige Zeit immer hochhalten und mich immer erinnern, wie wunderschön Sie waren. Und so umarme ich Sie und verweile dabei ein wenig, weil es sich so gut anfühlt, und unsere Küsse finden sich. Das sind wir, Mara und Helge

Einfach unwiderstehlich, der Mann. Ich schmolz regelmäßig dahin. Was ich bräuchte, um zu tun, wonach es jede Pore meines Körpers gelüstete, wäre ein eigener Laptop.

Da wurde eine der größten Liebesgeschichten des 21. Jahrhunderts geschrieben, und das an einem Leih-Laptop an einem WG-Küchentisch. Ich wollte allein sein, für mich sein, horizontal sein. Aber ich saß auf einem der wackeligen Thonet-Stühle, immer in Angst, meine Mitbewohner könnten plötzlich hereinstürmen und sehen, wie ich einen Kuss auf den Bildschirm hauchte. Nur um ihn gleich darauf mit einem Brillenputztuch zu polieren.

Helge, kurz habe ich mich gefragt, ob ich wohl zu ungestüm voranstürme, aber nein, es fühlt sich stimmig an, und wie mir scheint, gelten für uns ohnehin andere Raum-Zeit-Gesetze. Ist es zu fassen, was uns beiden da passiert? Ich staune jeden Tag aufs Neue. Kein Smalltalk, kein Kennenlernen über Äußerlichkeiten, gleich mitten hinein ins Wesentliche. Ich kann den Moment kaum erwarten, an dem ich Ihnen sagen kann – die Zeit wird es zeigen, aber ich zweifele nicht daran –, wo ich mir Ihre Lippen und Ihre Hände wünsche …
Lassen Sie uns gemeinsam träumen,
Mara

Ich spürte, wie meine prüde Großmutter sich im Grabe umdrehte. Das war nicht nur so dahingesagt, das war ein

Fakt. Mit Sicherheit schlugen die Erdbebenmessgeräte in Hamburg allmitternächtlich mit 1,2 auf der Richter-Skala aus. Und die US-Erdbebenwarte würde das Epizentrum des Bebens genau lokalisieren können – nämlich in jenem süddeutschen Familiengrab, in dem meine Großmutter rotierte.

Ich hatte einen Mann, mit dem ich offiziell noch per Sie war, zum Körperkontakt aufgefordert. In eindeutiger Absicht. Kam ich jetzt in die Hölle? Und wenn ja, durfte ich mir dann den Bottich mit dem siedenden Öl mit Helge Harenfleth teilen?

Da machte es schon wieder *pling*. Auf dem Bildschirm erschien ein Schriftzug: *Sie haben Post.*

Ui, mehr als eine Mail pro Nacht? Nahm Helges Ungeduld zu? Hielt er es nicht mehr bis zu unserem Treffen aus? Bat er mich flehentlich, mich in einen Zug zu setzen und nach Berlin, Dresden, Hannover – oder wo immer er auch war – zu fahren und mich in seinem Hotelzimmer an ihm zu vergehen? Bei Gott, ich wäre dazu bereit! Ich hatte mir extra das Buch *Die perfekte Liebhaberin – Sextechniken, die ihn verrückt machen* besorgt und zu großen Teilen auswendig gelernt. Rüdigers Vorwurf, ich wäre im Bett nicht einfallsreich genug, gehörte der Vergangenheit an. Jetzt wusste ich, was man bei der Handarbeit unter Coiffeuse verstand und wo der männliche G-Punkt saß. Meine oralen Verwöhntechniken würden Helge in den Wahnsinn treiben. Oh ja, ich war so was von bereit.

Mit zitternden Fingern öffnete ich rasch die Mail … und stutzte.

> Liebe Frau Emmerich, was für eine schöne Begegnung.
> Ich freue mich auf unser Wiedersehen! Passen Sie auf sich auf.
> Gruß und Kuss, Ihr Goswin von Hensch

Nicht so eloquent wie Helge, aber genauso heißblütig. Also, was man bei einem Hamburger als *heißblütig* bezeichnen konnte. Ein Kuss in der allerersten Mail!

Im Mailanhang war die Aufnahme einer Skulptur von ihm. Sie hieß laut Bildunterschrift *Der Kuss,* erinnerte aber nicht an den gleichnamigen Klimt-Kuss, sondern eher an zwei Streichhölzer, die aneinanderlehnten.

Aber was verstand ich denn schon von minimalistischer Kunst.

Es gab noch etwas, wovon ich nichts verstand. Männer.

Wieso hatte ich denn auf einen Schlag gleich zwei Verehrer? Das war nicht einmal zur Zeit meiner größten Blüte der Fall gewesen. Als meine Haut noch straff war und meine Brüste steil nach vorn ragten. Ich war zutiefst misstrauisch. Wenn etwas zu gut ist, dann kann es nicht wahr sein. Oder nicht von Dauer.

Mitternachtsspitzen. Die Frage war nur: mit oder ohne Paranoia?

Bestimmt lag es an meinen weiblichen Sexuallockstoffen. Meine Pheromone vermischten sich offenbar mit der salzhaltigen Hamburger Luft und wurden zu einer explosiven Mischung, der die Männer reihenweise erlagen. Ob schwul, ob Hete, ob alt oder jung, ob Zwei- oder Vierbeiner: Alles, was Testosteron hatte, lag mir derzeit zu Füßen. Früher hätte ich mich verschreckt zurückgezogen und gewartet, bis der Hormonrausch vorbei war. Doch mittlerweile war ich aus anderem Holz geschnitzt.

Zur Hölle mit den Torpedos, Volldampf voraus.

Lieber Herr von Hensch,
auch mich hat unsere Begegnung nachhaltig beeindruckt, und ich freue mich schon sehr auf unser Wiedersehen. Haben Sie es schön in London und fühlen Sie sich umarmt,
Ihre Mara Emmerich

Meine Großmutter rotierte noch etwas schneller …

* * *

»Hafensafari. Das muss sein! Und zwar auf der Barkasse Lola zwo.«

Langsam eroberte ich mir die Weltstadt Hamburg. Ich war den Michel hochgestiegen, hatte im *Streit's* einen Hollywoodfilm im englischen Original angeschaut und im Schanzenviertel einen Secondhand-Hosenanzug erstanden. Den Hafen kannte ich allerdings noch nicht. Und Mitbewohner Jürgen wollte dem abhelfen. An diesem Sonntag hatte ich ohnehin nichts anderes vor: Helge war in München, Goswin in London. Und ich war des Tagträumens müde.

»Du kannst nicht in Hamburg wohnen und noch nie eine Hafenrundfahrt gemacht haben«, erklärte Jürgen am Frühstückstisch, während sich Signe einen Zugluftdackel strickte. Rasmus las die *Welt am Sonntag.* Sein Süßer, der das Wochenende bei uns verbrachte, schlief noch.

Unter Garantie hatten von den drei Millionen Einwohnern gute zwei Drittel noch nie im Leben eine Hafenrundfahrt gemacht. Aber das war irrelevant. Und auch egal, denn ich wollte ja an Bord. Mein Leben lang hatte ich vom Glück auf dem Wasser geträumt. Während meiner popeligen Beziehung verlangte es mich nach einem popeligen Boot auf dem Bodensee. Jetzt strebte ich an, auf einem Luxusdampfer den Atlantik zu überqueren. Und so eine Barkasse auf der Elbe war doch gewissermaßen der erste Schritt in Richtung Traumerfüllung. Denn die Elbe floss schließlich in die Nordsee, und die Nordsee ging in den Atlantik über. Ich trat diese Reise zwar nicht mit dem Mann meiner Träume an, aber immerhin mit einem Mann. Im weitesten Sinne.

Jürgen war schrullig, aber ganz okay. Bereits mit Mitte fünfzig war er – dank Rückenproblemen – in den Vorruhestand gegangen. Nun frönte er seiner Leidenschaft, dem Bücherschreiben. Okay, er veröffentlichte bei einem obskuren Druckkostenzuschussverlag, aber er lebte seinen

Traum, und das war anerkennenswert. Obwohl Jürgen mir gleich am ersten Abend ein Buch mit Widmung geschenkt hatte, besaß ich immer noch nicht die leiseste Vorstellung davon, was er schrieb. Oder worüber. Er zitierte aber gern Hemingway, der wohl mal gesagt hatte, dass man das, worüber man schrieb, erlebt haben musste. Hemingway hatte damit Stierkämpfe und Hochseeangeln gemeint, Jürgen Hafenrundfahrten. Auch gut.

»Signe, kommst du mit?« Ich nickte ihr auffordernd zu.

»Kann nicht, ich muss den Dackel fertig kriegen. Vor lauter Zugluft habe ich schon einen steifen Nacken. Irgendjemand lässt nachts in der Küche immer das Fenster offen.«

Sie sah mich nicht an, aber es war klar, dass sie mich meinte. Und ich war ja auch die Schuldige. Für meine Mitternachtsmails brauchte ich reichlich Sauerstoffzufuhr.

»Rasmus, wollt ihr, du und dein Süßer, uns begleiten?«, fragte ich unseren Galeristen.

»Auf eine Hafensafari? Großer Gott, bleib mir bloß weg mit dem Zeug. Ich hasse Wasser. Mir wird ja schon auf Wasserbetten schlecht!«

»Aber nicht wegen des Wassers, sondern wegen dem, was du darauf anstellst«, mutmaßte Signe und kicherte lästerlich.

Rasmus winkte tussig ab. »Ihr seid ja nur neidisch.«

»Stimmt«, sagte Signe.

Stimmt, dachte ich.

Jürgen griff nach dem Telefon und reservierte zwei Karten für die Lola zwo.

»Zieh dich bloß warm an, auf'm Wasser wird's kalt«, warnte er mich noch. Also gut, Thermounterwäsche an und los.

Die Barkasse Lola sah so aus, als ob sich Captain Jack Sparrow auf ihr sauwohl fühlen würde. Es war aber kein Johnny-Depp-Doppelgänger zu sehen, sondern nur ein kauziges Urgestein von Kapitän und ein dreckiges Dutzend Unerschrockene. Von den Landungsbrücken ging es – die Tide war günstig – durch die Speicherstadt, über der ein Hauch Hansegeschichte lag, zum modernen Hafen. Auf der Barkasse drehte an diesem Sonntag ein Kamerateam des NDR. Es wollte Impressionen für ein Hamburg-Feature einfangen und bat uns Passagiere, »ganz natürlich« zu tun und bitte nie in die Kamera zu schauen.

Leider spielte das Wetter nicht mit. Es war, gelinde gesagt, ungemütlich, und es erwies sich als Nachteil, dass wir eine Cabrio-Barkasse gewählt hatten, sprich: nicht überdacht. Gischt von unten, Nieselregen von schräg vorn, überschwappender Grog von rechts und links, weil fast alle den im Preis inbegriffenen Seemannstrunk probierten, aber keiner das Schwappen des Becherinhalts wirklich kompetent regulieren konnte. Dazu schreiende Kinder, kreischende Möwen und basslastige Schiffshorne.

Über Lautsprecher flunkerte uns der Kapitän derweil vor, was er in seiner Jugend auf den sieben Weltmeeren alles erlebt hatte – von der Riesenkrake bis zum Kaventsmann. Jürgen neben mir sprühte vor Begeisterung. »Schau doch! Das Tor zur Welt«, rief er und zeigte auf den Containerhafen, den wir gerade ansteuerten. In der Verlängerung seines Zeigefingers war ein riesiges Containerschiff zu sehen. »Riechst du den Schweiß der Hafenarbeiter? Hörst du die Schiffsmotoren? Spürst du hier nicht auch, wie dich das Fernweh packt?«

Ich spürte etwas anderes. Sollte eine der Fischmahlzeiten von Signe nicht ganz koscher gewesen sein? In meinem Innern rumorte es verdächtig. War der zweite Grog ein Fehler gewesen? Und nahm das Schwanken der Barkasse wirklich zu, oder bildete ich mir das nur ein? Die Lola zwo war zwar klein und wendig, aber ein hilfloser Spielball der Wellen. Wie mir schien.

Es rumorte schlimmer. »Du wirst doch wohl nicht seekrank, oder?« Jürgen sah mich kritisch an.

»Nein!«, bockte ich.

Diese Mitleidslosigkeit. Jetzt bedauerte ich es nicht mehr, dass ich Jürgens *Ragnarök* bislang nicht gelesen hatte, sondern als Stütze unter das abgebrochene Tischbein in meinem Zimmer geschoben hatte.

»Es geht mir gut!«, behauptete ich kühn. Aber im Kampf Kopf gegen Magen kann der Kopf nur zuschauen, wie der Magen sein Ding macht. In meinem speziellen

Fall wollte sich der Magen erleichtern und tat es auch. Mein Frühstücksmüsli mit Obsteinlage und – wenn ich mich nicht sehr irrte – letzte Reste von Signes Fischallerlei vom Vorabend schossen in hohem Bogen in die Elbe. Die hatte schon ganz andere Dinge schlucken müssen und steckte das anstandslos weg. Einige Möwen beobachteten das Schauspiel und stürzten sich gierig auf die Klumpen meines Erbrochenen. Die mitfahrenden Kinder quietschten vor Vergnügen. Schlimm war nur, dass das Kamerateam des NDR genau in diesem Augenblick neben Jürgen und mir stand und alles filmte.

»Das senden Sie doch nicht etwa, oder?« Ich war grün im Gesicht, und ein angedautes Stück Bückling klebte mir am Kinn. *Was diese Frau so alles treibt,* und das auch noch vor den Augen der Öffentlichkeit.

»Keine Sorge«, lachte der Kameramann.

Das war kein »Nein, selbstverständlich nicht, mein Ehrenwort!«, weshalb ich mir durchaus Sorgen machte.

Jürgen versuchte, mich zu beruhigen, während er mir mit einem Taschentuch das Kinn sauber wischte. Ich selbst brauchte beide Hände, um mich an der Reling festzuklammern.

»Du musst dir wirklich keine Sorgen machen. So eklige Bilder schneiden die beim Fernsehen immer raus, damit keiner traumatisiert wird. Und gleich hast du es geschafft«, sagte er. »Nur noch eine halbe Stunde.«

Ich wollte sterben. Wenn ich damals gewusst hätte,

dass der NDR meinen Brechanfall mitnichten dem Digital-Orkus übergab, sondern schon am nächsten Tag um 18 Uhr im *Hamburg Journal* in voller Länge ausstrahlte, wäre ich an Ort und Stelle in die tosende Elbe gesprungen und hätte mich von Neptun auf Nimmerwiedersehen in die Unterwelt tragen lassen. Nachsehen konnte man meine Erniedrigung noch zwei Wochen lang in der NDR-Mediathek und dank eines Unbekannten – ich tippte auf Jürgen – für alle Ewigkeit auf YouTube.

* * *

An dem Tag, an dem ich wieder zur Frau gemacht werden wollte, regnete es. Wie so oft in Hamburg. Über kurz oder lang würden mir hier Schwimmhäute wachsen. Als Süddeutscher musste man zudem erst lernen, dass der Regen in Hamburg nicht von oben kam, sondern von vorn. Oder wahlweise von hinten oder von der Seite, jedenfalls immer so, dass einem ein Schirm nichts nutzte.

Beim Blick aus dem Fenster beschloss ich, mit dem Taxi nach Blankenese zu fahren, um das Kunstwerk, das ich gerade erschuf, nicht nass werden zu lassen. Dummerweise hatte ich nicht mehr genug Kleingeld.

In meinem schokobraunen, hautengen Strickkleid (dessen Farbton laut der Verkäuferin in der Boutique das Braun meiner Augen unterstrich) und mit noch feuchten, von Schaumstoffzehenspreizern getrennten Zehennägeln, stakste ich durch den WG-Flur zum Zimmer von Rasmus. Jürgen war auf Recherche für sein nächstes Buch – andere nannten das Stammkneipenbesuch –, und Signe besuchte mit Freunden aus Dänemark den Fischmarkt.

Ich klopfte.

»Komm rein, ist offen.«

Wie jetzt? Er verriegelte normalerweise die Tür zu seinem Zimmer, fand es aber okay, in ein besetztes Badezimmer zum Pinkeln zu platzen? Wie verdreht waren diese Großstädter?

Ich öffnete die Tür. Und trat mitten hinein ins 19. Jahrhundert. Rasmussens Zimmer war das größte in der WG, was aber kaum auffiel, da er wuchtige Möbel aus dem vorvorigen Jahrhundert favorisierte. Eine Anrichte aus dunklem Teak, eine breite Chaiselongue, mit himmelblauem Samt bezogen. Und natürlich ein Globus, der sich aufklappen ließ und dabei ein Sortiment an hochprozentigen Alkoholika offenbarte.

Rasmus saß Pfeife rauchend am Fenster und las. »Sag Signe nicht, dass ich in der Wohnung rauche«, bat er. Ich wollte nichts versprechen, was ich nicht halten konnte, und fragte nur: »Kannst du mir fünfzig Euro leihen?«

»Wozu?«

»Ich habe einen wichtigen Termin und darf nicht nass werden.«

War ja nicht gelogen. Aber nicht einmal unter Folter

würde ich ihm stecken, dass ich zu einer wilden Nacht der Leidenschaft und Ekstase aufbrechen wollte.

»Ein Vorstellungstermin? Neue Wohnung oder neuer Job?«

»Genau«, bestätigte ich nebulös. »Und, leihst du mir das Geld?«

Rasmus legte sein Buch beiseite und ging mit der Pfeife im Mund zur Anrichte. Darauf lag eine – nein, ich konnte es nicht glauben – bordeauxfarbene Herrenhandtasche. Großer Gott! Aber ich durfte nicht undankbar sein. Schließlich ermöglichte mir Herrenhandtaschenbekenner Rasmus gerade die Fahrt ins Glück.

»Ich danke dir. Du kriegst es baldmöglichst zurück.« Rasmus nickte. Sein Blick glitt an meiner Erscheinung herab. »Ein Strickkleid, ist das dein Ernst? Und dann auch noch mit falscher Perlenkette? Hat meine Mutter immer getragen. Ist so ein typischer Oma-Style, aber unkaputtbar. Sieht man heute kaum noch. Mutig von dir, diese Retro-Zugewandtheit. Ich kann allerdings nur hoffen, dass dein *Termin* kein Date ist.«

Musste ich mir von einer Herrenhandtasche sagen lassen, dass ich mich wie eine Oma kleidete? Hm, ja, musste ich. Das Risiko, dass er mir den 50-Euro-Schein wieder entriss, durfte ich nicht eingehen.

»Schönen Abend noch«, rief ich über meine Schulter und stakste in mein Zimmer zurück. Wo ich zu Ende trocknete und dabei einen letzten Komplettcheck durchführte.

Maniküre, Pediküre – Check.

Ganzkörperenthaarung – Check.

Neuer Spitzen-BH mit String und Strapsgürtel, zwar nur von H&M, aber immerhin – Check.

Handtasche mit Parfüm, Zahnbürste, Kondomen – Check.

Ja, ich war bereit. Sobald die Zehennägel trocken waren, würde ich in meine Strapsstrümpfe und die Pumps schlüpfen, und dann ging es los. Zu Helge. Mein linker Unterarm war stellenweise blau, weil ich mich immer wieder selbst kneifen musste, um es glauben zu können. Ich fuhr zu Helge. Um ihn zu vernaschen. Oder von ihm vernascht zu werden. Diesbezüglich war ich völlig offen. Und dann war es so weit!

Die Fahrt mit dem Taxi von Hamburgs Neustadt in den Villenvorort Blankenese zog sich. Wir hatten uns für achtzehn Uhr verabredet, und irgendwie hatte es den Anschein, dass ganz Hamburg an diesem frühen Abend unterwegs war. Die fünfzig Euro reichten nur knapp. Doch ich machte mir keine Gedanken, wie ich wieder nach Hause kommen sollte. Es gab kein Morgen. Es gab nur das Hier und Jetzt. Und das war so unglaublich vielversprechend. Und beglückend. Alle zwei Minuten seufzte ich wohlig auf. Oder schnurrte beseelt. Der Fahrer musterte mich besorgt im Rückspiegel. »Alles in Ordnung da hinten?«

»Mehr als in Ordnung!«

Das Taxi spuckte mich zwischen zwei mannshohen Mauern aus. Dahinter ließen sich Gärten erahnen, sehen konnte man sie nicht. Ich war zu früh. Kein Wunder. Wenn ich mich auf etwas freute, war ich immer zu früh. Und ich freute mich tierisch. Auf und ab tigern konnte ich nicht, sonst würde ich nass. Also klingelte ich einfach. Das Tor war kameraüberwacht.

»Mara«, freute es sich aus der Sprechanlage. Der Summer ertönte, und ich trat in einen verzauberten Garten.

Wie gern würde ich im Nachhinein sagen, dass ich über den Kiesweg zur Villa wie im Traum schwebte und dabei mit den Augen die Pracht der ausgedehnten Gartenanlage mit Teich und Pavillon in mich aufnahm. Aber ich erwähnte ja schon, dass es Hunde und Katzen regnete, wie der Engländer zu sagen pflegt. Auf die Idee, dass die Strecke vom Taxi zur Haustür einer Extremwanderung entsprechen könnte, war ich nicht gekommen.

Tropfnass stand ich vor ihm. Helge. Endlich. Aug in Aug mit dem Verführer meiner Vorstellungskraft. Leider war dieser Moment nicht so romantisch, wie ich ihn mir erträumt hatte.

»Du bist zu früh«, begrüßte er mich, mit dem Handy am Ohr. Zwar lächelte er, hauchte aber nur kurz einen flüchtigen Kuss in die Luft neben meiner linken Wange und winkte mich in den Salon. Dann verschwand er in seinem Arbeitszimmer und tauchte eine ganze Weile nicht wieder auf.

Nun gut. Eine leidenschaftlich ersehnte Begrüßung sah anders aus, aber wir sprachen hier von Helge Harenfleth. Womöglich telefonierte er gerade mit der Kanzlerin. Oder dem Papst. Und ich war ja wirklich zu früh. Satte sieben Minuten.

Ich zog die nassen Pumps aus, ging zum Kamin, in dem ein Feuer flackerte, und sah mich im Raum um. Minimalistische Möblierung. Alles Designerstücke. Neben dem Kamin zog sich ein Panoramafenster fast über die gesamte Breite des Hauses. Man sah in den Garten hinaus, der leicht abschüssig zur Elbe hinunterführte. Auf dem Fluss zog gerade ein riesiges Kreuzfahrtschiff gemächlich seine Bahn. Es war schon dunkel, und das Schiff strahlte aus allen Bullaugen wie ein Weihnachtsbaum. Ein unglaublich schöner Anblick.

»Herrlich, nicht wahr?« Helge war lautlos in den Raum getreten. Ein *Plopp* ertönte, und ich sah, dass Helge eine Flasche Champagner mitgebracht hatte.

»Albert Gratien. Sehr fruchtig«, stellte er mir den edlen Tropfen vor. Wir stießen im Stehen an. Ich genoss das Prickeln in meinem Mund.

Helge sah mich eine Zeitlang einfach nur an. Meine Augen lächelten. Sie lächelten vielversprechend. Denken konnte ich gerade nicht – ich war nur Gefühl, reines Gefühl. Nein, ich korrigiere mich: Ich war pures Verlangen. Und fühlte mich wie Doris Day in *Ein Hauch von Nerz,* als sie mit Gänsehaut und zitternd Cary Grant gegenübersteht. Nur dass es bei uns weit und breit keinen Nerz gab. No animal was harmed in the making of *this* movie.

»Magst du Musik?«, fragte Helge plötzlich. Ich nickte. Meine Stimmbänder versagten. Es kam so unglaublich viel auf diesen Moment an. War ich immer noch die Frau, für die er mich gehalten hatte? Oder fragte sich Helge gerade entsetzt, was zum Henker er je in mir gesehen hatte?

Und außerdem war der Film in meinem Kopfkino in den letzten Tagen schon weiter vorgespult. Ich hatte uns längst in der Horizontalen gesehen, wie wir uns eng umschlungen auf dem Eisbärenfell vor dem Kamin wälzten. Unbekleidet und nicht jugendfrei. Aber das Problem fing schon damit an, dass es im ganzen Raum kein Eisbärenfell gab.

Helge legte Jazz auf. Eine Frauenstimme sang sich leise und betörend in den Raum. »Ella Fitzgerald«, erklärte Helge. Gleich darauf machte er es sich im Sessel unter einer riesigen Fotografie von Ella bequem. In der oberen linken Ecke stand handschriftlich *For lovely Helge. Kisses, Ella.* Er hatte sie also noch persönlich kennengelernt. Warum wunderte mich das? Helge kannte doch jeden auf dieser Welt, der schon einmal fünfzehn Minuten Ruhm genossen hatte.

Wie alt mochte Helge sein? Irgendwo hatte ich es gelesen und wieder vergessen. Definitiv eine Ecke älter als ich. Sah jedoch noch sehr schnuffig aus. Er trug wieder einen Rollkragenpullover und farblich passende Cordsamthosen, das streckte. Bei jedem anderen hätte man gesagt, er fläzte im Sessel. Bei Helge hatte diese Haltung eine royale Lässigkeit an sich. Dennoch, es ließ sich nicht leugnen: Seine Ausstrahlung hatte an diesem Abend die Lebendigkeit einer Schlaftablette.

Ich stand immer noch vor dem Panoramafenster. Warum fläzte er sich nicht auf der Recamiere? Dann hätte ich mich neben ihn setzen, mich lasziv an ihn schmiegen können. Unschlüssig machte ich weiterhin auf Standbild. Schnell, ich musste wenigstens etwas Geistreiches sagen. Nur was? Das hier sollte das Abenteuer meines Lebens werden. Etwas, von dem ich meinen Enkelkindern erzählen konnte. Aber die Zeit vertickte. Hörbar, wie ich an der alten Opa-Uhr mit Westminsterschlag verfolgen konnte, die auf dem Kaminsims stand. Tick, tack, tick, tack.

Mir fiel nichts ein. Mein Verstand war wie leer gewischt. Offenbar hatte sich ein stummer Demenzkranker meiner Sprechwerkzeuge bemächtigt. *Los, tu was!,* rief ich mir innerlich zu. In einer typischen Übersprunghandlung kippte ich meinen Champagner auf ex.

»Hast du Hunger?«, fragte Helge.

»Oh ja.« Das war gut. Übers Essen ließ sich immer reden. Helge hatte in seiner Villa alle nichttragenden Wände herausreißen lassen, und von meinem Panoramafensterplatz aus hatte ich einen ungehinderten Blick auf die Küche, die über jeden modernen Komfort und Schnickschnack zu verfügen schien. Was würde er mir wohl Leckeres auftischen? Der Mann war ein Genussmensch, keine Frage. Etwas Exotisches? Nein. Hausmannskost. Mit einem raffinierten Twist. Ganz sicher. Ich wollte meiner Freude darüber Ausdruck verleihen. Aber nicht mit etwas Schnödem. Es musste eine Bemerkung mit Esprit sein, gleichzeitig sinnlich und appetitlich.

»Ich kann es kaum erwarten, was du uns zaubern wirst«, hauchte ich. Und konnte das Hicksen – von dem allzu schnell gekippten Champagner – in letzter Sekunde verhindern.

Helge zog sein Handy aus der Cordsamthosentasche.

»Ach nein, ich koche nicht. Ich koche nie. Normalerweise versorgt mich meine Haushälterin, aber die hat heute frei. Wir gehen zu meinem Lieblingsgriechen. Ich rufe uns ein Taxi.« Er telefonierte mit der Taxizentrale.

»So, alles klar.« Helge steckte das Handy zurück in die Hosentasche. Es war doch kein Smartphone, wie Signe vermutet hatte, sondern ein uraltes Motorola-Teil. Irgendwie süß bei einem Mann seines Kalibers.

Da stand ich nun. Wie ein begossener Pudel. Nicht zuletzt, weil ich wegen des Regens immer noch nass war. Wenn ich nicht bald trocknete, würde der Geruch von nassem Hund einsetzen. Total unerotisch.

Aber das Prickeln unserer ersten Begegnung war ohnehin nicht zu spüren. Geschweige denn das hocherotische Prickeln unserer E-Mails. Es herrschte absolute Prickelstille.

Ich hatte erwartet, dass er mehr redete. Musste ja nichts so Pointiertes sein wie vor der Kamera. Oder in seinen Mails. Aber im Grunde sagte er gar nichts, sondern sah mich nur an. Dabei wippte sein Fuß im Takt der Musik. Immerhin lächelte er.

»Schön hast du's hier«, sagte ich.

»Ja, ich fühle mich hier auch pudelwohl. Ich habe das Haus erst im Sommer gekauft. Leider funktioniert die Heizung nicht richtig.«

»Wir werden es uns schon warm zu machen wissen«, versprach ich mit laszivem Timbre. Das Wimpernklimpern verkniff ich mir.

Dennoch, genial zweideutig. So stellte ich mir meine Zukunft als Femme fatale vor. Ein Füllhorn voller Andeutungen.

Helge nickte jedoch nur und meinte: »Ich habe in jedem Zimmer einen Kamin, das geht schon. Englisches Feeling, nicht wahr? Vorn schon durch und hinten noch roh.«

Draußen hupte es. Helge stand auf, machte die Stereoanlage aus und zog sich einen Friesennerz über. »Kommst du?«

Die Fahrt zum Lokal war sehr kurz, unter zehn Euro. Bei jedem anderen hätte der Taxifahrer gemeckert, nicht so bei Helge, den er natürlich erkannt hatte. Helge gab großzügig Trinkgeld. Das nahm mich wiederum sehr für ihn ein.

Natürlich war sein Grieche nicht einfach ein Grieche. *The Greek* hieß das Etablissement. Keine bunten Wandmalereien vom Hafen von Piräus, keine weißen Gipsnachbildungen von Aphrodite oder Zeus, kein bemaltes Geschirr. Oh nein. Viel Glas und Chrom und Gastro-Purismus. Und eine vietnamesische Empfangsdame, die uns an der Tür Friesennerz und Trenchcoat abnahm.

»Ah, Herr Harenfleth.« Der Maître wuselte eilfertig auf uns zu. Ein Mann, dem man den Griechen nicht ansah. Dafür aber, dass er Helge am liebsten rektal in die Eingeweide gekrochen wäre.

»Georgios, ich habe nicht reserviert. Aber wir finden doch noch einen Platz, oder?«

»Aber natürlich!«

Das *Aber natürlich!* des Maître klang, als würde er notfalls zwei der anwesenden Gäste vor die Tür setzen, um einen Platz für Helge zu finden. Es war dann aber doch noch was frei. Wir wurden an einen Zweiertisch mit Blick auf die Elbe geführt. In der Ferne sah man immer noch das beleuchtete Kreuzfahrtschiff. Wer draußen den Elbuferweg am Lokal entlangschlenderte, hatte einen 1-a-Blick auf Helge. Offenbar nutzte der Maître seinen prominenten Gast als Köder.

»Das hier ist gewissermaßen mein Zweitwohnsitz«, schwärmte Helge und strahlte zum ersten Mal an diesem Abend eine gewisse Begeisterung aus. »Hier esse ich immer, wenn ich nicht auf Tour bin. Mein geheimer Rückzugsort.«

Die Ehre, die Helge mir damit zuteilwerden ließ, hier

mit ihm zu speisen, jagte einen wohligen Schauer durch meinen Körper.

»Ich empfehle heute das Knoblauchlamm«, verkündete der Oberkellner. Er hielt eine Schiefertafel in der Hand, auf der jemand mit krakeliger Kreideschrift die Angebote des Tages notiert hatte. Das Geschriebene war nicht zu entziffern.

»Was meinst du? Nehmen wir das Lamm? Und dazu Champagner?«, fragte Helge. Ich nickte nur. Obwohl ich Lamm nicht mochte. Knoblauchlamm schon gar nicht. Wegen des Geruchs. Egal. Wir würden uns gegenseitig anstinken. Das verband.

»Hier treffe ich oft alte Bekannte«, fuhr Helge in seiner Erzählung fort. »Alice und Ellen Kessler kommen regelmäßig. Biolek, wenn er in Hamburg ist. Bono von U2. Und natürlich der Kerner.« Natürlich.

»Ich gehöre hier quasi zur Familie.« Wie zum Beweis winkte Helge der Thekenmannschaft zu. Die winkte geschlossen und fröhlich zurück.

Der Champagner war im Nu geleert – Comtes de Champagne, ein 1998er von Taittinger, wie der Kellner erklärte. Wie Helge fand er, dass man Champagner nicht trinken durfte, wenn man nicht wusste, mit welchem »Stall« man es zu tun hatte.

Das Essen kam erstaunlich schnell. Die Portionen waren, sagen wir mal, übersichtlich. Dementsprechend schnell hatten wir unsere Teller blank geputzt.

»Möchtest du ein Dessert?«, fragte Helge. »Ich selbst bin ja kein Freund von Nachtischen.«

»Nein danke. Gern einen Espresso.«

»So spät noch?« Es war kurz nach halb acht.

»Wir können aber auch gern zu dir fahren«, bot ich als Kompromisslösung an, natürlich davon ausgehend, dass er mir bei sich einen Espresso anbieten würde.

Helge zahlte, winkte ein weiteres Mal in die Runde, die Vietnamesin half uns in unsere Mäntel, und ein Taxi brachte uns zurück in seine Villa. Hätte ich mich wieder an das Panoramafenster neben dem mittlerweile erloschenen Kamin gestellt, ich bin sicher, ich hätte in der Ferne immer noch das rundum beleuchtete Kreuzfahrtschiff gesehen. So rasch war dieser Teil des Abends vorüber. Aber das Beste sollte ja noch kommen …

* * *

Zurück in der Villa, brachte Helge Ella wieder zum Singen und entzündete ein neues Feuer im Kamin. Möglichst sinnlich sirenenhaft lockend drapierte ich mich dem Kamin gegenüber auf dem Minotti-Ledermöbel. Mein Kleid rutschte hoch, und – hoppla – womöglich konnte man sehen, dass ich Strapsstrümpfe trug. Ich zog den Saum nicht hinunter.

Helge schenkte uns ein. In der Flasche von vorhin war ja noch ein Rest. Er reichte mir mein Glas und setzte sich.

Auf den Teppich. Die ideale Position für ihn, um mein bestrumpftes rechtes Bein in beide Hände zu nehmen und zärtlich zu massieren.

Ich stöhnte verhalten. Er zog meine Zehen an sein Gesicht und küsste sie durch den Strumpf hindurch. War er ein Fußfetischist?

Kein Problem, damit konnte ich leben. Wenn er verhindern wollte, dass ich mich wie eine ausgehungerte Hyäne auf ihn stürzte, musste er schon schwerere Geschütze auffahren. Mein ganzes Denken war nur noch auf diesen einen Wunsch konzentriert.

Darauf, mit diesem Mann zu schlafen. Meine Lust war stärker als mein Bedürfnis zu atmen. Trotzdem würde ich nicht den ersten Schritt tun. Ich war ein zivilisiertes Wesen, kein Tier. Ich war eine Dame. Damen stürzten sich nicht in Begattungslaune auf Männer, die sich nicht begatten lassen wollten. Er musste mir schon ein Zeichen geben. Irgendeines …

»Mara …« Es klang brunftig.

Jaaaa. Ich atmete schwerer. *Nimm mich. Nimm mich jetzt,* hätte ich am liebsten gerufen. Hätte ich wohl auch rufen sollen, ja müssen. Denn von allein blitzte diese Idee nicht in ihm auf.

Der magische Moment kam. Und ging.

»Ich habe eine sehr anstrengende Woche hinter mir. Wollen wir zu Bett gehen?« Bevor ich mich freuen konnte, ergänzte Helge: »Jeder in sein eigenes Bett?« Er stand auf und knetete sich die manikürten Hände. »Du spürst ja auch, dass dieses Prickeln zwischen uns nur eine Fata Morgana war, der wir erlegen sind. Es war ein unschuldiger Traum, den wir geträumt haben, aber die Realität hat diesen Traum aufgelöst und in alle Windrichtungen verweht, nicht wahr?« Wie bitte? Nein!

Helge sah aus dem Fenster in die Dunkelheit, mied meinen Blick. »Im Gästezimmer gibt es keinen Kamin. Du darfst deshalb in meinem Bett schlafen. Warte noch kurz, ich mache dir Feuer, dann hast du es gemütlich.«

Der begossene Pudel von vorhin fiel mir wieder ein. Weil ich genau so auf der Ledercouch saß, feucht und unbefriedigt. Das Schlucken fiel mir schwer. Ließ sich das Ruder noch herumreißen?

»Kommst du?«, rief er gleich darauf. Über eine riesige, freischwingende Treppe ging es in den ersten Stock hinauf. Sein Schlafzimmer erwies sich als eine Explosion aus Rot-Tönen. Das Bett war aufgeschlagen, und im Kamin knisterte ein Feuer. Durch eine Rundbogentür ging es in Helges begehbaren Kleiderschrank, aus dem er einen Pyjama holte.

»Schlaf gut, Mara.« Züchtig küsste er mich auf die Stirn. Jetzt!

Jetzt musste ich ihn am Pulli packen und ihn aufs Bett werfen und mich an ihm vergehen. Tu es, Mara!

»Süße Träume«, hauchte ich ihm zu. Mein Atem roch

knoblauchig, das merkte sogar ich. Dennoch strich ich mir lasziv eine Strähne aus dem Gesicht, senkte leicht den Kopf und sah ihn von schräg unten auffordernd an.

»Ja, dir auch«, hauchte er ebenso knoblauchig zurück. Und war weg. Ich ließ mich auf das Prachtbett fallen, in dem ich meiner so lange brachliegenden Leidenschaft so ungezügelt hätte freie Bahn lassen können.

Auch hier passte Doris Day. *Eine zu viel im Bett* – besser gesagt: einer zu wenig. Es war einundzwanzig Uhr, und ich lag im Bett. Ein Bett, das schwach nach Patschuli duftete. Und – meinetwegen – auch nach Knoblauch. Unfassbar, oder? Wie ein rolliges Groupie lag ich im Bett einer Berühmtheit. Blöderweise ohne die Berühmtheit. Sch…eibenkleister!

* * *

Am nächsten Morgen wurde mir eine dampfende Tasse Tee ans Bett gebracht. Nicht von Helge, sondern von seiner Haushälterin. Ende fünfzig, robust, kernig, rekordverdächtiger Vorbau, weiße Kittelschürze. Sie schien sich über die fremde Frau in Helges Bett nicht zu wundern.

»Herr Harenfleth hat leider einen Termin beim NDR und musste schon gehen. Er lässt sich entschuldigen. Soll ich Ihnen ein Frühstück machen?«, fragte sie.

»Danke, nicht nötig. Ich dusche nur schnell und gehe dann.«

Der Tee war ein Earl Grey. Ich hasse Earl Grey.

Von da an kamen keine mitternächtlichen E-Mails mehr.

Was würde Bruce Willis tun?

Volle achtundvierzig Stunden zermarterte ich mir das Hirn, was ich falsch gemacht haben könnte. Dann wurde der anonyme Brief unter der Tür zu unserer WG durchgeschoben.

I C H   W E I S S   A L L E S !

Die Buchstaben waren einzeln aus einem Hochglanzmagazin ausgeschnitten, das Papier aus einem linierten Block herausgerissen worden. Kein Umschlag. Rasmus, der meistens als Erster aus dem Bett fiel und dann gleich das Haus verließ, um seinen Körper im Fitnessstudio zu modellieren, fand den Wisch. Bleich kam er in die Küche gewankt, in der Jürgen und ich mehr oder weniger wach am Küchentisch saßen. Meinen Hallo-Wach-Kaffee trank ich vor einem Stapel Verlagsprospekten. Als Buchhändlerin musste ich schließlich wissen, welche Bücher gerade auf dem Markt waren. Ich prägte mir vor allem die Farbgebung der Buchumschläge ein. Sonnenblumengelb war nicht dabei.

Wie jeden Morgen polierte Jürgen derweil die Espressomaschine. »Ich frühstücke immer italienisch«, hatte er zu Anfang meiner WG-Zeit gesagt und damit gemeint, dass er morgens nur einen Espresso trank und keine feste Nahrung zu sich nahm. Die fast religiös zu nennende Leidenschaft, mit der er das Teil jeden Tag wienerte, ließ mich erahnen, dass es auch in seinem Leben zu wenig zärtlichen Körperkontakt gab und er Ersatzbefriedigungen nötig hatte. Jede Wette, in ganz Italien gab es keine so glänzende Espressomaschine wie in unserer WG-Küche. Sollte sich ein Italiener zu uns verirren, würde er vor Neid erblassen. Vor Espressomaschinenneid. Signe duschte noch.

»Da …« Rasmus zitterte wie Espenlaub. Er hielt den Erpresserbrief in die Höhe.

Jürgen hielt im Polieren inne. Seine graue Löwenmähne stand wieder nach allen Seiten ab. Ob seine Ex-Schüler ihm wohl den Spitznamen Einstein gegeben hatten? Ich hätte es getan.

»Was ist das?«

»Ich weiß alles«, zitierte Rasmus.

Das brachte mich zum Schmunzeln. »Gab's da nicht mal …«, fing ich an und wollte erzählen, wie irgendein Spaßvogel seinen Freunden Telegramme mit genau diesem Satz verschickt hatte. Daraufhin waren alle aufs Land oder gar außer Landes geflohen. Wer war das doch gleich gewesen? Oscar Wilde? Noël Coward? Jedenfalls war das eine Ecke her. Damals, als es noch Telegramme gab. Jungen Menschen musste man mittlerweile bestimmt erklären, was ein Telegramm war.

»... da hat doch mal einer ...« Weiter kam ich nicht. Rasmus unterbrach mich.

»Die wissen von meinem Dachgarten«, flüsterte er stimmlos.

Dachgarten? Rasmus ließ sich entkräftet auf den Küchenstuhl neben mir fallen. »Woher wissen die das nur?«, jaulte er verzweifelt. »Ich habe doch eine Sichtblende installiert. Man kann den Garten von den Nachbardächern gar nicht einsehen. Nicht einmal von einem patrouillierenden Polizeihubschrauber.« Er legte die Arme auf den Küchentisch und ließ schwer den Kopf sinken. »Ich will nicht in den Knast. Das überlebe ich nicht. Ich weiß doch, was dort mit Leuten wie mir gemacht wird.« Er brach in Tränen aus.

Jürgen tätschelte ihm mit dem Espressomaschinenpoliertuch unbeholfen die Schulter. Ich gab tröstende »Ts, ts, ts, ist ja gut«-Laute von mir, wandte aber den Blick ab, weil ich erwachsene Männer nicht weinen sehen kann.

Unbemerkt von uns waren die Duschgeräusche verstummt. Signe trat im schweinchenrosa Flauschmorgenmantel in die Küche und schaltete sofort in den Bemutterungsmodus. »Rasmus, was ist denn los?« Der Erpresserbrief in seiner Hand war fast nur noch zerknüllter Zellstoff. Rasmus gab ihn Signe. »Das wurde unter der Tür durchgeschoben.« Als es noch flach war und keine Kugel.

Signe entfaltete das Blatt, strich es mit energischen Handbewegungen glatt, las den Text und presste sich gleich darauf entsetzt die Hand vor den Mund.

Ich war verwirrt. Was hatte es mit diesem ominösen Dachgarten auf sich? Hatten die drei dort aus Menschenschädeln einen heidnischen Altar errichtet?

»Oh Gott«, stöhnte Signe. »Die meinen nicht dich. Die meinen *mich.* Sie haben das mit der Telefonsache herausgefunden.« Die Frau wurde totenbleich. Ich schob ihr rasch einen Stuhl unter das ausladende Gesäß, damit sie uns nicht in Ohnmacht fiel.

»Ach, hört doch auf«, schimpfte Jürgen. »Wie sollten die euch bitte auf die Schliche gekommen sein? Die meinen *mich!* Damals, die Sache mit dem Schaukelpferd.« Man merkte ihm an, wie er sich mannhaft zusammenzureißen versuchte. Nur sein Wangenmuskel zuckte, wie bei Alain Delon, wenn der eine emotionale Szene zu spielen hatte. Mir ging das alles zu schnell. Ich verstand nur Bahnhof. Besser gesagt, Dachgarten und Telefonsache und Schaukelpferd. Hallo?

Aber ich hatte auch gut reden. In meinem Leben gab es nichts, absolut gar nichts, womit man mich erpressen konnte. Dass ich im Winter '99 die Kehrwoche geschwänzt hatte? Verjährt. Und außerhalb Schwabens auch keine Straftat, höchstens eine Ordnungswidrigkeit.

Beschämend war allenfalls, dass ich geglaubt hatte, einer wie Helge Harenfleth könnte am Beischlaf mit mir interessiert sein. Doch sollte das jemand herausgefunden haben, wäre das zwar eine Peinlichkeit erster Güte, aber nicht weiter schlimm. Ich war ohnehin eine Versagerin. Meine Beziehung war gescheitert, beruflich hatte ich nichts erreicht, meine Gene hatte ich nicht weitergegeben – und jetzt hatte mich eine Promi-Nase am ausgestreckten Arm verhungern lassen. Will heißen, allein in seinem Bett verhutzeln und vertrocknen lassen.

Falls das hier also wirklich kein dummer Scherz sein sollte, dann musste der Erpresser einen meiner Mitbewohner meinen. Oder alle drei.

Ich begriff es nicht: Diese drei Normalos konnten doch unmöglich etwas zu verbergen haben, das ein solches Entsetzen rechtfertigte. Eine Lehrerin, ein pensionierter Schreiberling und ein schwuler Galerist.

»Leute ...«, sagte ich.

»Vielleicht ist der Brief ja für dich?« Rasmus richtete sich auf, schöpfte neue Hoffnung. »Wieso sonst kommt er erst jetzt, wo du bei uns wohnst?« Alle drei sahen mich an.

»Das ist doch lächerlich«, schnaubte ich. »Über mich kann jeder alles wissen. Nicht, dass es überhaupt was zu wissen gäbe.« Ich zeigte mit dem Finger in die Runde. »Aber was ist mit euch? Ihr habt doch ganz augenscheinlich etwas zu verbergen. Raus mit der Sprache! Was ist es?«

Die drei tauschten bedeutungsschwangere Blicke aus.

»Rasmus hat eine Marihuanaplantage auf dem Dach, Jürgen hat mal einen Porno gedreht, und ich mache heimlich telefonische Tarotberatung für eine 0800-Nummer – ohne sie zu versteuern natürlich.« Es strömte nur so aus Signe heraus. Die Dänen sind eben ehrlich.

»Und dabei besitze ich noch nicht einmal Tarotkarten!« Sie unterdrückte ein Schluchzen.

Ich sah Jürgen alias Einstein an. Mit einer Prise Unglauben im Blick. »Porno? Echt jetzt?« Er druckste nicht lange herum. Ein bisschen klang sogar Stolz durch.

»*Hottehü, mein kleines Schaukelpferd.* Softporno, kein Hardcore. Eigentlich eine Art Lehrfilm in der Tradition von Uhse und Kolle. Wie der *Schulmädchenreport.* Nur viel ästhetischer. Aber wenn das rauskommt, ist mein Ruf als seriöser Schriftsteller dahin. Dann komme ich nicht ins Feuilleton der ZEIT, sondern auf die Titelseite der BILD.« Er schluckte schwer.

Rasmus, der ganz auf sich konzentriert war, fing an zu heulen. »Ich kann nicht in den Knast.«

»Ach, komm schon«, lästerte Jürgen. »Da erwartet dich nichts, was du nicht schon kennst und magst.« Rasmus heulte lauter.

»Jürgen!«, schimpfte Signe.

Jürgen wandte sich der bezopften Dänin zu. »Sag nicht Jürgen zu mir. Was hast *du* denn schon groß zu verlieren? Du zahlst einfach die Steuer nach. Was soll's. Aber ich … Meine Zukunft als Autor steht auf dem Spiel! Ich würde zum Gespött in Fachkreisen werden. Der Literaturpreis der Thüringischen Landfrauen e. V. könnte mir aberkannt werden!« Jürgens Augen wirkten plötzlich ebenfalls wässrig.

»Diese Überheblichkeit«, erboste sich Signe. »Ich erkenne dich gar nicht wieder. Aber was kann man schon von jemandem erwarten, der den *unermüdlichen Reiter* gegeben hat? Ha! Das wurde doch nie und nimmer am Stück gedreht, da gab es doch Zwischenschnitte!«

»Und wie das am Stück gedreht wurde! In einer einzigen Einstellung!«, stellte Jürgen lautstark klar. »Ein einziger Dreh ohne Pause!«

»Ha!«

»Hört auf, nicht streiten«, bat Rasmus. Er flennte mittlerweile haltlos.

Ich schüttelte nur den Kopf. »Immer mit der Ruhe. Wir wissen doch noch gar nicht, für wen der Brief gedacht ist.«

»Vielleicht für uns alle?«, warf Rasmus ein. Signe setzte noch eins drauf. »Wer konnte den Brief denn unter der Wohnungstür durchschieben? Fremde kommen ohne Schlüssel doch gar nicht ins Haus. Stammt der Brief womöglich von jemandem, der hier wohnt?« Sie nannte keine Namen, sah mich aber dezidiert an.

»Jetzt reicht's aber … Ich wusste doch gar nichts von euren Geheimnissen!«, empörte ich mich. »Außerdem ist unten ganz oft die Tür nur angelehnt, damit die Katze von der alten Wiezorski aus dem Erdgeschoss rein- und rauskann. In dieses Haus kommt jeder rein. Jederzeit.«

Die drei starrten mich finster an. Finster, aber gegenargumentslos. Wenn man Tiere in die Enge trieb, schaltete das Großhirn ab, und nur das Kleinhirn war noch aktiv. Flucht oder Angriff, mehr Möglichkeiten kannten sie dann nicht mehr. Signe, Rasmus und Jürgen waren in die Enge getriebene Beutetiere und fanden allein nicht zurück auf den Pfad der Vernunft und der Logik. Ich musste ihnen helfen. Nur wie?

Auf die Schnelle fiel mir keine Actionheldin ein, an deren Vorbild ich mich orientieren konnte. Aber ich bin ja metrosexuell und kann auch testosteronig.

Hm, also schön: Was hätte Bruce Willis in einem solchen Moment getan?

Während Rasmus Rotz und Wasser heulte, Jürgen manisch-besessen das Polieren der Espressomaschine wiederaufnahm und Signe blicklos geradeaus starrte, ging ich vor meinem inneren Auge alle vier *Stirb langsam-Filme* durch …

* * *

In dieser Nacht übertraf ich die wildesten Aktionen meiner Jugend bei weitem, und ich fühlte mich großartig dabei: Beim typischen Hamburger Starkwind stand ich in der am übelsten beleumdeten Gegend der ganzen Stadt vor einer Litfaßsäule und verging mich an ihr mit einem Eiskratzer. Im Grunde war es ganz einfach: Sämtliche Beweise zerstören, bevor der Erpresser damit zur Polizei – wahlweise zur Finanzbehörde oder zur Deutschen Akademie für Sprache und Dichtung – gehen konnte! Den perfiden Finsterling einfach aushebeln. *Das fünfte Element* der Überraschung.

Statt zu frühstücken, hatten Signe, Rasmus, Jürgen und ich die Marihuanapflanzen auf dem Dachgarten ausgerissen und in Jutesäcke gepackt. Rasmus konnte sie im Laufe des Tages an einem versteckten Ort in die Elbe werfen. Der Arme (»Ich rauche das Zeug aus rein medizinischen Gründen, es hilft mir gegen meinen Hexenschuss!«) war angesichts meiner schlichten Idee so beglückt, dass er mich küsste (»Mein erstes Mal mit einer Frau!«). Punkt eins war somit abgehakt.

Punkt zwei – hatte ich schon erwähnt, dass ich eine große Verfechterin von Listen aller Art bin? – war die Kampagne *Säubert die Welt von Jürgen-Pornos.*

Signe, die an diesem Tag nur drei Unterrichtsstunden zu absolvieren hatte, Jürgen, der immer Zeit hatte, und ich, die ich bei Bille einen halben Tag Urlaub eingefordert hatte, zogen am Nachmittag von einem Erotikvideoverleih zum nächsten. Der Plan war, alle noch existierenden Filmkopien von *Hottehü* aufzukaufen.

»*Hottehü?* Was soll denn das sein?«, fragte im ersten Laden die junge Verkäuferin mit den überlangen, aufgeklebten Fingernägeln und dem Kaugummi im Mund. Jürgen stand zur Salzsäule erstarrt neben uns. Er hatte den Kragen seines Mantels hochgeschlagen und trug eine blickdichte Sonnenbrille. Auffälliger konnte man sich gar nicht unsichtbar machen.

»Ein deutscher Aufklärungsfilm aus den frühen achtziger Jahren«, erläuterte Signe, die ebenfalls eine Sonnenbrille trug, dazu ein Kopftuch im türkischen Wickelstil. Nur ich sah aus wie ich.

»Ein Klassiker«, ergänzte ich, weil an der jungen Frau kein Zeichen des Wiedererkennens auszumachen war. Kein Wunder, in den frühen Achtzigern war sie sicher noch gar nicht auf der Welt gewesen. Vermutlich glaubte sie, damals hätte es noch gar keine Pornos gegeben. Wie ja auch ich lange gedacht hatte, in den 1940ern hätte es so etwas wie Erotikfilme nicht gegeben. Aber ich wette, keine zwei Stunden nachdem Louis Lumière an einem späten Augusttag 1894 den Film erfunden hatte, drehte er bereits einen Porno im Garten mit der Kammerzofe und dem Hilfsgärtner … Die Kleine schob ihren Kaugummi von einer Backentasche in die andere und wieder zurück, dann tippte sie mit ihren megalangen Nägeln – ein Wunder! – problemlos *Hottehü* in den Computer.

»Im System haben wir den Film nicht. Gibt's da noch einen alternativen Titel?«

»Mein kleines Schaukelpferd«, flüsterte Jürgen.

»Hä?«

»Mein kleines Schaukelpferd«, wiederholte ich laut. *»Hottehü, mein kleines Schaukelpferd.«*

Die Nägel klackten auf den Tasten. »Nee, haben wir nicht. Vielleicht in der Grabbelkiste mit alten VHS-Bändern. Ist da drüben.«

Wir wühlten uns durch den Grabbelbestand. Erfolglos. So ging es weiter. Erst im vierten Laden wurden wir fündig. Wir entdeckten eine abgenudelte Videokassette von *Hottehü* im abgetrennten Fetischbereich für Tierfreunde. *Rund um Pferd, Esel und Schäferhund* stand über der Tür zum Nebenraum, und ich staunte sehr ob der Fülle des dort vorhandenen Materials. Jürgen wäre am liebsten im Erdboden versunken.

»In dem Film geht es nicht um Sodomie. Da kommt kein einziges Tier drin vor! Nur volljährige Menschen, die einvernehmlich Sex haben.«

»Ist ja gut«, tröstete ich ihn.

Die Liste mit Läden, in denen man als Hamburger Schmuddelfilme ausleihen konnte, war ellenlang. Wir teilten uns auf. Gegen zwanzig Uhr trafen wir in unserer WG-Küche alle wieder zusammen.

Auf dem Küchentisch stapelte sich unsere gemeinschaftlich angehäufte Beute: zehn Kopien von *Hottehü.*

»Seid ihr sicher, dass jetzt kein Exemplar mehr in der Stadt kursiert?« Jürgen sah uns aus blutunterlaufenen Augen flehentlich an.

»Ganz sicher!«, versprach ich. Was Quatsch war. Es

mochten unzählige Kopien auf eBay kursieren. Aber Jürgen brauchte jetzt Zuspruch und Trost und eine Tasse Tee. Ich setzte Wasser auf.

»Ich habe die Jutetaschen versenkt und den Dachgarten von allen Spuren gereinigt«, warf Rasmus ein. Er wirkte erschöpft. Zeugnis davon legte auch seine Frisur ab, die nicht mehr saß. Ein noch nie da gewesenes Ereignis.

»Hat dich beim Entsorgen der Säcke auch keiner gesehen?«, wollte Signe wissen, während sie prüfend Tupperdosendeckel im Kühlschrank anhob und wieder schloss.

»Nein.« Rasmus schüttelte den Kopf. »Und selbst wenn, in Buxtehude kennt mich keiner.«

»Du bist extra nach Buxtehude gefahren?«

Rasmus nickte.

Signe machte die Reste der Scholle vom Vorabend warm, die ich allerdings ausschlug. Nie wieder Fisch aus Signes Hand, die Elbe lag nicht nahe genug für eventuelle Notfälle. Ich aß lieber einen Sanddornjoghurt, in den ich mir kleine Orangenstücke schnipselte.

Kurz nach halb zehn machten wir uns auf den Weg. Es galt, Punkt drei meiner Liste abzuhaken. »Ihr wisst, was zu tun ist?«, fragte ich. Als jüngstes Mitglied der WG war ich schlagartig zum Kopf einer Bande geworden. Ich hatte quasi meine eigene Gang. Oh, wie gut das tat! Auf meine Frage hin hielten meine Mitbewohner ihre Eiskratzer hoch.

»Ich habe bei der Agentur für Außenwerbung angerufen, bei der die Plakate der Tarotberatung in Auftrag gegeben wurden. Nur in zwei Stadtvierteln wurden Litfaßsäulen damit beklebt: Altona und Wandsbek. Los geht's!«

Jeweils zu zweit machten wir uns auf den Weg. Jürgen und ich nach Altona, Signe und Rasmus nach Wandsbek. Jürgen schmierte zur Sicherheit Schlamm auf die Nummernschilder.

In Altona angekommen, zeigte sich, dass die Plakatkleber der Außenwerbungsagentur fleißig gewesen waren.

»Das bringt doch nichts«, maulte Jürgen, als wir an der vierten Litfaßsäule das Plakat abkratzten. Darauf stand, neben dem Spruch *Tarot wird dein Leben verändern – ruf an,* auch Signes 0800-Durchwahlnummer. Und zwar gleich neben einem Foto von der blonden Dänin, auf dem sie zwar eine pechschwarze Perücke trug, aber an ihrem Muttermal neben dem linken Nasenflügel eindeutig zu identifizieren war. Selbst auf dem Plakat in der Nähe des Altonaer Bahnhofs, das jemand mit einem schwarzen Schnurrbart auf ihrem Gesicht verziert hatte.

»Doch, das bringt was. Die Tarotler schalten sonst ausschließlich Internetanzeigen, und da hat Signe sich rausnehmen lassen. Nur die Plakate weisen noch auf sie hin. Wenn wir die vernichten, führt kein Weg mehr zu ihr.«

»Der Erpresser wird sich längst ein Plakat unter den Nagel gerissen haben.«

»Wie denn? Schau doch, man kriegt es nur in Fetzen ab.«

Jürgen kratzte lustlos.

»Mach hinne!«, rief ich. »Wir haben noch fünfundvierzig Säulen vor uns.«

»Die haben dir einfach so die Standorte der Litfaßsäulen gesagt?«, fragte er.

»Danach habe ich gar nicht gefragt, die kann jeder übers Internet abrufen. Wir leben in einer gläsernen Gesellschaft«, klärte ich ihn auf. »Ich wollte von der Agentur nur wissen, wo sie geklebt haben.«

»Darüber werde ich schreiben. Das werde ich anprangern. Kein Mensch ist mehr eine Insel, niemand kann mehr nach seiner Façon glücklich werden, wir stehen alle unter Beobachtung. Die homogene Zwangsgesellschaft! Orwell hat es vorhergesehen!« Jürgen redete sich in Rage, zog einen Notizblock aus seiner Jackentasche und kritzelte etwas darauf.

»Verdammt, Jürgen, lass das jetzt und kratze gefälligst. Signe hat dir geholfen, und jetzt hilfst du ihr!«

Murrend steckte der den Block wieder weg und machte weiter. Der Wind spielte mit meinen Haaren. Ich kratzte rhythmisch im Takt zur Filmmelodie von *Hudson Hawk* und fühlte mich ganz wie Bruce Willis in seinen besten Actionszenen. Nur dass um mich herum nichts explodierte.

»Du, Mara?«

»Was ist?«

»Macht es dir wirklich nichts aus, wenn jeder alles über

dich weiß?« Wir hatten alle relevanten Stellen des Plakates abgekratzt. Ich sah auf meinem Ausdruck nach, wo die nächste Litfaßsäule zu finden war.

»Kein Mensch interessiert sich für das, was ich mache.«

»Aber wenn doch einmal …«

»Dann geht es mir wie den alten Holländern mit ihren Vorhängen. Ich brauche keine, denn ich habe nichts zu verbergen.«

Wir stiegen in Jürgens Auto und fuhren weiter. So ganz stimmte das natürlich nicht. Auf gar keinen Fall dürfte mich jemals jemand beim Epilieren beobachten – wo ich mich überall epilierte, musste mein Geheimnis bleiben. Sch…Hirsutismus. Ich mochte außerdem nicht wegen Beihilfe vor Gericht landen, weil ich Rasmus geholfen hatte, seine Drogenplantage zu vernichten. Oder weil ich Plakate abkratzte, was zweifellos auch illegal war und mit Freiheitsstrafe bis zu drei Jahren geahndet wurde. Und am wenigsten wollte ich, dass alle Welt von meinem Versagen als Femme fatale bei Helge Harenfleth erfuhr. Ja, es gab durchaus Dinge in meinem Leben, die niemanden etwas angingen.

»Du hast recht, der Schutz der Persönlichkeitsrechte ist ein hohes Gut. Niemanden gehen unsere dunklen Abgründe etwas an. Aber keine Sorge, Jürgen, uns kommt schon keiner auf die Schliche. Wir sind professionell vorgegangen und haben keinerlei Spuren hinterlassen, die zu uns führen könnten.«

Jürgen lenkte den Wagen in die Parkbucht vor der nächsten Säule. Er stieg nicht gleich aus. »Du, Mara?«

»Ja?«

»Als du die Werbeplakatagentur angerufen hast, um dich nach Signes Plakaten zu erkundigen …«

»Ja?«

»Hast du denen da deinen richtigen Namen genannt?«

Öhm. Mist!

* * *

Wie viel Wirbel so ein schlichter Brief in einer kleinen Kommune doch anrichten konnte. Einzelschicksalserdbeben der Stärke 7,8 auf der Richter-Skala. Aber, wenn ich mich selbst mal loben durfte, ich hatte das gut gelöst. *Armageddon* gerade noch mal abgewendet. Der echte Bruce wäre stolz auf mich gewesen.

Erst gegen halb zwei in der Nacht liefen wir alle, durchgefroren und erschöpft, wieder zu Hause ein. Müde, aber triumphtrunken.

»Wir haben es geschafft!«, freute sich Rasmus, der von Kopf bis Fuß in Mitternachtsblau gekleidet war. Ein Farbton, den er für Guerillaaktionen offenbar für modisch angesagt hielt. »Der Erpresser hat nichts mehr in der Hand. Soll er ruhig Vorwürfe erheben. Sie sind haltlos und nicht mehr zu beweisen.«

Signe holte vier Schnapsgläser und öffnete eine Flasche ohne Etikett, in der sich eine klare Flüssigkeit befand.

»Vielleicht haben wir doch eine VHS-Kassette oder ein Plakat übersehen …«, wandte Jürgen, der ewige Zweifler, ein.

»Die Wahrscheinlichkeit geht gegen null«, beruhigte ihn Signe. »Wenn wir es nicht gefunden haben, dann findet der Erpresser es auch nicht.« Sie schenkte ein. »Jetzt trinken wir erst mal. Das ist der gute Selbstgebrannte von meinem Onkel Mads.«

Der gute Schnaps von Onkel Mads loderte wie ein Buschfeuer durch unsere Kehlen, und zweifellos würden wir am nächsten Morgen alle blind erwachen. Aber er tat verdammt gut und half gegen die kalten Knochen. Wir genehmigten uns eine zweite Runde. Und noch eine dritte. Danach hörte ich auf zu zählen. Alles in allem viel Aufregung, viele graue Haare und ganz schlecht für die Fingernägel.

»Bleibt nur noch eine Frage«, lallte ich. »Wer ist der Erpresser? Wer ist es, der euch übelwill? Wer?« In dieser schicksalsträchtigen Sekunde klingelte es an der Tür. Um drei Uhr in der Nacht. Während sich draußen ein veritabler Sturm zusammenbraute. Im Film wäre das jetzt der Kettensägenmörder, der aus uns vieren sechzehn oder zweiunddreißig Kleinstteile machen wollte. Nicht aufmachen!, würde man als Zuschauer rufen. Aber im wahren Leben ruft keiner.

Na ja, Rasmus rief hicksend: »Huch, wer kommt denn da?«

»Ich hole noch mehr Gläser«, juchzte Signe. Jürgen blieb still. Sein Kopf war schon vor geraumer Zeit auf die Tischplatte gesackt.

»Ich mache auf«, erklärte ich und stand auf. Das Haus schwankte. Musste am Sturm liegen. Ich kämpfte mich bis zum Flur. »Wer da?«, rief ich. Hinter mir brachen Signe und Rasmus in lautes Lachen aus. Draußen vor der Tür blieb es stumm. Ich machte mich auf den langen Weg zur Wohnungstür. Was nicht einfach war, da sich das Haus immer wieder in eine verdammte Schräglage begab.

Als ich es endlich geschafft hatte, stand ein junger Mann vor mir. Er kam mir entfernt bekannt vor. »Moin, ich bin's, der Jens.« Genau, der Jens! Von über uns. Oder unter uns? Egal.

»Es ist der Jens«, schrie ich in Richtung Küche. Mit der letzten noch verbliebenen halbwegs nüchternen Gehirnzelle versuchte ich zu erraten, was Jens hier wollte. Die Antwort lag auf der Hand: »Willst du mittrinken?«

»Ich wollte mit euch sprechen, und als ich beim Heimkommen merkte, dass ihr noch wach seid … Äh, geht's dir gut?«

Ich konnte mich unmöglich auf sein Gesicht konzentrieren. Mein linker und mein rechter Augapfel liefen nicht mehr synchron. Außerdem schwankte das Haus schon wieder. Jens nahm mich am Ellbogen, weil ich umzufallen drohte. Er führte mich zurück in die Küche, wo Signe die Zöpfe gelöst hatte und wie eine Walküre mitten im Raum stand. »Ich habe noch eine Flasche gefunden«, triumphierte sie. »Ein dreifach Hoch auf Onkel Mads.«

»Hoch, hoch, hicks«, rief ich. »Lasst uns noch einen zwitschern.« Wobei ich, glaube ich, nur die Vokale laut äußerte. Für die Konsonanten waren meine Sprechwerkzeuge nicht mehr koordiniert genug.

Rasmus musterte Jens. Kritisch. »Sind wir zu laut?«, fragte er.

Verdammt, das war ein plausibler Grund für das Erscheinen von Jens. Warum war ich nicht darauf gekommen? Egal.

»Das Leben ist schön!«, lallte ich, etwas zusammenhanglos, aber inhaltlich voll korrekt.

»Oh Gott, ich hab's doch geahnt.« Jens trat an den Küchentisch. Dort lag der zerknitterte Erpresserbrief zwischen Jürgens *Hottehü*-Pornos, ein paar Marihuanablättern, die Rasmus in seligem Gedenken schmauchen wollte, und einem halbwegs intakten Plakat von Signes Tarot-Hotline. Jens nahm das Stück Papier zur Hand. »Scheiße.«

Signe goss uns reihum nach. Ein Großteil ging daneben, aber die Gläser wurden voll. »Trinkt!«, rief sie, setzte die Flasche an den Mund und hielt sich an ihre eigene Anweisung.

»Cheers!«, rief ich und kippte den Selbstgebrannten auf ex.

»Chihuahua!«, rief Rasmus und leerte sein Schnapsglas. Und das von Jürgen, der mittlerweile schnarchte, gleich mit. Hoch, tief, tief, hoch.

»Ein Kommilitone von mir wollte mir einen Streich spielen. Er hat nur leider das Stockwerk verwechselt. Der Erpresserbrief ist eigentlich für mich. Aber ist ja egal, oder? Das hat euch nicht beunruhigt, stimmt's? Ich meine: *Ich weiß alles!* Da denkt man sich doch nichts dabei, oder?« Jens grinste uns treuherzig an. »Was bin ich froh, dass weiter nichts passiert ist. Stellt euch vor, der Brief wäre bei jemandem gelandet, der echt was zu verbergen hat. Bei Bille zum Beispiel.«

Bille?, dachte es in mir, aber der Gedanke ertrank gleich darauf im Hochprozentigen.

Jens lachte. »Okay, dann nehm ich auch noch einen Schnaps!«

»Mehr Schnaps!«, rief Rasmus.

»Schnaps, das war sein letztes Wort, dann trugen ihn die Englein fort«, sang ich und rutschte vom Stuhl.

Was würde Audrey Hepburn tun?

Über Nacht kam echter Sturmwind auf. So stellte man sich als Süddeutsche den Norden vor: urgewaltige Naturkräfte!

Schlag sieben Uhr klingelte es an der Tür. Ich war völlig übernächtigt und hatte einen Kater von der Größe der Katze von Frau Wiezorski. Und die war verdammt fett. Aber immerhin, als es läutete, war ich geduscht. Wenn auch noch nicht angezogen. Das lag daran, dass ich eine halbe Stunde zuvor aufgewacht war, weil ich kotzen musste. Nichts mit *Frühstück bei Tiffany* – morgens um halb sieben an der Waterkant lag ich mit dem Kopf tief in der Kloschüssel und hatte danach eine Dusche dringend nötig. Ich öffnete die Tür.

Goswin von Hensch stand vor mir, wieder von Kopf bis Fuß in Tweed gehüllt. Den hatte ich völlig vergessen. Seine schwarzen Augen unter der Schottenmütze funkelten. »Sind Sie bereit?«

Ich konnte diesen großen, unschuldigen Augen einfach keine Abfuhr erteilen. »Ja, so gut wie. Nur noch einen Moment. Bitte, kommen Sie doch herein. Sie können in der Küche warten.« Die anderen schienen noch zu schlafen. Ich wähnte mich sicher.

Aber wenn Rasmus eine Fähigkeit besaß, dann sein Röntgengehör. Ich übertreibe nicht. Rasmus hörte besser als ein Luchs. Besser als Fantômas. Er hörte alles. Wenn in Eilbek ein Hund bellte, riss Rasmus das Fenster auf und brüllte: »Ruhe da draußen!« Und natürlich bekam er grundsätzlich alles mit, was in der WG vor sich ging. Wenn ich in meinem Zimmer leise NDR Kultur hörte, sang er in seinem Zimmer am anderen Ende der Wohnung laut die Arien mit. Wenn ich gurgelte, spuckte er aus. Wenn ich eine Zwiebel geschält hätte, hätte er geweint. Kurzum, er hörte, wie ich Goswin in die Küche führte, und materialisierte sich keine zwei Sekunden später. Wundersamerweise katerlos.

Im Gegensatz zu mir – die noch feuchten Haare an den Kopf geklatscht, Knautschfalten, verknittertes Gesicht – sah Rasmus aus wie aus dem Ei gepellt. Wie der *Vogue Homme,* Spezialausgabe Nachtbekleidung, entstiegen: schwarz-anthrazit gestreifter Seidenpyjama mit Einstecktuch (sic!), Nappalederhausschuhe, Föhnwelle anliegend, als habe er sein Haupthaar die Nacht über unter einer Duschhaube gesichert.

»Oh, hallo und guten Morgen«, flötete er und saugte Goswins Anblick in sich auf. Was er sah, gefiel ihm offensichtlich.

Goswin lächelte. Breit. Aha, mein Schwulenradar hatte

mich also nicht getäuscht. Goswins Interesse an mir war rein bibliophil.

Der Hinweise gab es ja viele: Goswin war zart gebaut. Und ja, er verstand sich ausnehmend gut zu kleiden. An diesem Morgen trug er einen hellgrünen Tweedanzug, Handschuhe im selben Farbton wie die karierte Mütze mit Bommel und handgefertigte Brogues.

»Sie müssen mich unbedingt einmal in meiner Galerie besuchen«, gurrte Rasmus.

»Ja, sehr gern«, gurrte Goswin zurück.

Schade, ich hatte so auf einen Funkenflug zwischen dem Bildhauer und mir gehofft. Als Trost für die Harenfleth-Pleite. Eine sensible Künstlerseele, die mein Leid verstand. Mit der ich mich austauschen, der ich langsam näherkommen konnte. Eine zarte Romanze, über die Goswins Bruder dann ergreifende zeitgenössische Liebeslieder für Tenor, Mezzosopran und Vuvuzela komponieren konnte. Vor lauter Enttäuschung hätte ich den Spaziergang am liebsten sausenlassen und wäre ins Bett zurückgekrochen. Aber ich besaß so etwas wie einen Rest Würde. Also ließ ich die Jungs allein und schlüpfte in der Einsamkeit meines Zimmers in meine ausgelatschten Wanderschuhe und zog mir meine älteste, ausgeleierte Wollmütze über die feuchten Haare. Wozu noch gut aussehen? Nase schnäuzen, Lipgloss auflegen, fertig.

»Wir können dann«, rief ich aus dem Flur.

Goswin stellte die Espressotasse ab. »Rasmus, es hat

mich sehr gefreut«, sagte er und gab meinem Mitbewohner die Hand. Der Händedruck dauerte deutlich länger, als das bei Heten der Fall gewesen wäre. Aber vielleicht war das ja auch ein künstlerischer Bildhauerhändedruck und hatte zwischenmenschlich nichts zu bedeuten?

»Wenn ihr kurz wartet, komme ich mit«, rief Rasmus.

»Oh, es tut mir leid, ich habe nur einen Zweisitzer.« Goswin klang, als würde ihm diese Tatsache das Herz brechen.

»Ein andermal dann.« Rasmus lächelte kokett.

»Ein andermal!« Goswin zwinkerte.

Ich seufzte. Dann führte mich Goswin von Hensch am Ellbogen aus der Wohnung und die Treppe hinunter zu seinem – Tusch! – Fahrrad.

»Sie sind mir hoffentlich nicht böse, dass ich Ihren Mitbewohner angeflunkert habe«, sagte Goswin und wirkte kein bisschen schuldbewusst, »aber ich wollte so gern mit Ihnen allein sein.«

War er nun doch nicht schwul? Oder schwul, aber in einer festen Beziehung? Ich war hochgradig verwirrt. Diese verdammten metrosexuellen Großstädter!

Anfangs spazierten wir schweigend – erst durch das leicht verratzte Viertel, in dem die WG lag, dann an megaschicken, hochpreisigen Luxusshops vorbei in Richtung Jungfernstieg. Zuletzt bogen wir nach links ab und gingen an der Binnenalster entlang. An der Ampel zwischen Lombardbrücke und Kennedybrücke hakte er sich bei mir unter.

Außer uns war kein Mensch auf dem Alsteruferrundweg. Was am Wetter liegen mochte. Gefühlte Windstärke 12. Enorme Luftfeuchtigkeit. Wasser spritzte uns ins Gesicht und in die Hosenaufschläge, und ich hoffte, dass es nur Regen war und nicht die vom Sturm aufgepeitschte Alster-Gischt. Denn in die Alster entleerten sich Fische, Enten und Besoffene, und ich hatte eine Phobie vor Urinresten jedweder Herkunft.

Reden war unmöglich. Den Oberkörper um fünfundvierzig Grad abgewinkelt, kämpften wir gegen den Sturm an.

»Sollen wir umkehren? Eine Umrundung schaffen wir ohnehin nicht!«, brüllte Goswin irgendwann über den Sturm hinweg in mein Ohr.

»Oh ja.« Ich nickte heftig. Mit dem Wind im Rücken ging es sich nicht nur leichter, es ließ sich endlich auch plaudern. Wenn man die Köpfe eng zusammensteckte. Was wir taten. Goswin erzählte mir abenteuerliche Geschichten.

»Als junger Mensch war ich beim Film.«

»Pornos?«, rutschte es unwillkürlich aus mir heraus.

»Aber nein!« Goswin klang nicht entsetzt, eher amüsiert.

Ich lief dennoch rot an. Sollte ich ihm erklären, aufgrund welcher WG-Erfahrungen ich automatisch auf Schmuddelkram gekommen war?

Aber er redete schon weiter. »Ich fing als Kinderstatist in einem Fellini-Film an. Wurde zufällig entdeckt, als ich einmal mit meinem Großvater die Filmstudios in der Cinecittà besuchte. Meine Familie und ich verbrachten die Ferien immer in Rom auf unserem Sommersitz. Was habe ich diese italienischen Muskelmännerfilme der Sechziger geliebt.« Er seufzte. Ich dachte mir meinen Teil.

»Später habe ich mit Fassbinder gedreht, nur eine Nebenrolle. Ohne Text, aber wichtig für den Kontext, wie ich immer sage. Meine einzige Hauptrolle hatte ich in einem späten Ingmar-Bergman-Film. Wir haben in den Pinewood Studios in London gedreht. Tolle Erfahrung. Ich liebe England. Leider kam der Film bei der Kritik nicht so gut an und verschwand in der Versenkung. Die Filmintellektuellen haben ja immer schreckliche Berührungsängste gegenüber dem Kommerz, und die Kritiker fanden den Film für Bergman zu kommerziell. Als dürfe man als einer der ganz Großen immer nur zwei Stunden lang verwackelte mongolische Steppen zeigen.«

Fellini? Fassbinder? Bergman? Ich erschauerte. »Erfolg hin oder her, mir wurde bald klar, dass die Leinwand nichts für mich ist. Ich wollte mit meinen Händen arbeiten, selbst Kunst erschaffen. Kunst, die man anfassen konnte. 3-D-Kunst. Ich ging also nach Paris und habe Bildhauerei studiert.«

Natürlich. Paris. Rom. London. Der Faden *meiner* Lebensgeschichte spann sich um Singen, Meckenbeuren und einen Wohnwagen auf dem Campingplatz Bühlhof am Titisee.

»In Paris habe ich dann auch meine Frau kennengelernt, die dort ebenfalls studierte. Ziemlich schnell kam unsere Tochter Paulette auf die Welt. Mein Sonnenschein. Ich nenne sie Paulchen.« Goswin strahlte. Wenn er lächelte, tauchten entzückende Grübchen in seinen Wangen auf. »Aber die Ehe war leider nichts für mich. Ich bekam keine Luft mehr. Und dann die Scheidung – ein Albtraum. Meine Frau wurde zur Furie. Es gab unbeschreibliche Szenen.« Ihm brach die Stimme.

Ich streichelte mit meiner behandschuhten Hand über seinen ummantelten Rücken. Und hatte trotz diverser Lagen Stoff das Gefühl, die Wärme seiner Haut zu spüren. Sein Timbre bescherte mir ein Kribbeln in den unteren Regionen. War er nun schwul oder nicht? Diese Ungewissheit zerriss mich noch. Ob ich ihn einfach plump danach fragen sollte?

Ich entschied mich dagegen. Und dann standen wir auch schon wieder vor meinem Haus. Viel, viel zu schnell.

Der Abschied fiel ein wenig unbeholfen aus, von seiner Seite kamen nur ein Handschlag und ein gemurmeltes »Äh, tja also, es war wirklich sehr nett«.

Ich schluckte, zwang mir ein Lächeln ins Gesicht und meinte: »Ja, ich fand's auch nett. Oh, das hätte ich beinahe vergessen: der Essay von Picasso.« Ich zog das schmale Bändchen aus meiner Trenchcoattasche.

Goswin freute sich und klatschte in die Hände. »Oh, wie schön. Ich werde gleich darin lesen.« Er steckte das Büchlein in die Innentasche seines Tweedblazers. Dann radelte er davon. Ich winkte unbeholfen hinterher.

Hätte ich mir mit meinem Äußeren doch mehr Mühe geben sollen? Oder wäre in diesem Fall jede Liebesmühe meinerseits auf rosa Granit gestoßen?

Zu spät, eine Frage ohne Antwort. Den Mann würde ich ja doch nie wiedersehen!

* * *

Der Tag klarte noch auf, was ich aber kaum mitbekam. Denn ich saß stöhnend in Billes Buchhandlungsbüro, warf Aspirin wie Tic Tac ein und versuchte, die Rundmail mit der Einladung zur nächsten Lesung möglichst fehlerfrei an alle Kundenadressen im Großraum Hamburg zu verschicken.

Jürgen hatte Bille offenbar so lange bekniet, bis sie sich einverstanden erklärte, eine Lesung in ihrer Buchhandlung zu organisieren. Er würde aus *Ragnarök* vorlesen. Natürlich für umsonst. Die Kosten für das Catering – Billigsekt und Fischhäppchen von Signe – würde Jürgen auch übernehmen. Eine Win-win-Situation. Fand Bille.

Hm, *Bille.* Warum klingelten bei der Nennung ihres Namens nur immer kleine Glöckchen in den durch Alkohol vaporisierten Teilen meines Gedächtnisses?

Auf dem Heimweg schien sogar ein bisschen die bleiche Sonne des Nordens, und mir ging es langsam besser. Abends konnten wir WGler sogar alle zusammen einen Schlummertrunk auf dem frisch entgarteten Dachgarten zu uns nehmen. Rotwein. Weil man Alkohol am besten mit Alkohol bekämpft, wie Signe uns erklärte.

Wir setzten uns im Halbkreis auf die leeren Holzkästen, in denen bis vor kurzem noch illegales Grün gesprossen war. Natürlich in Wolldecken gehüllt und mit Thermounterwäsche unter Pulli und Jeans. Aber trotzdem. Ein Feierabenddrink auf der eigenen Dachterrasse mitten in einer Weltmetropole – das war das wahre Leben!

Die Bilder aus meinem Scrapbook waren gewissermaßen Realität geworden. Ich versuchte mir einzureden, dass es mir gut ging. Auch wenn in meinem Leben immer noch Lücken klafften: kein Mann, keine Villa, keine Luxuskreuzfahrt.

Vielleicht stellte ich es falsch an. Womöglich hatte ich die Latte zu hoch gehängt. Ich sollte was mit dem Postboten von Billes Buchhandlung anfangen, das war ein solider Kerl mit gesichertem Einkommen und durchtrainierten Beinen.

»Dieser Goswin ist ja ein toller Mann«, schwärmte Rasmus plötzlich.

»Welcher Goswin?«, erkundigte sich Jürgen.

»Huh, ein aufregender Mann. Künstler. War heute

Morgen hier und hat Mara abgeholt. Ich habe ihm Espresso gemacht.« Rasmus wackelte mit den Ohren.

Jürgen sah mich interessiert an. »Welcher Goswin?«

»Nur ein Kunde unserer Buchhandlung«, sagte ich, und, um vom Thema abzulenken: »Oh, schaut, war das eine Sternschnuppe?«

Die Jungs suchten mit ihren Augen den Himmel ab, nur Signe sah mich an. Fragend. Wissend.

»Da war keine Sternschnuppe«, stellte Jürgen sehr richtig fest.

»Sie will uns doch nur ablenken«, verriet Signe unschwesterlich.

»Welcher Goswin?« Jürgen ließ einfach nicht locker.

»Wusstet ihr, dass ich Helge Harenfleth kennengelernt habe?« Neuerliches Ablenkungsmanöver. Auch wenn ich mich damit auf dünnes Eis begab.

»Nein!« Rasmus schaute mich mit neuem Respekt an. »Ist er so charmant, geistreich und toll, wie man sich erzählt?«

»Schwer zu sagen.«

Wenn du mit einem charmanten, geistreichen, tollen Mann ausgegangen warst, der dich seinerseits für nicht ausreichend charmant, geistreich und toll gehalten hatte, um sich mit dir in die Horizontale zu begeben, dann relativierte das die Sache ganz erheblich.

»Ich war mit ihm essen. In einem unglaublich angesagten Szenelokal. Sehr schick«, protzte ich.

»Ja, ja, im *The Greek.* Da war ich auch schon mit ihm. Er geht mit allen Frauenbekanntschaften da hin.«

Signe trank ungerührt ihr Glas leer. Mir stockte der Atem. Die Zeit schien stillzustehen.

»Wie bitte?«

»Echt, du kennst den Harenfleth auch? Und keine von euch fand das bedeutsam genug, mir das mitzuteilen? Mädels, wir sind doch Schwestern! Ich will alles hören, jedes noch so schmutzige Detail.« Rasmus goss uns reihum nach und nickte Signe und mir auffordernd zu.

»Bei mir gab es keine schmutzigen Details mit ihm«, erklärte ich kategorisch und leider der Wahrheit entsprechend. Selbst in meinen Ohren klang das enttäuschend. Für Rasmus war ich von da an uninteressant. Er wandte sich Signe zu.

»Es gibt nicht viel zu erzählen. Harenfleth hat einmal vor unserer neunten Klassenstufe einen Vortrag zur Ethik im Journalismus gehalten. Sehr witzig und spritzig, und hinterher waren wir beide bei diesem Vorzeigegriechen essen. Als Dankeschön, weil ich alles so nett organisiert hatte, wie er meinte.« Signe nahm noch einen Schluck. »Ich habe dich vor ihm gewarnt«, sagte sie zu mir, sah mich aber nicht an.

Da merkte ich, wie Jürgen mich intensiv beobachtete, und brachte rasch meine Gesichtszüge wieder in Ordnung, die mir möglicherweise entglitten waren. Ich hätte

Signe am liebsten gefragt, ob sie am nächsten Morgen auch Earl Grey bekommen hatte.

Rasmus schlug sich begeistert auf den Schenkel. »Nein, ich fasse es nicht. Man kennt doch jeden Menschen über sechs Ecken. Und jetzt kenne ich Helge Harenfleth über eine Ecke. Ich find den ja unglaublich sexy. Wenn ich nicht schon meinen Süßen hätte ...«

Während ich noch unschlüssig war, ob ich schmollen, mich betrinken oder beides tun sollte, spürte ich mein Handy vibrieren. Ich hatte eine SMS bekommen. Von Goswin.

`Hallo, Mara, wollen wir unseren Alsterspaziergang morgen noch einmal wiederholen? Um 7 bei Dir? Würde mich freuen! G`

Schnell hielt ich mein Handy schräg, sodass Rasmus, der sich interessiert zu mir beugte, nicht mitlesen konnte, und tippte eine Antwort.

`Oh ja, sehr gern! Bis morgen, M`

»Wer schickt dir denn da eine SMS?«, fragte Rasmus, der keine Scham kannte und mit dem Jürgen dringend mal über Privatsphäre und Datenschutz und den gelegentlichen Wunsch aller Menschen, eine Insel zu sein, diskutieren sollte.

»Sag schon, wer schreibt dir da?«, verlangte Rasmus zu wissen.

»Bille, ich soll morgen früher anfangen«, log ich und drückte auf die *Senden*-Taste.

Signe zwinkerte mir zu. Die falsche Schlange.

* * *

Am nächsten Morgen ging die Sonne als riesiger roter Feuerball auf. In der Ferne hörte man das sonore Hupen eines Ozeanriesen im Hamburger Hafen. Möwen schrien. Unbeschreiblich schön!

Goswin, der das jeden Morgen erlebte, freute sich offenbar, dass da ein Frischling aus dem Süden mit kindlicher Begeisterung auf etwas so Alltägliches wie einen Sonnenaufgang reagierte.

Ich war schon kurz nach halb sieben – gestylt! – nach unten geeilt, damit Rasmus mit seinen hyperaktiven Fledermausohren nicht mitbekam, dass ich wieder mit Goswin spazieren ging.

Zwar war ich mir immer noch unsicher, was Goswins sexuelle Ausrichtung anging, aber es konnte ja nicht schaden, potenzielle Konkurrenz prophylaktisch auszuschalten.

»Ich habe Sie im Internet gesucht«, beichtete ich.

»Aber nicht viel gefunden.«

»Der echte Hamburger tritt öffentlich nur drei Mal in

Erscheinung – bei seiner Geburt, seiner Hochzeit und seiner Beerdigung.«

»Ist das für Sie als Künstler nicht abträglich?«

Eine unschuldige Frage, aber offenbar hatte ich einen Nerv getroffen. Binnen eines Sekundenbruchteils verzog sich Goswins jungenhaft-charmantes Gesicht zur missmutigen Fratze. »Ich bin nicht publikumsgeil wie mein Bruder. Meine Kunst richtet sich an Kenner, und die finden mich auch ohne den medialen Hype.«

»Natürlich«, rief ich rasch. Zumindest hatte ich schon mal herausgefunden, dass seine Filmabenteuer nicht erfunden waren. Und er hatte auch eine eigene Homepage. Die allerdings fiel sehr mager aus.

Ich improvisierte. »Das nötigt mir Respekt ab, wenn ich ehrlich bin. Nicht wie ein Schaf neben allen anderen herzutraben. Sich dem Massensturz der Lemminge von der Klippe zu verweigern.« War das jetzt zu dick aufgetragen?

Nein. Goswin lächelte wieder sein unwiderstehliches Bubenlächeln. »Ich habe schon früh beschlossen, dass ich anders sein möchte. Im Leben. Und in der Kunst.« Er blieb stehen und sah mir tief in die Augen. Ich erwiderte den Blick.

»Möchten Sie mich in meinem Atelier besuchen? Gleich heute? Ab wann haben Sie Zeit?«

»Donnerstags muss ich nur bis fünfzehn Uhr arbeiten, danach habe ich frei.«

»Wie schön! Dann ist es abgemacht. Wir sehen uns zum High Tea um vier.«

* * *

So weit, so gut.

Es tat sich nur ein Problem auf: Was schenkte man einem Mann, der einen zum Tee zu sich bat? Noch dazu einem weltgewandten Künstler mit exzellentem Geschmack?

Ich entschied mich für teuren Darjeeling, First Flush, aus dem Teeladen unter dem japanischen Restaurant am Jungfernstieg. Eingeschlagen in unifarbenes Geschenkpapier aus Pergament und mit einem Efeu-Blatt dekoriert. Mein Schwabenherz rebellierte ein wenig: Für das Geld, das ich für Tee und Verpackung zahlte, fuhr andernorts eine Kleinfamilie zwei Wochen in Urlaub. Aber bisweilen erforderte das eigene Liebesglück eben Investitionen. Da durfte man auch als Schwäbin nicht knausern.

Auch mit der teuren Bodylotion, die ich mir extra für Goswin angedeihen ließ, knauserte ich nicht. Wenn er mich auspackte, sollten ihm alle Sinne übergehen. Nur bei der Spitzenunterwäsche musste ich aus finanziellen Erwägungen Abstriche machen. Es war dieselbe wie bei Helge, was hoffentlich kein Unglück brachte.

»Wie schön, Sie sind da«, empfing mich Goswin, als ich Schlag sechzehn Uhr an der schweren Brandschutztür im sechsten Stock klingelte, die zu seiner Penthouse-Wohnung führte. Es folgte ein formvollendeter Handkuss. Was mich an Sascha Guitry erinnerte. Der hatte einmal gesagt, er sei sehr für die Beibehaltung des Handkusses, irgendwo müsse man ja schließlich anfangen.

Folglich wertete ich Goswins Handkuss als vielversprechendes Omen. Und visualisierte, wie seine Lippen weiterwanderten …

Mit einem lauten *Zong* fiel die Tür hinter mir zu, und ich stand schon mitten in seinem Atelier.

Es verschlug mir fast ein bisschen den Atem. Seine Atelierwohnung mit Blick auf die Binnenalster war ein Traum aus *Architectural Digest.* Nicht aus *Schöner Wohnen,* wohlgemerkt. Mindestens drei Klassen besser. Da ich als belesener Mensch – ich liebte Kunstbände – noch nie von Goswin von Hensch gehört hatte und er somit nicht zur Crème de la Crème deutschen Kunstschaffens gehören konnte, finanzierte er diese Bleibe in exklusivster 1-a-Lage womöglich aus den Zuwendungen seines megaerfolgreichen Bruders. Oder aus den Unterhaltszahlungen seiner Ex-Frau. Was war mir das? Genau. Egal!

Wobei seine eigentliche Bleibe im Vergleich winzig war, denn den Großteil des Stockwerks, das er bewohnte, nahm sein Atelier ein.

»Hier sind wir im Kernstück meines Lebens.« Goswin breitete die Arme aus. Überall im loftartigen Atelier standen Skulpturen, hingen Entwürfe und lagen Skizzen.

Ich drehte mich einmal im Kreis. Vor dem Fenster befand sich eine große, rote Chaiselongue. Vor meinem inneren Auge sah ich uns schon auf dieser Liege kopulieren. Das Modell und sein Bildhauer, Camille Claudel und Rodin. Nur mit Happy End. Vielleicht würde Goswin mich wirklich unsterblich machen. Irgendwann würde die Mara von Goswin im selben Atemzug genannt wie der David von Michelangelo.

Ich rief mich innerlich zur Ordnung. Das war Quatsch. Zum einen war mein Körper nicht für die Unsterblichkeit gemacht, und zum anderen schien mir Goswins bildhauerische Arbeit, gelinde ausgedrückt, ungewöhnlich.

»Das hier ist mein jüngstes Werk.« Ein eckiges Gebilde erhob sich vom Boden bis an die Decke, die gut und gern drei Meter von besagtem Boden entfernt war. Ich legte den Kopf in den Nacken.

»Ich arbeite natürlich nicht kleinformatig, sondern aussagekräftig«, erläuterte Goswin. Er nickte bedächtig in sich hinein.

»Wie bekommt man …«, schnell, Mara, wie bezeichnete er seine Teile? Werk? Œuvre? Stück?, »… diese Skulptur denn aus dem Atelier heraus?«

»Das Dach lässt sich öffnen, und meine Arbeiten werden dann per Hubschrauber zum Käufer transportiert.«

Parbleu!

»Tee?«

Die Wohnküche war zwar ebenfalls drei Meter hoch,

aber auch höchstens drei Meter breit. Na gut, vielleicht dreieinhalb. Bestimmt nicht mehr. Auf dem Tisch vor den beiden Lederfauteuils stand bereits eine Etagere mit Gurkensandwiches, Scones und etwas Obst.

»Ich hoffe, das sagt Ihnen zu – Afternoon Tea, wie ich ihn damals in London kennenlernte. Auch die Möbel habe ich aus England kommen lassen.«

»Ich bin sehr beeindruckt.«

»Die Scones sind natürlich selbst gebacken.«

Natürlich.

»Ich setze nur schnell das Wasser auf. Es ist energetisiertes Wasser. Sie werden über den Unterschied staunen.« Goswin werkelte in seiner Hausjacke an der Küchenzeile. Erwartungsgemäß verwendete er einen originalgetreuen gusseisernen Wasserkessel, zweifellos einst im Besitz von Queen Victoria.

»Energetisiert?«, fragte ich.

Goswin drehte sich zu mir um. »Sie mögen mich jetzt für verrückt halten, aber ich glaube, dass es auf dieser Welt mehr gibt, als unsere Schulweisheit sich träumen lässt. Haben Sie schon einmal von Masaru Emoto gehört?«

Ich schüttelte den Kopf.

»Emoto hat Wasserkristalle fotografiert und nachgewiesen, dass positiv aufgeladenes Wasser herrliche Kristalle formt. Negativ aufgeladenes dagegen zerstört die Kristalle. Das lässt sich natürlich auf den menschlichen Körper übertragen.«

Natürlich.

»Aufgeladen? Mit Strom?«

Goswin betrachtete mich nachsichtig. Wie man eine Zweijährige ansieht, der man gerade erklärt, dass im Motorraum kein Hamster sitzt, der durch unablässiges Laufen im Rad Papas Automobil antreibt.

»Nein, mit positiven Gedanken. Das ist mühelos möglich. Man nimmt gutes Quellwasser und klebt beispielsweise einen Zettel mit dem Wort *Freude* auf die Flasche. Oder *Begeisterung*. Oder *Frieden*. Oder *Kraft*. Dann lässt man die Flasche mindestens eine Nacht in einem abgedunkelten, kühlen Raum stehen, und die Schwingungsenergie des Wortes geht auf das Wasser über. Wissen Sie, ich bin nicht nur Bildhauer, sondern auch Energietherapeut.«

Aha. Mein Gesicht verriet hoffentlich mit keinem Zucken, dass in mir der Zweifel tobte. Sagte ich Zweifel? Ich meinte, purer Unglauben.

In diesem Moment fing glücklicherweise der Kessel sein Pfeifkonzert an. Goswin goss das kochende Energiewasser in die vorgewärmte Teekanne mit meinem Gastgeschenkdarjeeling.

»Und was haben Sie auf den Zettel der Wasserflasche geschrieben, mit der Sie unseren Tee aufgebrüht haben?«, wollte ich wissen.

Er lächelte mich verschmitzt über die Schulter an. »Das verrate ich Ihnen später.«

Goswins Grübchen waren einfach unwiderstehlich. Mit einem Schlag war mir seine Energiewassermarotte vollkommen gleichgültig.

Als er sich gerade setzen wollte, klingelte sein iPhone, das neben der Etagere lag. Auf dem Display erschien zu den Klängen von *Solveigs Lied* aus *Peer Gynt* das Foto einer grauhaarigen Frau mit asymmetrischer Frisur und Adlernase.

»Bitte, entschuldigen Sie, das muss ich annehmen.« Goswin eilte mit dem iPhone überstürzt ins Atelier und schloss hinter sich die Tür.

Bestimmt seine Mutter. Hoffentlich war nichts Schlimmes passiert. Oder seine Ex-Frau. Mit neuen Schimpftiraden. Oder eine reiche Kundin, die die Monstrosität in seinem Atelier mit ihrem Privathubschrauber abholen lassen wollte.

Nach drei Minuten wurde ich unruhig. Sollte ich den Einsatz mit dem Tee aus der Kanne nehmen? Würde er das als Eingriff in seine Küchenhoheit verstehen?

Vier Minuten. Wie lange durfte, musste, sollte man guten Darjeeling ziehen lassen? Wurde der jetzt nicht schon bitter? Schade um den schönen Tee.

Fünf Minuten. Es half ja alles nichts. Ich stand auf und nahm den Einsatz heraus.

Nach exakt zehn Minuten – Dank an die digitale Ofenuhr – schenkte ich mir ein und knabberte eines der Sandwiches.

Nach knapp zwanzig Minuten kehrte Goswin schließlich zurück. »Ich bin untröstlich. Aber ich sehe, Sie haben sich versorgt.«

Kein Wort der Erklärung. Nichts. Ging mich ja auch nichts an. Theoretisch. Praktisch hieß es: Neugier, dein Name ist Weib.

»Hoffentlich nichts Schlimmes?«

Ich erwartete einen schweren Autounfall, den Verlust sämtlicher Familienaktien an der Tokioter Börse oder die Einladung, im MoMa in New York auszustellen. Nichts Geringeres rechtfertigte, dass er eine so faszinierende Frau wie mich so lange mutterseelenallein in seiner Küche hatte sitzen lassen.

»Nein«, erwiderte er, setzte sich und biss beherzt in ein Scone.

Das war jetzt irgendwie unbefriedigend.

»Haben Sie schon einen Blick in meinen Katalog geworfen?« Neben der Etagère und von mir unbemerkt, lag ein dünnes Bändchen. *Goswin von Hensch, ein Mann und sein Werk* stand auf dem schlammbraunen Umschlag.

»Ich hatte bis zum Sommer eine Einzelausstellung in Düsseldorf.« Goswin schlug den Katalog auf.

Vielleicht wäre ich beeindruckter gewesen, wenn die Ausstellung nicht im Gawain-von-Hensch-Museum stattgefunden hätte. Das duftete für meinen Geschmack zu sehr nach Vitamin B. Oder Vetterleswirtschaft, wie man bei uns im Süden sagte.

An diesem Nachmittag lernte ich, dass Männer im Allgemeinen, ganz besonders aber Bildhauer, über nichts lieber sprechen als über sich. Über sich und ihre Arbeit und die Rezeption ihrer Arbeit. Das hätte wirklich öde werden können. Wurde es aber nicht, weil Goswin mich wahnsinnig faszinierte.

Die Begeisterung, die er ausstrahlte. (»Vor jeder Ausstellung bereite ich mir einen Vorrat mit Wasser zu, das für *Erfolg* energetisiert wurde.«)

Die Leidenschaft, mit der er von seiner Arbeit sprach. (»Die Skulptur im Atelier? Ich habe zwei Wochen ununterbrochen daran gearbeitet. Immer nur ein kurzer Powernap und dann weiter, damit der Strom der Kreativität nicht abreißt. Nie fühle ich mich lebendiger, als wenn ich eine im Stein schlummernde Form freilege!«)

Seine Körpersprache. (Wenn er einen Punkt besonders unterstreichen wollte, streckte er seinen schmalen Kopf nach vorn, wie eine Schildkröte, die aus ihrem Panzer lugt. Dabei riss er die Augen auf und nickte ganz ernsthaft.)

Er war ja so süß. Ich fühlte mich wie ein Teenager, der mit dem Mitglied einer Boygroup allein sein durfte: flattrig, erhitzt und sprachlos vor Glück.

Letzteres war kein Problem, weil Goswin offenbar keine verbalen Äußerungen von mir erwartete. Im Gegenteil, er bestritt die Unterhaltung allein. Wechselte von seiner Arbeit zu Persönlichem, erzählte mir von seiner gescheiterten Ehe, seinen noch weitgehend unerfüllten Lebensträumen.

Diese Offenheit! Nicht mal mit engen Freundinnen hatte ich so etwas oft erlebt. Mit einem eigentlich völlig Fremden war mir das tatsächlich noch nie passiert.

Nachdem wir die Etagere geleert hatten – also, vornehmlich ich hatte sie geleert, er redete ja dauernd –, zogen wir auf die breite Ledercouch im angrenzenden Schlafzimmer um. Goswin entzündete den Kamin und öffnete eine Flasche Champagner. Louis Roederer Cristal Brut. Ein ähnlich edler Tropfen, wie ihn mir Harenfleth kredenzt hatte. Mit dem Unterschied, dass Goswin den Preis nicht unerwähnt ließ. Und was für ein Preis.

So einen teuren Schampus genehmigten wir uns im Süden nur bei der Nachricht, dass einem das Bundesverdienstkreuz verliehen werden sollte. Oder aber, wenn es uns mit etwas wirklich, wirklich ernst war.

Mein Atem wurde schwerer.

Goswin setzte sich neben mich, und ich meinte, trotz der Entfernung – es war eine sehr langgestreckte Couch – seine Körperwärme spüren zu können.

»Auf einen wunderbaren Abend«, prostete er mir zu. Ich wischte mir einen letzten Gurkensandwichkrümel aus dem Mundwinkel und lächelte dümmlich. »Ja, auf einen wunderbaren Abend.« Plötzlich wurde es still, man hörte nur noch das Knistern des Kamins und den Verkehr vom Ballindamm. Goswin schwieg und sah mir in die Augen.

Es brannte kein Licht, allein das Flackern des Feuers erhellte den Raum. Der wirkte plötzlich gar nicht mehr wie ein schlichtes Wohnschlafzimmer, sondern wie die Höhle des Ali Baba, in der unglaubliche Schätze ruhten. Wenn auch nicht aus Gold und Edelsteinen, so doch an Erfahrungen.

»Mara …« Goswin hauchte es nur.

Der Champagner prickelte an meinem Gaumen. Mir wurde heiß. Bestimmt war ich rot angelaufen, und mein Pony klebte mir an der Stirn. Audrey Hepburn sah in ihren Filmen nie verklebt und schwitzig aus. Moment, stimmt nicht, in einer Szene in *Geschichte einer Nonne* war ihr sichtlich warm, aber die spielte ja auch am Äquator, und sie steckte in einem dicken Habit.

»Je voudrais être toujours au commencement de l'amour«, zitierte Goswin. Da kam der ehemalige Schauspieler in ihm durch. Stentorstimme, ausladende Gestik und Mimik.

Dennoch, seine Worte gingen mir durch und durch. Verstehen konnte ich sie nicht, ich sprach kein Französisch. Bis auf *l'amour*. Das hieß *Liebe* und klang vielversprechend.

Goswin machte keine Anstalten, meine Hand zu berühren, obwohl ich sie ihm auf der Rückenlehne der Couch entgegenstreckte.

Vielleicht war er ja doch schwul. Und brauchte einfach eine Freundin zum Reden. Verflixt und … Vermutlich war es die Übersetzung, die nun folgte. »Ich möchte immer am Anfang der Liebe stehen, wenn man das Gefühl hat, dass alle Widrigkeiten in der Flamme verbrannt werden.« Er stand auf.

Oh Gott, oh Gott, oh Gott. Mir wurde ganz anders. Auf gute Weise anders. Goswin schenkte mir sein phänomenales Grübchenlächeln und kniete sich vor mir nieder. So, wie ein mittelalterlicher Ritter vor dem Burgfräulein kniete, das er minnen wollte. So, wie sich Sean Connery in dem Altersstreifen *Robin und Marian* vor Audrey Hepburn hingekniet hatte – okay, altersschwach und ohne Eros, aber total emotional.

Jedenfalls kniete Goswin vor mir, nahm meine Hand und flüsterte: »Möchtest du über Nacht bleiben?« Ich wollte schwer schlucken, aber mein Mund war ausgetrocknet.

»Auf keinen Fall will ich mich dir aufdrängen, gern rein freundschaftlich, Seite an Seite, ohne irgendwelche Annäherungen. Es wäre nur schön, wenn wir uns jetzt nicht trennen müssten. Ich bin unglaublich gern in deiner Nähe.«

Was jetzt genau? Jugendfrei oder nicht? Der Mann trieb mich noch in den Wahnsinn.

Aber noch so eine Pleite wie bei Helge wollte ich nicht erleben. Von nun an nahm ich mein Glück selbst in die Hand. Mit allen Folgen und Nebenwirkungen. Ich sammelte all meinen Mut, sagte »Ja, zu gern«, nahm sein Gesicht in beide Hände und küsste ihn auf die Lippen. Und zwar unmissverständlich. Feucht, fest und nach angemessener Sperrfrist mit Zunge.

Und, nun ja, wie sich herausstellte, war Goswin nicht schwul. Er erwiderte meinen Kuss. Und wie! Ich war überglücklich.

Da wusste ich allerdings noch nicht, wie der Abend weitergehen würde. Oder, um es in der Sprache von Audrey-Filmen zu sagen: *Warte, bis es dunkel ist* – dann wird es kinky und unaussprechlich.

* * *

Mit vakuumverschlossenen, aufeinandergepressten Lippen torkelten wir in Richtung Bett. So unglaublich wunderbar war ich noch nie geküsst worden. Na schön, ich hatte nicht gerade viel Erfahrung, und Rüdiger zu küssen war immer so gewesen, als küsste man einen toten Fisch. Ähnlich wie sein Händedruck. Klamm und schlaff.

Goswin dagegen küsste warm und weich und fest und liebkosend und forschend und … Mir gingen die Adjektive aus. Einfach nur sensationell.

Ich spürte die Bettkante in meinen Kniekehlen, und da lag ich auch schon rücklings auf einem zart nach Rosen duftenden, blutroten Überwurf. Meine Hände zogen sein Hemd aus der Hose und fuhren darunter, pressten seinen heißen Körper fest auf mich.

Er bedeckte mein Gesicht mit leidenschaftlichen Küssen, dann meinen Hals und wieder mein Gesicht, und ich wollte mich diesem Rausch tosender Pheromone hingeben, alles vergessen, einfach sein, tun, lieben … Aber nach gefühlten einhundert Jahren Sex mit immer demselben Mann ging ich zum ersten Mal mit einem fremden Mann ins Bett, wollte eine möglichst gute Figur machen und war … gehemmt. Weil meine Figur momentan (und eigentlich immer schon) keine wirklich gute Figur war, musste mit schummriger Beleuchtung nachgeholfen werden. Die sollte meinem Teint schmeicheln und meine Hüften sinnlich rund und nicht einfach nur gebärfreudig breit erscheinen lassen.

»Möchtest du nicht ein paar Kerzen anzünden?«, fragte ich heiser.

Die Deckenbeleuchtung war mehr als nur unerotisch. Sie war, genauer gesagt, gleißend. Man hätte problemlos eine Operation am offenen Herzen durchführen können.

»Oh nein, Mara, ich will dich sehen. Ich will, dass du mich siehst.« Er hielt kurz im Küssen inne. »Wenn du wüsstest, wie lange es her ist, seit ich so leidenschaftlich für eine Frau entbrannt bin. Mit meiner Ehefrau … Na ja, du kannst es dir denken. Und mit …«

Er stockte kurz. Bestimmt lag ihm der Name einer anderen Frau auf der Zunge. Klar hatte es seit seiner Scheidung noch andere Frauen gegeben. Ich war nicht eifersüchtig. Jetzt gab es ja mich.

»… so wie mit dir war es noch nie«, sagte er schließlich irgendwie vage und nebulös. »Du hast keine Ahnung, wie sehr mir diese Zärtlichkeit gefehlt hat«, ergänzte er.

Oh doch, ich hatte sehr wohl Ahnung davon, wie ausgedörrt es sich ohne Zärtlichkeit lebte. Mit Rüdiger hatte ich zuletzt elend lange gar keinen Sex mehr gehabt, und davor war es so gut wie immer die Routinenummer gewesen. Das Ganze hatte sich irgendwann verselbständigt. Er konnte währenddessen die *Sportschau* anschauen und ich vor meinem inneren Auge die Einkaufsliste durchgehen. Ich hatte mit unserem verstorbenen Briard beim Hundebauchkraulen erotischere Momente erlebt als mit Rüdiger in der gesamten Zeit unserer Beziehung. Sehr viel erotischere Momente. Sehr, sehr viel erotischere Momente. Aber genug davon.

»Goswin …«, flüsterte ich erregt. Das mit dem Licht war mittlerweile egal. Wir waren beide so spitz, da achtete man nicht pingelig auf das Erscheinungsbild des anderen. Da sehnte man sich nur nach Vollzug.

Ich war versucht, mir mit roher Gewalt die Bluse aufzureißen, hatte aber keine meiner üblichen H&M-Blusen an, sondern ein edles, secondhand gekauftes Strenesse-Teil mit Stehkragen. Darin sah ich so aus, als hätte ich tatsächlich eine Taille. Und so eine Bluse opferte man nicht leichtfertig. Also knöpfte ich sie zügig, aber gewebefreundlich auf.

»Mara, Mara, Mara«, raunte Goswin und küsste sich in

meiner Halsgrube fest. Ich löste seinen Gürtel und wollte die Hose öffnen, doch er hielt meine Hände fest und sah mir tief in die Augen. Ohne seinen Blick von mir abzuwenden, zog er seinen Gürtel aus den Schlaufen, küsste mich zart auf die Lippen und sagte: »Mara, ich möchte mit dir Dinge erleben, die ich noch nie mit einer Frau erlebt habe.«

»Oh ja«, stöhnte ich, allerdings mehr automatisch. Was man eben so stöhnt, wenn man geil ist, die Gehirnzellen ihre Arbeit eingestellt haben und nur noch die Geschlechtsdrüsen aktiv sind. Die dafür im Akkord.

Ich lebte einen Film! Einen zauberhaften, romantischen Audrey-Film. *Ariane – Liebe am Nachmittag.* Wie mir jedoch gleich darauf klar wurde, in der spätnachmittäglich-frühabendlichen BDSM-Version.

»Schlägst du mich mit meinem Gürtel? Bitte, bitte, schlag mich!« Goswin drückte mir seinen Ledergürtel in die Hand (Echtleder, immerhin), riss sich Hemd und Hose vom Leib und kniete sich halb nackt neben mich auf das Bett.

Okay. Diese Wendung hatte ich nicht kommen sehen. Weder bildlich noch buchstäblich. Erst mal durchatmen.

Zugegeben, ich war ein Kleinstadtkind. Aber doch ein Kleinstadtkind des 21. Jahrhunderts. Wir hatten in der schwäbischen Provinz durchaus Sex. Sogar Fetisch-Sex. Wir, im weitesten Sinne. Ich persönlich eher nicht. Aber diese Blöße wollte ich mir nicht geben. Womöglich gehörte in Hamburg einfach ein bisschen Schlagen dazu. Oder Goswin hatte sich das unter Fellini angewöhnt. Wie auch immer, das konnte ich auch. Wäre doch gelacht, wenn nicht!

Ich packte die Gürtelschnalle, hob den Arm, holte noch einmal tief Luft und schlug zu.

Und lernte: Auspeitschen mit einem nicht eigens für diesen Zweck designten Gürtel ist gar nicht so einfach.

Der Gürtel war zu lang. Das andere Ende kam völlig ohne Schmackes auf Goswins hellrosa Haut auf. Dennoch stöhnte er wohlig.

Ich hatte viele Piratenfilme gesehen und wusste ganz genau, wie so ein Peitschenhieb zu klingen hatte. Abgesehen davon musste es auf der Haut rote Striemen geben.

Also wickelte ich den Gürtel ein paarmal um meine Hand, sodass nur noch ein kurzes Stück Leder übrig war. Das ließ ich dann mehrmals schwungvoll auf Goswins Rücken klatschen, bis dieser angemessen leuchtend rot durchblutet war.

Mein Ehrgeiz war geweckt. Meine Lust allerdings nicht.

»Ja …«, stöhnte Goswin selig.

Noch hielt ich das Ganze für ein bizarres Vorspiel. Wenn ich ihn damit erregen konnte, sollte es mir recht sein. Denn danach würde das kommen, was ich unter Sex verstand: Haut auf Haut, Körper auf Körper, er in mir, ich im siebten Himmel. Doch weit gefehlt.

»Schau in der Nachttischschublade nach«, bat Goswin atemlos und immer noch kniend.

Ich zog die Schublade auf. Er war doch sicher noch ohne Viagra einsatzfähig, oder? Aber da lagen keine blauen Pillen, sondern eine Augenbinde aus roter Seide sowie mehrere Kordeln mit Klettverschluss.

»Fessle mich!«, stöhnte Goswin schmerzbetont und warf sich auf den Rücken, der mittlerweile wie Feuer brennen musste, und streckte alle viere von sich.

Du kannst das, motivierte ich mich über das Rotieren meiner Großmutter im fernen, süddeutschen Reihengrab hinweg. Ich würde von hier nicht unbegattet weggehen! Wenn Goswin durch ein paar Fesselspielchen glücklich wurde, dann spielte ich gern mit. Was war schon dabei?

Als Erstes zog ich ihm die rote Augenbinde über. Goswin musste nicht mitbekommen, was für eine Grobmotorikerin ich war. Mühsam verknotete ich daraufhin eine der Kordeln am Bettpfosten und schlang das Ende mit dem Klettverschluss um Goswins Handgelenk.

»Fester«, bat er.

Ich gab mir alle Mühe, ihm die Blutzufuhr abzuschnüren. Unter der Augenmaske tauchte sein Grübchenlächeln auf. Was mir in Erinnerung rief, weshalb ich das alles hier tat: Ich würde gleich mit einem unglaublich süßen, klugen, kreativen, abgedrehten, schnuffigen Mann schlafen. Nur noch ein bisschen … Ja, was eigentlich?

Nachdem Goswin wie ein Rollbraten verschnürt auf

dem Bett lag, war es für mich an der Zeit, Initiative zu zeigen. Ich fuhr mit den Fingerspitzen sacht über seinen Körper in Richtung Knöchel. Eigentlich eine völlig normale Sache, aber unter der Augenmaske offenbar spannend. »Ja!«, keuchte Goswin.

Dann zog ich mich aus. Der Vorteil verbundener Augen erschloss sich mir gleich: Ich musste mich nicht lasziv aus meiner Wäsche schlängeln, sondern konnte mich einfach wie zu Hause aus meiner Kleidung pellen. Er war ja blind wie ein Maulwurf. Und konnte somit auch nicht abgetörnt sein, wenn mein Rettungsring am Bauch schwabbelte. Diese Erkenntnis ließ mich Fahrt aufnehmen. Ich kroch über Goswin, liebkoste seine Brust, zwirbelte die Brustwarzen. Das quittierte er erneut mit »Fester!«, und ich küsste mich langsam nach unten durch, wobei ich immer mal wieder knabberte. Das war schon eher nach meinem Geschmack. Ich atmete heftiger. Doch auf Höhe seines Bauchnabels unterbrach er mich.

»Befiehl mir, dich zu lecken«, verlangte Goswin. »Und schlag mich, wenn ich es nicht richtig mache.«

Mein Atem normalisierte sich wieder. Ich versuchte, mein Bestes zu geben, ehrlich, aber körperliche Züchtigung war nicht wirklich meins. Mir hatte es ja schon widerstrebt, dass Fräulein Baumdorfer in der vierten Klasse Grundschule zur Strafe für falsche Antworten mit dem Lineal auf unsere Hände klopfte. Und meiner bescheidenen Meinung nach sollte Sex Vergnügen sein. Keine

Leistung, die man zu erbringen hatte, fehlerfrei wie eine Eiskunstlaufkür. Mit Abzügen in der B-Note für Haltungsfehler oder unvollkommene dreifache Rittberger.

Kurzum, ich zögerte. Goswin interpretierte das miss. »Du musst nicht den Gürtel nehmen. Geh zum Kleiderschrank.«

Wider bessere Ahnung kletterte ich von ihm herunter und öffnete den Schrank. Keine üppige Garderobe, aber edel und penibelst ordentlich. Die Hemden auf Kante gelegt, die Anzüge in Schonhüllen, die Schuhe mit Spanner. »Siehst du die Holzkiste links über dem Sockenfach?« Offenbar bügelte er seine Unterwäsche.

»Hast du sie?« Er klang ungeduldig. Wie lange hatte ich mir gewünscht, dass sich ein Mann so nach mir verzehrte? *Du ziehst das jetzt durch, verdammt!*, ermahnte ich mich.

»Ja, ich habe sie. Soll ich sie öffnen?«

Goswin holte tief Luft. »Ja.«

Ahnungslos schlug ich den Deckel auf. Und erkannte vieles von dem, was mich im Innern der Kiste erwartete, einfach nicht. Selig sind die Naivlinge.

»Nimm die Peitsche«, bat Goswin mit zitternder Stimme. Das wirksamste Aphrodisiakum ist und bleibt die Phantasie, und offenbar stellte er sich schon vor, wie ich ihn mit der kurzen schwarzen Lederpeitsche windelweich klopfte. So langsam setzte bei mir eine gewisse Spielfreude ein. Mit Rüdiger hatte es nie Rollenspiele gegeben, er fand das affig. Aber ich hatte schon hin und wieder Lust verspürt, eine andere Person zu verkörpern. Warum also nicht eine Domina?

Ich nahm also die Peitsche und ließ sie zur Probe durch die Luft knallen. Ja genau, so musste das klingen!

Goswin gab verzückte, schon fast orgastische Laute von sich. Der würde doch jetzt nicht ohne mich fertig? Ich kletterte rasch wieder auf das Bett.

Irgendwie hatte ich das Gefühl, dass ich etwas sagen sollte. Eine professionelle Domina – oder auch eine Amateurdomina mit Erfahrung – hatte doch sicher einige Befehle parat. »Schweig still, Sklave« oder »Leiden sollst du, Toyboy!« Aber das war mir dann doch einen Tick unangenehm. Außerdem war heute mein erstes Mal. Ich wollte mich nicht überfordern. Erst mal peitschen, dann sah man weiter.

Meine Eltern hatten noch echte Perserteppiche besessen, die regelmäßig ausgeklopft wurden. Daran erinnerte ich mich. Wenn man diese Technik einmal im Handgelenk hatte, verlernte man sie nicht wieder. Das war wie Fahrradfahren.

Möglicherweise peitschte ich mich ein wenig in Rausch.

»Gefällt dir das?«, verlangte ich streng zu wissen.

»Ja«, stöhnte Goswin.

»Geht das auch lauter?« Mein Gott, offenbar war ich ein Naturtalent.

»JA!«, brüllte Goswin.

Ich legte noch einmal alles in den nächsten Peitschenschlag.

Und – zack! – kam für Goswin der Abend zu einem Höhepunkt.

Schwer atmend stand ich über ihm – wie der Koloss von Rhodos über der Hafenzufahrt des antiken Alexandria. Gar nicht so einfach, von hundert wieder auf null zu kommen. Goswin zuckte und bebte noch ein wenig. Ich kniete mich hin, löste die Fesseln und nahm ihm die Augenbinde ab. Noch nie hatte ich jemanden gesehen, der so befriedigt wirkte.

»Beim nächsten Mal musst du den Rhythmus langsam steigern, nicht einfach drauflosschlagen. Das Ganze erfordert eine durchdachte Dramaturgie«, kritisierte Goswin.

Von wegen befriedigt. Die Kampfrichter fällten ihr Urteil.

Aber ich hörte nur drei Worte heraus und war glücklich.

Beim nächsten Mal…

Ich küsste Goswin und kuschelte mich an ihn. Sobald er wieder einsatzfähig wäre, würden wir etwas spielen, was mich befriedigt schnurren ließ wie ein Kätzchen.

Aber er wurde nicht wieder einsatzfähig. Er murmelte noch: »Meine Tochter kommt morgen ganz früh, du musst jetzt gehen«, und schlief dann einfach ein.

Ich lag noch eine Weile neben ihm und beobachtete das Spiel der Lichter an der Decke. Zum Vollzug war es nicht gekommen. Aber gültig war es doch trotzdem, oder? Ich hatte Sex gehabt!

Irgendwie … Dann zog ich mich an und ging nach Hause.

SMS von Goswin an Mara, 1 Uhr nachts:

Wie schön es war mit Dir! Hörst Du mein Herz schlagen? Es schlägt nur für Dich. Bis ganz bald. Love, G

SMS von Mara an Goswin, 1.03 Uhr:

Ja, Liebster, es war unglaublich schön! Ich freue mich schon sehr auf Dich, auf Dein Lächeln, aber vor allem auf Deine zärtlichen Berührungen, darauf, Dich in mir zu spüren… Kuss-Kuss-Kuss, Mara

War das zu subtil?

Ich lag im abgedunkelten Zimmer und grübelte. Schlagen war ja ganz lustig. Aber ich war jetzt nicht so die Anhängerin von gymnastischen Aktivitäten, sondern wünschte mir vielmehr, zärtlich berührt zu werden. Innig. Liebevoll. Sex war doch kein Leistungssport, den man so lange mit aller Kraft ausübte, bis einer heulte. Und Schlagen allein brachte mich auch nicht zum Orgasmus. Ich hoffte das Beste und schickte die SMS ab.

Da klopfte es an meine Zimmertür. »Ja?«

Rasmus steckte seinen makellos frisierten Kopf herein. »Du bist spät heimgekommen. Und eben hast du eine SMS gekriegt. Ist alles in Ordnung? Oder ist was passiert?«

Der Mann hatte sein Gehör bestimmt chirurgisch optimieren lassen. Aber das Herz trug er am rechten Fleck.

»Ja, es ist alles in Ordnung. Keine Sorge.« Rasmus sah mich an. Was ich nur vermuten konnte, denn es brannte zwar Licht hinter ihm im Flur, aber sein Gesicht lag im Dunkeln.

»Wenn du mal reden möchtest, ich bin immer für dich da.«

»Danke, Rasmus. Du bist ein echter Schatz.« Das war nicht nur so dahingesagt, das meinte ich wirklich so. Vielleicht war es doch nicht so übel, in einer Wohngemeinschaft zu leben. Man hatte immer eine Schulter zum Ausweinen, einen Fels in der Brandung, jemanden, der vermeintliche Katastrophen wieder ins rechte Licht, in die richtige Perspektive rückte. Ja, ich war froh, dass es Signe, Jürgen und Rasmus gab!

»Wenn ich noch was sagen darf«, fuhr Rasmus fort, hatte das aber nicht als Frage gemeint und sprach darum gleich weiter, »du siehst echt kacke aus mit dieser Frisur. Ich schicke dich mal zu Chantalle. Entsetzlich nervige Transe, aber was Frisuren angeht, einfach be-gna-det! Göttlich. Unerreicht. Die kann auch aus deinem Kopf noch was machen, da bin ich fast sicher. Der Pony muss natürlich weg, und im Nacken vielleicht ausrasieren. Keine Panik, das wirkt nur auf den ersten Blick zu männlich. Du hast ja eine feminine Figur, das reißt es wieder raus. Doch, doch, das geht schon irgendwie. Ich mach dir gleich morgen einen Termin. Normalerweise muss man bei Chantalle sechs Wochen warten, aber ich bin ganz eng mit ihr.«

Hatte Rasmus mich gerade als fett und hässlich, aber bedingt optimierbar bezeichnet? Ich schluckte.

»Äh, danke, Rasmus.«

»Gerne doch, wie gesagt, ich bin immer für dich da.« Er lächelte. Ich sah im Dunkeln seine Zähne aufblitzen. In mir hingegen blitzten Mordgedanken auf. Doch gerade, als ich mit einem markigen Kiai-Kampfschrei aus dem Bett springen und Rasmus mit einem gezielten Fußtritt ins Nirwana treten wollte, vibrierte mein Handy.

»Gute Nacht, Rasmus.«

»Gute Nacht, Mara.«

Ich wartete, bis er die Tür hinter sich geschlossen hatte, dann zog ich mein Handy unter der Bettdecke hervor.

SMS von Goswin an Mara, 1.12 Uhr nachts:

`Mara, Geliebte, ich will Dich glücklich machen. Wenn wir uns wiedersehen, küs-`

sen wir uns gemeinsam zur Glückseligkeit und erleben den Himmel auf Erden. Kisses & Love, G

Von draußen auf dem Flur rief Rasmus mit den Fledermausohren: »Da hat doch gerade dein Handy vibriert. Hast du eine SMS bekommen? Von Helge Harenfleth? Wenn du dich mit dem wieder triffst, dann nimmst du mich aber mit, ja? Oder bringst mir wenigstens ein Autogramm mit.«

»Geht das auch leiser!«, schrie Signe aus ihrem Zimmer. »Manche von uns brauchen ihren Schlaf!«

»Geh zu Bett, Rasmus«, bat ich.

»Sweet dreams, Schätzelchen.«

Seine Schritte entfernten sich. Ich zog die Decke bis ans Kinn und seufzte. Goswin wollte mich zur Glückseligkeit küssen, mir den Himmel auf Erden bereiten.

Und auf einen Schlag war alles, wirklich alles gut. Im Märchen und in Audrey-Hepburn-Filmen wäre an dieser Stelle Schluss: »Und sie lebten glücklich bis ans Ende ihrer Tage…« Wir lernen: Das Leben ist kein Audrey-Hepburn-Film!

* * *

»Nein, tut mir leid, das Buch muss ich Ihnen bestellen.«

»Bestellen? Das kann doch gar nicht sein. Es führt die

Spiegel-Bestsellerliste an. Und das haben Sie nicht vorrätig?« Der junge Mann mit dem Kapuzenshirt blähte die Backen auf. Seine Nüstern bebten. Ein typischer Spross der modernen Konsumgesellschaft – oder aber ein Anhänger von Gitte Haenning: *Ich will alles, ich will alles, und zwar sofort.* »Ich bitte Sie, ich bin hier Stammkunde und bekomme immer die aktuellen Bestseller. Sie sind einfach nur unfähig.« Das Problem war: Er hatte recht.

Bille genoss wieder einmal eine ausgedehnte Mittagspause, hatte mir aber immer noch nicht gezeigt, wie man mit dem Computer umging. Abgesehen davon, ein Buch zu scannen und abzukassieren. Theoretisch musste ich nur den Titel oder den Autor eingeben, dann erschien entweder die Seite des Großhändlers mit den Angaben zur Lieferbarkeit oder die Seite mit den Büchern, die Bille aktuell im Laden vorrätig hatte. Von der einen zur anderen Seite konnte man mit einem Tastendruck wechseln. Aber ich hatte schon alle Tasten von F1 bis F12 durchprobiert. Nichts. Unter den genervt-wachsamen Augen von Mr. Kapuze versuchte ich es mit Strg-F1 bis Strg-F12. Auch nichts. Ich kam einfach nicht auf Billes Inventarliste.

»Meine Güte, es geht um die deutsche Nachkriegspolitik. Gehen Sie einfach zum Regal mit den politisch relevanten Büchern, und fertig.« Das war ein hilfreicher Hinweis, danke, aber ich wusste nicht, wo in Billes Laden das Regal mit den Politikbüchern stand. Auf Nachfrage hätte ich sogar geschworen, dass es hier kein solches Regal gab, nur Esoterik, Frauenbücher, Hamburg-Führer und Do-it-yourself-Ratgeber für Strick-, Bastel- und Makramee-Freunde.

Der Kapuzenmann verlor sichtlich die Geduld. »Oder – das ist jetzt nur so eine Idee von mir – da drüben am Tisch mit den Bestsellern?« Wenn er wusste, wo die Bestseller lagen, warum ging er dann nicht selber hin und nahm sich das Buch vom Stapel?

»Hallo? Ich rede mit Ihnen«, nölte er ungeduldig, weil ich eine Sekunde lang sinnierend ins Nichts gestarrt hatte.

Nicht wirklich ins Nichts. In eine Parallelwelt, in der ich zur Rächerin aller angepöbelten Buchhändlerinnen wurde und in Hotpants und Umhang die Nöler und Nerver dieser Welt am Schlafittchen packte, mit ihnen aufs Meer flog und sie über der Nordsee ins kalte Nass plumpsen ließ.

Wahlweise wollte ich den Kapuzenmann erschlagen. Mit der über fünf Kilo schweren Hardcover Collector's Edition über Almodovar aus dem Taschen Verlag in der Geschenkbox für siebenhundertfünfzig Euro.

Und gleich danach würde ich Bille töten, die mich – ohne korrekte Einarbeitung – so lange allein im Laden ließ. Hilflos den Anspruchsattacken uneinfühlsamer Stammkunden ausgesetzt. Womöglich wäre ich wirklich Amok gelaufen, aber da vibrierte mein Handy neben der Kasse, und auf dem Display erschien eine SMS von Goswin.

Geliebte, ich bin ganz erfüllt von der Nacht mit Dir. Darf ich Dich wiedersehen? Bald schon? Heute? Devot wartend,
Dein G

»Sie werden doch jetzt nicht etwa an Ihr Handy gehen, oder?« Die Nasenflügel des Kapuzenmannes flatterten.

Ja doch, ich war sehr versucht. Aber nein.

»Darf ich Ihnen das Buch denn nun bestellen? Es ist morgen abholbereit.« Ich setzte ein Lächeln auf, das in seiner Künstlichkeit an Plastikblumen erinnerte. Oder an das Gesicht der Herzogin von Alba.

»Ja, tun Sie das«, fauchte er. »Aber so eine Unprofessionalität ist mir noch nicht untergekommen.« Zum ersten Mal in meinem Leben ging mir Kritik so was von am Poppes vorbei. Das fühlte sich gut an!

SMS von Mara an Goswin:

Oh ja, wie gern. Bis heute Abend.
Deine M

Natürlich traf der angesäuerte Kapuzenmann vor der Tür auf die zurückkehrende Bille und beschwerte sich ausführlich. Was sie gleich darauf eins zu eins an mir abreagierte, bevor sie mir im Schweinsgaloppdurchlauf zeigte, wie man das Computerprogramm korrekt bediente. Das allerdings hätte sie sich sparen können, denn zum einen war sie viel zu schnell für mich, und zum anderen hörte ich gar nicht zu. Links rein, rechts raus. Ich konnte nur an Goswin denken. Und an die Nacht, die vor uns lag.

Goswin. Schöner, süßer, schnuffiger Goswin. Er wartete devot.

Hm…

Devot war doch bestimmt ein Szene-Codewort, oder? Egal. So etwas Aufregendes hatte ich ewig nicht mehr erlebt. Das letzte Mal, als vor Jahren nachts um zwei die Elektronik unserer Dorfkirche einen Kurzen hatte. Das volle Geläut war dreißig Minuten lang zu hören und weckte sämtliche Einwohner nicht nur auf, sondern ängstigte sie auch bis ins Mark. Angriff der Marsmännchen? Invasion der Roten Armee? Tsunamiwarnung?

Pünktlich zu Feierabend rannte ich förmlich nach Hause, duschte ausgiebig mit Rasmussens lecker duftendem Bodyshampoo aus New York, gönnte mir wieder die teure Bodylotion, zog meine zweite gute Unterwäsche mit der Spitze an (falls wir uns wiedersehen sollten, musste ich entweder vorher waschen oder mir was Neues kaufen), holte tief Luft und ging los.

Die ersten Schritte in mein Glück. Die ganze Strecke bis zum Ballindamm konnte ich mir das dümmliche Grinsen nicht verkneifen. In Momenten größten Glücks grinse ich immer dümmlich. Ich grinste auch noch, als ich an dem Wachmann vorbei das Gebäude betrat, in dem sich sonst nur noble Anwaltskanzleien und die Dependance einer arabischen Bank befanden. Ich grinste in dem rundum verspiegelten Aufzug, der mich zu Goswins Penthouse-Wohnung brachte. Ich grinste, als ich an seiner Tür klingelte.

Das Grinsen verging mir erst, als sich die Tür öffnete und ich ins Leere starrte. Dann senkte ich den Blick, weil ich etwas schwer atmen hörte. Und dachte noch, hat Goswin etwa einen Hund, der letztes Mal »toter Köter« gespielt und die ganze Zeit reglos im Körbchen gelegen oder bei seiner Dog-Sitterin übernachtet hatte? Dann schaute ich nach unten, und – nein – es war kein Hund, es war Goswin. Immerhin, er trug ein Hundehalsband. Da lag ich ja gar nicht mal so sehr daneben.

»Hallo«, sagte ich und dachte noch im Aussprechen, dass »Hallo« verkehrt war und eine gute Domina sicher etwas anderes zur Begrüßung gesagt hätte. Vielleicht »Leck mir die Schnürstiefel, Sklave« oder etwas in der Art.

Aber das brachte ich nun wirklich nicht über die Lippen. Zumal es, mal wieder, stundenlang geregnet hatte und meine Pumps schlammverklebt waren. Das konnte man nicht einmal einem devoten Toyboysklaven zumuten, oder vielleicht doch?

»Befiehl mir, Herrin«, raunte Goswin aus Knöchelhöhe.

Ja, damit hätte ich rechnen müssen. Hatte ich aber nicht. Irgendwie war ich davon ausgegangen, dass das

Peitschenzeug nur eine Spielerei für ihn war. Aber nein, es war sein auserkorener Fetisch. Er brauchte das zu seinem Glück. Mir wurde immer klarer: Ich brauchte das nicht.

Ich trat trotzdem ein. Der Trieb war stärker als sämtliche Vorbehalte. Hinter mir fiel die schwere Brandschutztür mit einem lauten *Zong* zu.

Ich packte Goswin am Halsband und zog ihn durch den Atelierraum über die Wohnküche ins Schlafzimmer. Der Raum war abgedunkelt, es brannten Kerzen. Wie in Graf Draculas Liebeshöhle. Gruselig.

Der wahre Grusel lag jedoch auf dem Bett. Was genau es war, konnte ich nicht sofort erkennen. Ein rot-beiger Haufen. Aus butterweichem Leder und Hartplastik.

»Das ist ein Harness mit Dildo. Für meine Herrin. Habe ich heute extra besorgt.«

Ich schluckte. Sollte ich zugeben, dass ich noch nie einen Harness getragen, geschweige denn zum Einsatz gebracht hatte? Noch nicht einmal genau wusste, wie man sich so ein Teil anlegte? Was ein Harness überhaupt war, hatte ich nur erfahren, weil ich bei Google nach *devot* und *Domina* gesucht hatte.

»Das Gleitmittel liegt auf dem Nachttisch und die Peitsche drüben auf der Kommode«, erläuterte Goswin, immer noch kniend, weil er mein Stocken und Stutzen missverstand. Das war jetzt ein haariger Moment. Ich glaube, in diesem Moment wurde mir zweifelsfrei klar, dass der Durchschnittsmenschenschmusesex, nach dem ich mich sehnte, bei Goswin nicht zu holen war. Aber sollte ich mich deswegen einfach umdrehen und gehen? Oder sollte ich mich darauf einlassen? Gott, war das schwierig.

Fest steht, wenn man immer alles so machte, wie man es ein Leben lang gemacht hatte, dann konnte man seinen Horizont nie erweitern. Und darum ging es mir doch. Ich wollte neue Erfahrungen, ich wollte Abenteuer und Aufregung … und vielleicht auch Prickelndes und Perverses. Wie sollte ich das bekommen, wenn ich nichts ausprobierte?

»Aufs Bett, Sklave!«, donnerte ich. Und erschrak selbst über meinen urplötzlichen Machtrausch.

Goswin stöhnte verzückt und tat brav wie geheißen. Ich ließ meinen Trenchcoat zu Boden gleiten, unter dem ich nichts trug außer meiner Spitzenunterwäsche. Dann legte ich Harness und Dildo erst mal zur Seite, griff mir die Peitsche und packte Goswin an den Eiern. Gewissermaßen, nicht wirklich natürlich.

»Nimm das!«, brüllte ich und schlug zu. Möglicherweise einen Tick zu fest, weil ich mich schon etwas ärgerte, dass ich meine Wünsche nicht deutlicher formulieren konnte.

Goswin hob die Hand und wollte mich wohl darauf hinweisen, dass ich auf die Dramaturgie zu achten hätte, aber ich unterbrach ihn mit einem lauten »Schweig, Sklave!« und schlug erneut zu. »Da, nimm das!«

Rote Striemen zogen sich über seinen unteren Rücken und seine Pobacken. Sein ganzer Körper schauderte.

»Und das!« Wieder knallten die Lederriemen durch die Luft. »Und d…«

Zong! Ich verstummte abrupt. Goswin hob den Kopf. Wir lauschten hinüber in das Atelier, wo eine Stimme rief: »Papa, bist du da?«

Ich fühlte mich an einen Audrey-Film erinnert: *Infam.* Hilflos ausgeliefert sein und trotzdem die Hände nicht in Unschuld waschen können.

Goswin katapultierte mich in Überschallgeschwindigkeit vom Bett. »Keinen Mucks«, raunte er, riss sich das Hundehalsband ab und warf sich einen Morgenmantel über. Meinen Mantel und die Sextoys stopfte er unter das Bett. »Rühr dich nicht!« waren seine letzten Worte, dann lief er in die Wohnküche.

»Paulchen, mein Engel, wie schön … Oh, du hast deine Mutter mitgebracht. Ähem. Wollt ihr Tee?« Ich robbte seitlich unter das Bett und schämte mich entsetzlich.

Bitte, lieber Gott, lass mich nicht gefunden werden. Kalter Angstschweiß rann mir über die Stirn. Ich wette, Madonna und Lady Gaga spielten ihre abartigen Spielchen nur deshalb mit gerade mal volljährigen Groupies und Personal Trainern, weil diese Jungs keine Teenagertöchter hatten, die plötzlich in der Schlafzimmertür standen. Unter diesem Gesichtspunkt waren ältere Männer einfach zu gefährlich.

Ich jedenfalls gelobte auf der Stelle und beim Grab meiner Großmutter, nie wieder was mit einem Vater anzufangen. Dann versank ich vor Scham im Teppichboden …

* * *

Ein Stück vom Glück. Mehr wollte ich gar nicht. Nicht die ganze Torte, nur ein Tortenstück. Alles, was ich getan hatte, hatte doch nur einen Ursprung: Sehnsucht nach Liebe. Seufz.

Eingeschüchtert lag ich unter dem Bett und versuchte, möglichst flach und lautlos zu atmen.

In der Küche erzählte Goswins Tochter begeistert von dem anstehenden Schüleraustausch nach Indien, für den sie aber noch tausend Euro brauchte.

»Das muss aus deinem Geldbeutel kommen, ich habe ihr diesen Monat schon eine neue Reiterausrüstung gekauft.«

»Ich bin nicht Midas, dem alles, was er anfasst, zu Gold wird.«

»Nichts, was du anfasst, wird zu Gold.«

»Dann fragt doch den Opa. Ich muss unbedingt mit. Ich kann nicht als Einzige in der Klasse dableiben. Das wäre mein Ende. Papaaa, bitteee.«

»Also gut, ich kann dir einfach nichts abschlagen.«

»In echt jetzt, du gibst mir das Geld?« Das Kind klang hoffnungsvoll.

»Nein – also gut, wir gehen zu Opa.«

»Och. Na gut, okay.«

Aus meinem Versteck hörte ich, wie sich Schritte näherten. Hochhackige Schritte. Jemand schnupperte. Oh weh, hätte ich mal bloß nicht so viel *Diva* von Ungaro aufgelegt.

»Kerzen? Parfüm? Erwartest du jemanden?«

»Seit wann gehst du denn freiwillig in mein Schlafzimmer?«, sagte Goswin, der nun ebenfalls am Fußende des Bettes zu stehen schien. »Das habe ich ja noch nie erlebt.«

»Oh bitte, verkneife dir diese spitzen Bemerkungen und zieh dich an.«

»Geht ihr doch schon mal vor.«

»Nein, sonst überlegst du es dir wieder anders, und ich habe den ganzen Abend ein jammerndes Kind am Hals.«

»Dann warte im Atelier«, bat Goswin.

»Großer Gott, warum das denn? Als hätte ich noch nie gesehen, wie du dich anziehst. Wir waren fünfzehn Jahre verheiratet, mein Lieber.«

»Papa, beeile dich!«

»Tja, dann ziehe ich mich jetzt an.«

Papa beeilte sich mit dem Anziehen. In null Komma nichts war er fertig. Zum Glück, denn mir stockte vor Angst der Atem. Bestimmt war ich schon blau angelaufen, würde jeden Moment die Besinnung verlieren und dann womöglich röcheln und entdeckt werden.

»Tja, dann gehen wir jetzt«, verkündete er an der Tür zur Wohnküche. »Ich blase noch die Kerzen aus.«

»Allmächtiger, seit wann kommentierst du jeden einzelnen Handgriff, den du tust?«, spottete seine Ex.

Alles in allem war ich – wenn es um Exe ging – mit Rüdiger doch gar nicht so schlecht dran. Er höhnte und spottete wenigstens nicht.

»Können wir jetzt endlich gehen? Ich bin um acht mit Lizzy und Mo im Starbucks am Rathausmarkt verabredet, und es dauert immer so lange, bis Opa einen Scheck ausgestellt hat.«

Ich hörte sich entfernende Schritte und gleich darauf das charakteristische *Zong* der Brandschutztür. Nur zur Sicherheit blieb ich noch ein wenig länger unter dem Bett liegen. Was gar nicht so schlimm war, denn ich lag auf einem porentief rein gesaugten flauschigen Teppichboden. Goswin war offenbar ein exzellenter Hausmann. Oder er hatte, und das erschien mir wahrscheinlicher, eine hervorragende Putzfrau.

Nach einer halben Ewigkeit robbte ich vorsichtig unter dem Bett hervor, lauschte in die Stille, und als ich mir sicher war, allein in der Wohnung zu sein, stand ich auf, schlüpfte in meinen Trenchcoat und ging. Was für eine *Charade.*

SMS von Goswin an Mara, 21.06 Uhr:

```
Geliebte, huh, das war knapp! Wollen wir
uns für morgen früh wieder auf einen
Spaziergang verabreden? Ich küsse Dich,
Dein G
```

* * *

»Gott, ich war wie versteinert. Stell dir vor, die hätten uns in flagranti erwischt.« Goswin kicherte.

Turtelnd liefen wir am nächsten Morgen an der Außenalster entlang. Ich hatte eine unruhige Nacht verbracht, nicht sicher, wie Goswin auf die Ereignisse vom Vorabend reagieren würde. Möglicherweise wollte er ja mit mir Schluss machen, weil ihm klar wurde, dass sich Kinder und Sex nicht kombinieren ließen.

Aber nein, mit tiefen, sehnsuchtsvollen Küssen nahm er mich vor meiner Haustür in Empfang. Hand in Hand marschierten wir – bei Nieselregen und leichtem Ostwind – die übliche Strecke entlang, wie Audrey und Gregory in *Ein Herz und eine Krone.*

Als Bekannte von Goswin auftauchten, ließ er meine Hand *nicht* los und winkte ihnen mit der anderen Hand zu!

»Die fragen sich sicher, mit was für einer tollen Frau ich da unterwegs bin«, gluckste er in mein Ohr. Rüdiger hatte mich nie für eine tolle Frau gehalten. Ehrlich gesagt, ich auch nicht. Es fiel mir auch schwer, Goswin zu glauben, aber ich ließ es einfach mal so im Raum stehen und schmiegte mich glücklich an ihn.

Ich wähnte mich tatsächlich im Glück. Wieso hatte ich nur so lange damit gewartet, mich wieder zu verlieben? Es tat mir gut, einen Mann an meiner Seite zu wissen. Jemanden, der zu mir gehörte und das auch zeigte. Ich kuschelte mich im Gehen noch enger an ihn und seufzte mehrmals wohlig.

»Wenn wir künftig Sex haben, schließen wir aber die Tür ab«, sagte ich.

»Das machen wir.«

Goswin lachte. Mir wurde warm ums Herz. Wie ich dieses verschmitzte, jungenhafte, unbekümmerte Lachen liebte!

SMS von Goswin an Mara, 9.44 Uhr:

> Süße Mara, es war wieder so schön mit Dir. Sehen wir uns auch morgen früh, selbe Zeit, selber Ort? Ich küsse Dich intim.
> Dein G

Mittlerweile machte es mir nichts mehr aus, wenn in Billes Mittagspause die Ladenglocke anschlug. Nicht, weil ich gelernt hätte, wie man Kunden kompetent bediente. Eher, weil es mir mehr oder weniger schnurz war. Bei Gelegenheit musste ich einmal darüber nachdenken, wie mein berufliches Leben fürderhin aussehen sollte. Zur Buchhändlerin war ich jedenfalls nicht geboren.

»Guten Tag, kann ich Ihnen behilflich sein?« Die phantastisch aussehende Frau mit den langen, locker hochgesteckten dunkelblonden Haaren war schlank und groß gewachsen. Sie trug blaue Jeans, dazu schmale, schwarze Stiefel. Außerdem einen schwarzen Rollkragenpullover und einen schwarzen Kurzmantel. Entweder hatte sie gar kein Make-up aufgelegt, oder sie war sensationell gut auf »natürlich« geschminkt. Jedenfalls sah sie genau so aus, wie ich gern ausgesehen hätte. Ein wenig burschikos, dabei aber ungemein weiblich. Eine Frau, mit der man Pferde stehlen konnte. Doch ich wette, sie hatte rotlackierte Zehennägel und trug Spitzendessous.

Sie erwiderte nichts, sah mich nur an.

Im Laden befanden sich noch zwei Männer. Ein älterer Herr, der öfter mal vorbeikam und ausgiebig in verschiedenen Büchern blätterte, aber nie etwas kaufte. Ich hatte ihn im Verdacht, dass er sich bei uns nur aufwärmen wollte. Der andere war der Supermarktfilialleiter von gegenüber, dessen Namensschild auf der Brust ihn als Arslan auswies, der aber aussah, als hieße er Schmidt oder Müller oder Hansen. Er suchte ein Geburtstagsgeschenk für seine Frau und stand in der Ecke mit den Handarbeitsbüchern.

»Suchen Sie etwas Bestimmtes?«, fragte ich die junge Frau.

Sie kam einen Schritt näher. Nun schien sie doch nicht mehr ganz so jung. Feine Fältchen um die Augen und den Mund ließen darauf schließen, dass sie nicht wesentlich jünger sein konnte als ich. Vielleicht war sie sogar wesentlich älter und hatte das Glück, dass ihre Anti-Aging-Creme mit Hyper-ultra-super-Faltenglättung funktionierte.

»Sie Schlampe!«, kreischte sie urplötzlich.

Das kam jetzt doch etwas unerwartet. Ich zuckte zurück.

Der Greis und der Supermarktfilialleiter schreckten ebenfalls zusammen.

»Sie mieses Flittchen, was denken Sie sich eigentlich?«

Früher hätte ich an eine Verwechslung geglaubt. Oder dass *Vorsicht: Kamera* bei uns im Dorf drehte und ich das Opfer eines Scherzes mit versteckter Filmkamera geworden war.

Aber mein Leben hatte sich verändert. Es mochte Gründe geben, warum diese mir unbekannte Frau mich bezichtigte, eine Schlampe und ein Flittchen zu sein. Alle möglichen Leute konnten etwas gegen mich haben: Kunden, die meinetwegen ohne Buchgeschenk dastanden, telefonische Tarotberater, bei denen meinetwegen mangels Plakatwerbung niemand mehr anrief…

»Was, wenn meine Tochter Ihre abartigen Sexualspielzeuge gefunden hätte? Können Sie mir das verraten?« Sie spuckte beim Reden. »Meine Tochter wäre traumatisiert gewesen! Sie opfern das Seelenheil eines unschuldigen Kindes für Ihre perversen Gelüste!«

Mühelos erreichte sie den dreistelligen Dezibelbereich.

Der Greis und Herr Arslan schauten interessiert herüber. Draußen vor dem Schaufenster blieb ein jugendlicher Punker stehen und schaute herein. »Haben Sie sich meinen Ex-Mann mit Ihren widernatürlichen Praktiken hörig gemacht, ist es das? Ja, das muss es sein. Sie sind definitiv nicht sein Typ, Sie … Sie SCHLAMPE!«

Die Hochsteckfrisur löste sich. Mit ihren wirren Haaren sah die Frau aus wie Orest in seinem Wahnsinnsmonolog.

Sie sprach »Typ« so aus, dass es wie »billig« klang. Das mochte vielleicht auf meine H&M-Klamotten zutreffen – als Charakterisierung meiner Person konnte ich das so nicht stehenlassen. Folglich beschwichtigte ich: »So beruhigen Sie sich doch, das ist alles ein Missverständnis.«

»Ein Missverständnis? Ein MISSVERSTÄNDNIS?«, gellte sie. »Sie bezeichnen eine Lederpeitsche und einen Strap-on als Missverständnis? Ha!«

Der Greis setzte sich auf die Lesecouch und schlug die Beine übereinander. Herr Arslan besaß den Anstand, so zu tun, als hörte er nicht zu, und gab vor, in *Zauberhafte Häkelideen für Kuscheltiere und Bordüren* zu blättern. Der Punk von draußen betrat den Laden.

»Sie sind Frau von Hensch«, konstatierte ich. Mein Herz pochte bis zum Hals.

»Aha, Sie müssen also raten, wer ich bin? Das wissen Sie etwa nicht? Gibt es denn noch mehr Männer, mit denen Sie es so abnormal treiben? Ist mein Ex-Mann nur einer von vielen, die Sie mit Ihrem … Spielzeug … malträtieren? Oh, wenn es nach mir ginge, dann könnten Sie ihn geschenkt haben, ich will ihn nicht mehr. Peitschen Sie ihn, schlagen Sie ihn, foltern Sie ihn – mir egal. Aber ich muss an meine Tochter denken! Wehe, Sie besuchen Goswin auch nur noch ein einziges Mal in seiner Wohnung. Treiben Sie es gefälligst in Ihrem … Sadomaso-Studio. Sonst gibt es einen Sorgerechtsstreit, der sich gewaschen hat, das verspreche ich Ihnen!«

Sie spuckte zwar nicht direkt vor mir aus, sondern hatte einfach nur eine feuchte Aussprache, weil sie so erregt war. Aber ich fühlte mich öffentlich angespuckt und gedemütigt.

Eigentlich wollte ich erwidern, dass die Spielchen nicht meine Idee waren, dass ich im Grunde ganz anders veranlagt war. Sie müsste ja eigentlich wissen, wie ihr Mann tickte, wenn sie in ihren fünfzehn Ehejahren auch nur einmal gefragt hätte, was ihm im Bett gefällt. Aber ich blieb stumm.

Da kniff Frau von Hensch die Augen zu winzigen Schlitzen zusammen. »Moment mal«, zischelte sie, jetzt wesentlich leiser. »Ich kenne Sie doch … Ja natürlich! Sie waren mit Helge Harenfleth im *The Greek.* Ich habe Sie von draußen durch das Fenster gesehen. Bilden Sie sich bloß nichts darauf ein. Mit Ihren perversen Gewaltspielchen werden Sie Helge nicht an sich fesseln können. Mit mir war er auch schon im *Greek,* da …«

»… geht er mit all seinen Frauen hin, ich weiß.«

Bis zu diesem Augenblick hatte ich noch klitzekleine Schuldgefühle gehabt, weil ich ja eine gewisse Mitschuld daran trug, dass ihre Tochter beinahe traumatisiert worden wäre. Aber die Vorstellung, dass *mein* Helge mit dieser biestigen Schnepfe ebenfalls ein Knoblauchlamm geteilt und sie womöglich ihn statt einer Tasse Earl Grey bekommen hatte, stimmte mich doch ein wenig ungnädig.

»Wenn Sie sonst nichts mehr auf dem Herzen haben …«, sagte ich kühl. Frau von Hensch machte auf dem Absatz kehrt und stürmte aus dem Laden.

Der Punk und Herr Arslan sahen ihr nach. Der Greis kam auf mich zu.

»Äh, Sie verkaufen also auch erotische Literatur, ja? Ich suche schon seit längerem die illustrierte *Bibliotheca erotica* von Pietro Aretino. Können Sie mir da weiterhelfen?«

Und dann zwinkerte er mir tatsächlich zu. Möglicherweise lief ich in diesem Moment knallrot an.

* * *

Männer! Sind! Schweine!

Eben wähnte ich mich noch im Glück, da sank urplötzlich der Vorschlaghammer auf mich hernieder: Ja, ich war wieder einmal einem MANN aufgesessen! Er wirkte zwar wie ein lieber Kerl und war in wirklich jeder Situation ganz Gentleman – selbst mit Hundehalsband auf dem Bett kniend. Aber dennoch war er nur ein Mann. Und der Schlag kam aus einer völlig anderen Richtung als erwartet.

* * *

Am nächsten Morgen holte Goswin mich wie vereinbart zu Hause ab. Erstaunlicherweise regnete es nicht. Was mir irgendwie fehlte.

»Deine Frau war gestern bei mir«, sagte ich statt einer Begrüßung.

Die ganze Nacht hatte ich gegrübelt, ob ich Goswin anrufen, bei ihm vorbeischauen oder ihm wenigstens eine SMS schicken sollte. Doch ich hatte mich dagegen entschieden. Erst mal darüber schlafen und dann bei der Morgenrunde Klartext reden.

Ich konnte ihn nicht mehr besuchen, das stand für mich fest. Unter gar keinen Umständen wollte ich zum Auslöser eines Sorgerechtsstreits werden. Andererseits konnte auch er nicht zu mir kommen. Rasmus mit seinen Fledermausohren würde jeden Peitschenknall mitbekommen, und für diese Art von Öffentlichkeit war ich noch nicht bereit. Würde ich nie bereit sein. Ob wir uns ein Hotelzimmer nehmen konnten?

»Sie hat damit gedroht, dir das Sorgerecht zu entziehen.« So, jetzt war es raus. Wir liefen bei Rot über den Fußgängerüberweg, weil so gut wie kein Verkehr herrschte.

»Ich weiß, sie hat mich angerufen und zur Schnecke gemacht.«

Er nahm meine Hand. »Mach dir nichts draus, sie liebt Dramen. Da blüht sie regelrecht auf.«

Ich bewunderte seinen Gleichmut. »Wie kannst du das so ruhig wegstecken? Sie will dafür sorgen, dass du deine Tochter nie wiedersiehst.«

Goswin kicherte. »Ja, das sagt sie jedes Mal.«

»Jedes Mal?«

Er nahm mich in den Arm. »Nicht, was du denkst. Was wir zwei haben, ist einzigartig. Wirklich einzigartig.« Er zwinkerte mir verschwörerisch zu.

»Das heißt, wir können uns trotzdem weiter sehen?« Hoffnung keimte in mir auf. Ich staunte über mich. Seit wann stand ich auf solche Wechselbäder der Gefühle? Aber ich durfte ihn jetzt nicht verlieren. Goswin war integraler Baustein meines frisch erwachenden Selbstbewusstseins.

»Aber ja, auf jeden Fall«, entgegnete er und zog mich noch enger an sich. »Wir beide, das ist was ganz Besonderes. Das dürfen wir uns doch nicht entgehen lassen, nur weil meine Ex mal wieder ausflippt.«

Ich spürte, wie meine Anspannung nachließ. Wir lösten uns voneinander und gingen weiter. Das Atmen fiel mir wieder leichter. Das Leben schien wieder schöner. Eine Frage formte sich auf meinen Lippen und purzelte heraus, bevor ich die Lippen zusammenpressen konnte. »Was genau bringt deine Ex denn noch so zum Ausflippen?«

»Ach Gott, alles und nichts.«

Hm, Nachtigall, ick hör dir trapsen … Ich war eine Frau und wusste, was Frauen zum Ausflippen brachte. Als Rüdiger mir dieses gerade mal volljährige Kleinkind auf dem Silbertablett präsentiert hatte, war ich auch so ausgeflippt. Frauen flippen angesichts anderer Frauen aus.

»Ich habe dich nie nach deinem Liebesleben gefragt«, fing ich an. Wider besseres Wissen. Es war deutlich zu spüren, wie Goswin sich schlagartig verkrampfte.

»Tu das nicht. Damit hat mich meine Ex immer gequält. Ich bekomme keine Luft mehr, wenn man mir wie bei der Inquisition zusetzt.«

Seine Schrittfolge nahm zu. Ich kam kaum noch hinterher.

Okay, das war ein wunder Punkt. Im Marschtempo ging es am Hotel *Vier Jahreszeiten* vorbei. Dann blieb er plötzlich stehen.

»Nein, das ist dir gegenüber unfair. Ich will ganz offen sein.« Goswin trat mit mir an die Alster und legte beide Hände auf das gusseiserne Geländer. Fünf Enten dachten, wir wollten sie füttern, und kamen vorfreudig angeschwommen. Ich hakte mich bei Goswin unter, um ihm zu signalisieren, dass er mir alles sagen konnte.

»In der furchtbaren Zeit nach der Scheidung stand mir eine phantastische Frau zur Seite. Solveig. Sie ist Modedesignerin aus Norwegen.«

Mir fiel der Peer-Gynt-Klingelton auf seinem Handy wieder ein. Das war also der ominöse Anruf bei unserem ersten Date gewesen. Dessentwegen er mich fast eine halbe Stunde lang allein in der Küche hatte sitzen lassen.

»Solveig ist verheiratet. Was mir auch ganz recht ist. Ich will keine feste Beziehung. Nach meiner Ehe kann ich mir das weiß Gott nicht mehr vorstellen. Das heißt, mit Solveig hätte ich es mir schon vorstellen können, aber es geht eben nicht. Ihr Mann braucht sie.«

Goswins blaue Augen sahen nach Norden. Bestimmt sah er seine Solveig vor sich, an einem Fjord stehend, die eisgrauen Haare vom Wind zerzaust. Sehr romantisch. Die Enten quakten auffordernd.

»Ihr habt also immer noch Kontakt?«, fragte ich.

»Jeden Tag.« Er lächelte versonnen. »Manchmal kommt sie übers Wochenende zu mir geflogen. Wenn die Modeschauen in Mailand und Paris sind, treffen wir uns dort. Ihr Mann begleitet sie nie ins Ausland.«

Ich nickte automatisch. Wie der Arm einer chinesischen Glückskatze. Nur eben mit dem Kopf, nicht mit dem Arm.

»Aha. Und wie komme ich da ins Spiel?«

»Oh, Mara, das weißt du doch. Mit dir kann ich Dinge tun, die ich mit Solveig nie tun könnte! Solveig ist meine Seelenverwandte, aber in vielen Dingen sehr konservativ. Mit dir kann ich dagegen ganz ich sein. Das ist unbeschreiblich schön, und dafür bin ich dir auch wirklich dankbar.«

Er drehte sich zu mir um, strahlte unschuldig. Offenbar hielt er ein solches Arrangement für das Natürlichste auf der Welt. Ich nicht.

Vielen Dank auch, Monsieur von Hensch! Wenn man nur einen Betthasen suchte, dann sagte man das im Voraus und benahm sich auch so! Da lief man nicht händchenhaltend bei Sonnenaufgang durch die Welt. Man tauschte nicht stundenlang Anekdoten aus seinem Leben aus. Man fickte und fertig! Herrje, was war ich blöd!

Und das bisschen, was ich ihm zu bieten hatte, konnte er doch für Geld sehr viel besser und professioneller bekommen. Oder wollte er es nur möglichst kostengünstig haben? Also für umsonst?

Weil Goswin nicht gänzlich auf den Kopf gefallen war, merkte er, dass die Temperatur sank. »Möchtest du darüber reden?«, fragte er.

»Na ja, es gibt nichts zu bereden, oder? Du hast dich ja klar ausgedrückt.« Ich sollte ihn jetzt loslassen. Ja, das sollte ich. Ich tat es nicht.

»Ja, so sieht es in mir aus. Ich freue mich, dass ich dir das sagen durfte.«

Wir gingen stumm weiter. Hinter uns das empörte Protestquaken der Enten. Auch ihnen war etwas vorgegaukelt worden.

Ein paar Schritte weiter blieb Goswin stehen. »Mit dir, das ist wirklich etwas ganz Besonderes.« Er beugte sich zu mir und küsste mich innig. »Ich möchte dich wiedersehen, ganz oft. Nur eben nicht in einer Beziehung im üblichen Sinne. Ich bin einfach noch zu verletzt. Meine Scheidung ist ja gerade erst durch. Seitdem sind keine zwölf Monate vergangen. Und glaube mir, es war eine furchtbare Scheidung. Das setzt einem künstlerischen Menschen wie mir unglaublich zu, davon erholt man sich nicht so einfach. Ich darf mich jetzt nicht schon wieder in zwischenmenschliche Zwänge begeben. Ich muss da auch an meine Arbeit denken.«

Ich war keine Künstlerin und hatte unter meiner Trennung auch gelitten wie ein Tier. Aber vielleicht sollte ich etwas nachsichtiger mit ihm sein. Männer waren ja bekanntermaßen das schwächere Geschlecht. Vielleicht musste er das Vertrauen in einer Beziehung erst langsam wieder lernen? Wobei, Moment mal. Das, was er mit Solveig hatte, erinnerte doch sehr an eine Beziehung der üblichen Art, oder nicht? Seelenverwandtschaft, regelmäßige Treffen, konservativer Sex?

»Verstehst du das?«, fragte Goswin, und er klang wie

ein waidwundes Reh, wie Bambi, nachdem man seine Mami erlegt hatte.

Ich blieb stehen, nahm seinen schmalen Kopf in beide Hände und küsste ihn zärtlich auf die Stirn, auf die Nasenspitze und nicht mehr ganz so zärtlich auf die Lippen.

»Willst du dich auch weiterhin mit Solveig treffen?«

»Natürlich.« Er sagte das so, als hätte ich ihn gefragt, ob auch morgen die Sonne wieder aufgehen würde.

»Natürlich«, wiederholte ich. Ich schaute übers Wasser.

»Mara, du wirst mich doch jetzt nicht unter Druck setzen wollen?« Goswin musterte mich. »Ich brauche Zeit. Liebe kann man nicht erzwingen.«

»Gibst du mir auch Zeit, um darüber nachzudenken?«, fragte ich.

»Alle Zeit der Welt. Das bist du mir wert.« Er nahm mich fest in den Arm, und wir standen lange eng umschlungen da.

Ich wusste es noch nicht, aber ich spielte – frei interpretiert – Audreys Rolle in *My Fair Lady:* benutzt, geformt und weggeworfen (Letzteres wurde in der Filmfassung rausgeschnitten).

* * *

Als ich an diesem Abend von der Arbeit nach Hause kam, rief mich Signe in die Küche.

»Da war ein Herr für dich da und hat etwas abgegeben. So ein feiner Mensch.« Sie schnippelte irgendwelche Fischteile klein. Kannte der Däne an sich auch andere Nahrung als Salzwasserschuppentiere? Oder war das Signe-spezifisch?

»Ein feiner Herr?« Ich dachte an eine Gestalt der vorvorigen Jahrhundertwende, im Gehrock und mit Zylinder.

»Ein sehr gutaussehender, sehr vornehmer junger Mann in englischem Tweed.« Goswin.

»Was hat er denn abgegeben?«, fragte ich und sah mich um.

»Ich hab's in dein Zimmer gestellt, es ist so groß.«

Es war wirklich groß. Und eckig. In raschelndes hellblaues Seidenpapier gewickelt, an dem ein Umschlag klebte. Bestimmt waren das die beiden aneinandergelehnten Streichhölzer, die er mir schon als Mailanhang geschickt hatte. Ich zog die Karte aus dem Umschlag.

Meine liebste Mara,
ach Du, wenn diese kleine Skulptur Dir Freude macht, wäre ich sehr glücklich... Wir können uns nicht wiedersehen. Ich spürte nach unserem Gespräch, dass Du wie eine dunkle Wolke über mir dräust und mir die Luft zum Atmen nimmst. Du sehnst Dich nach einer konventionellen Beziehung, doch dafür bin ich noch nicht bereit. Aber wenn

ich auch im Moment keinen Platz an meiner Seite zu vergeben habe, so hast Du doch einen Platz in meinem Herzen.

** 1000 Küsse, Dein Goswin*

Mit zitternden Händen fischte ich mein Handy aus der Handtasche und wählte seine Nummer. Die Mailbox sprang an. Ich versuchte es auf dem Festnetz. Eine Frauenstimme meldete sich.

»Herr von Hensch ist nicht da.«

»Wann kommt er denn wieder? Ich sollte ihn dringend sprechen«, stammelte ich. Ich musste ihm versichern, dass ich keine dunkel dräuende Wolke war und ihn nicht unter Druck setzen wollte.

»Also, ich bin die Reinemachefrau, und mir hat er einen Zettel hinterlegt, dass er spontan eine Woche Urlaub in Norwegen macht. In dringenden Fällen sei er bei Frau Solveig Sjöllund zu erreichen.«

»Solveig Sjöllund?«, stammelte ich.

»Ja, seine künftige Frau. Soll ich Ihnen die Nummer geben?«

Draußen hörte ich Möwen kreischen.

»Nein danke. Sehr freundlich, aber nicht nötig.«

Ich wusste, dass ich nur auf mich selbst wütend war, weil ich Goswin völlig falsch eingeschätzt hatte. Er konnte schließlich nichts dafür, dass er so war, wie er war – in meiner selektiven Wahrnehmung hatte ich die Zeichen einfach nicht sehen wollen: der entrückte Blick (in Richtung Norwegen), der gesenkte Blick (wenn ich ihm sagte, wie glücklich ich mit ihm war), der leere Blick (wenn er mir sagte, wie glücklich er mit mir war).

Ich hätte es sehen müssen. Doch was Männer betraf, war ich eben vollkommen aus der Übung. Bekanntermaßen waren Männer vom Mars und Frauen von der Venus, und ich hatte keinerlei Raumschifferfahrung. Das würde mir sicher noch öfter passieren. Besser, ich gewöhnte mich daran. Und außerdem ärgerte ich mich aus einem weiteren Grund über mich selbst. Mit Rüdiger und seiner Neuen hatte ich mir ja auch keinen Dreier vorstellen können. Doch bei Goswin hatte ich doch tatsächlich einen Tag lang ernsthaft darüber nachgedacht, ob ich damit leben konnte, wenn er außer mir noch die Norwegerin hatte. Eine Norwegerin, die offenbar nicht für Fesselspielchen zu haben war. Das war dann schön meine Aufgabe. Und dabei hatte es mich in keinster Weise befriedigt. Warum, bitte schön, trauerte ich also diesem Mann nach?

Ich heulte ein wenig, machte mir heiße Schokolade, heulte noch ein wenig mehr und ging zu Bett. Die Skulptur blieb unausgepackt.

Was würde Angelina Jolie tun?

Das Leben ist wunderbar. Es gibt Augenblicke, da möchte man sterben. Aber dann geschieht etwas Neues, und man glaubt, man sei im Himmel. Hatte Edith Piaf mal gesagt. Oder gesungen. Jedenfalls wollte ich fest daran glauben, dass das Leben trotz meiner Reinfälle wunderbar war. Und was tut eine Frau, wenn sie Liebeskummer hat und neu anfangen will? Sie geht zum Friseur. Eigentlich wollte ich noch nicht neu anfangen, sondern mich – alten Gewohnheiten folgend – in Selbstmitleid suhlen. Aber Rasmus hatte einen Termin bei seiner be-gna-de-ten Coiffeusentranse Chantalle ergattert, und einer wie Chantalle sagte man nicht ab. Also zog ich an meinem nächsten freien Tag los.

Vielleicht sollte ich vorab erzählen, wie ein Friseursalon in einer süddeutschen Kleinstadt aussah.

So ein Salon war eine Zeitmaschine, die einen schnurstracks in die siebziger Jahre des vorigen Jahrhunderts versetzte. Was womöglich daran lag, dass die Einrichtung seit damals unverändert geblieben war, inklusive der riesigen Plastiktrockenhauben.

Bei meinem Fräulein Gabi war alles in Altrosa. Es gab noch ein Fräulein Susi in Sonnenblumengelb. Oder wahlweise Fräulein Paula in Mintgrün. Zu wem man ging, war letzten Endes eine Frage der Farbvorlieben, denn sie schnitten und frisierten alle gleich. Die Frisurentrends waren die, die Gabi, Susi und Paula zur Zeit ihrer Ausbildung gelernt hatten, und die lag in allen drei Fällen schon dreißig Jahre zurück. Wer up to date sein wollte und sich in Schnitt, Farbe und Styling an den Frisurentipps der heiligen Modekuh *Brigitte* orientierte, der fuhr in die Landeshauptstadt zum angesagten Trendfriseur.

Ich tat das nie. Weswegen ich in Angststarre fiel, als ich an jenem Morgen den Salon von Chantalle betrat. Ehrlich, eine Transe namens Chantalle.

Erwartet hatte ich einen kitschigen Winz-Salon mit vielen noch kitschigeren Nippesfiguren. Natürlich alles in Bonbonfarben und einen Tick zu laut und schrill. Genauso wie Chantalle selbst, die ich vor meinem inneren Auge als optischen Zwilling von Fräulein Wommy Wonder oder Olivia Jones gesehen hatte.

Wenn Rasmus mit der transsexuellen Friseuse nicht so eng befreundet gewesen wäre, ich wäre stante pede umgedreht und hätte das Weite gesucht. Aber nun stand ich in einem riesigen Loft von Salon. Alles in Chrom und Stahl, mega-edel, und immens schicke, immens dünne Menschen dreierlei Geschlechts standen lässig herum. Manche von ihnen sahen mich an, und die Blicke waren nicht wohlgefällig. Ungefähr so schaute man, wenn man in seiner Küche eine Kakerlake entdeckte.

Ich trug besagtes Etuikleid. In dem ich mich bis zu diesem Moment immer als schön empfunden hatte. Dieses Kleid war wie ein Superman-Kostüm: Sobald man hineinschlüpfte, wurde man unbesiegbar. Aber unter den Blicken der Anwesenden schrumpfte meine Unbesiegbarkeit auf Murmelgröße, machte noch einen kleinen Hops und verdampfte.

»Großer Gott, du hast es echt nötig«, begrüßte mich prompt die sehr große, sehr breitschultrige, sehr intensiv geschminkte – ich sage mal – Frau, die gleich darauf auf mich zutrat. Wie alle anderen war auch sie in Schwarz gekleidet. »Du bist die Mara, stimmt's? Hach, was frage ich, klar bist du die Mara. Bei dir strahlt förmlich aus jeder Pore die Kleinstadt. Aber keine Sorge, das kriegen wir hin. Silly!«, rief sie mit Nebelhornstimme.

Ein junger Mann mit Punkfrisur wuselte auf uns zu. Er stank sehr intensiv nach Moschus. Aber bestimmt stand auf dem Parfümflakon in seinem Badezimmer Armani, Boss oder Davidoff. Und darum stank er nicht, sondern duftete teuer.

»Shampooing und Conditioning.«

Chantalle wedelte mit einer manikürten Fleischerhand. »Alles wird gut«, sagte sie und sah mir tief in die Augen. Zu tief. Ich konnte ihren Zweifel lesen. »Wir kriegen dich gestylt, wäre doch gelacht.«

Silly führte mich zu einem Hightechstuhl, der entfernt an den meines Gynäkologen erinnerte, nur funkelnder. Er schob eine Art Servierwagen vor und zeigte mit beiden Armen darauf, während er die schmalen Hüften wie ein Nummerngirl in Schräglage brachte. Oder wie die Kellnerin in einem Striplokal. »Wir haben heute Pfirsich-Kombucha-Shampoo mit zitroniger Note, dazu einen soothing Avocado-Conditioner mit Anti-Frizz-Wirkung im Angebot. Oder die hocheffiziente Drei-in-eins-Shampoo-Pflege-Spülung für strapaziertes Haar. Mit Anti-Aging-Substraten.« Er sah mich an. Es konnte kein Zweifel bestehen, was er für mich am geeignetsten hielt.

»Ich nehme immer nur ein Anti-Schuppen-Shampoo«, sagte ich.

»Das sieht man.«

Wollte er damit komplimentös ausdrücken, dass ich schuppenfrei war? Wohl eher nicht.

Ich gab auf. »Pfirsich-Kombucha-Avocado, bitte.«

Nach einem ausgiebigen Verwöhnprogramm für mein völlig überraschtes Haar sowie einer Kopfhautmassage – die sich allerdings eher anfühlte wie Spinnen, die über meinen Schädel krabbelten – führte mich Silly mit klackenden Schritten (er trug Highheels) über den Marmorboden in den hinteren Bereich des Salons. Von dort aus konnte man durch Panoramafenster auf das frischrenovierte Gängeviertel schauen.

Das riesige Frauenimitat materialisierte sich wieder vor

mir. »So weit alles klar?«, tönte ihre Nebelhornstimme, die man zweifelsohne quer durch die Stadt bis zum Hauptbahnhof hören konnte. Ich wollte nicken, merkte aber, wie der Handtuchturban ins Rutschen geriet.

Wieder spürte ich die Blicke des gesamten Personals auf mir. Bestimmt war ich der Brüller, über den man sich von nun an in geselliger Kollegenrunde lustig machen würde. »Weißt du noch, das Landei …«

Mittlerweile waren noch andere Kundinnen gekommen, und ich merkte, dass ich in meinem Etuikleid völlig overdressed war. Als Hamburgerin ging man offenbar in Jeans, Bluse und Barbourjacke zum Coiffeur.

»Möchtest du etwas trinken, Mara? Espresso, Ristretto, Cornetto?«

»Danke nein. Bin wunschlos glücklich. Und danke, dass du mich so schnell noch einschieben konntest, Chantalle.«

»Wie bitte?« Die stark geschminkten Augen wurden aufgerissen. Die riesigen Hände stemmten sich auf die schwarzgekleideten Hüften.

»Danke für diesen Termin«, wiederholte ich. Was hatte ich jetzt schon wieder falsch gemacht? Durfte man sich vor dem Schnitt nicht bedanken, weil es Unglück brachte? Wie im Theater, wo man Schauspielern auch nicht toi, toi, toi wünschen durfte?

»Hältst du mich etwa für Chantalle?«, donnerte das Nebelhorn.

»Äh …«

»Seh ich aus wie eine Transe?«

Alle Köpfe drehten sich zu uns. Aus einem Seitenraum, wahrscheinlich die Kaffeeküche, trat eine schwarzhaarige Rassefrau mit Riesenmöpsen, die augenfällig das Dekolleté zu sprengen versuchten. Sie hielt eine Tasse Kaffee in der Hand und kam auf uns zu. Abgesehen von dem recht ansehnlichen Adamsapfel und den für einen so schmalen Körper völlig überdimensionierten Doppel-D-Brüsten sah sie wirklich aus wie eine Frau. Messerscharf tippte ich darauf, dass dies die echte Chantalle war.

»Gibt's ein Problem, Edith?«, fragte das Original mit samtweicher Stimme.

»Leck mich!«, brüllte das Nebelhorn und marschierte davon. Chantalle schüttelte den Kopf. »Du musst Edith entschuldigen. In ihrem wuchtigen Körper steckt eine ganz zarte, verletzliche, fragile Frauenseele. Du hast versehentlich ihre Achillesferse erwischt, da reagiert sie pampig. Sonst ist sie ein Schatz.«

Ja klar, und ich bin die Weihnachtsfee. »Tut mir leid, ich wollte niemanden beleidigen. Aber ihr Aussehen … und vor allem ihre Stimme …« Ich schüttelte den Kopf. »Hoffentlich lässt sie das jetzt nicht an dir aus. Sie schaut ziemlich giftig. Ich hatte auch mal eine Edith in der Klasse. Ein echter Giftzwerg. Möglicherweise hat es etwas mit dem Namen zu tun.«

Edith hatte sich draußen vor einem der Schaufenster

eine Fluppe angezündet und stieß in kurzen, regelmäßigen Abständen erboste Qualmwölkchen aus.

»Ich finde, Edith ist ein wunderschöner Name, der für eine wunderschöne Frau steht«, verkündete Chantalle. »Deswegen sind Edith und ich ja auch ein Paar.«

Die Temperatur im Salon schien um zwei Grad zu sinken. Ich sagte nichts.

»Jetzt aber offiziell, hallo, Mara, *ich* bin Chantalle.« Sie stellte die Kaffeetasse neben mir ab. Für den unwissenden Beobachter war ihr Lächeln sehr süß. Aber mir stockte die Stimme. Ich kam mir vor wie auf einem Minenfeld, auf dem schon ein einziges unbedachtes Wort einen verheerenden Dominoeffekt nach sich ziehen konnte.

»Wollen doch mal sehen, was wir aus dir machen können.« Das klang wie eine Drohung. Würde mir das Edith-Dissen zum Verhängnis werden? Chantalle lächelte erneut und griff nach einer Schere. Einer sehr großen Schere. Ich schluckte. Schwer.

»Weißt du, ich dachte, oben und an den Seiten einfach so lassen, nur hinten etwas kürzer. Und vielleicht ein paar Strähnchen …«, fing ich an.

Chantalle gluckste. »Schätzchen, was dabei herauskommt, wenn du denkst, das sieht man deinem Kopf an. Nein, du Süße, überlass das der Fachfrau. Und, glaube mir, du wirst dich hinterher nicht wiedererkennen! Ich denke da an Angelina Jolie. Wie sie in *Durchgeknallt* aussah. Hach, aufregend. Wir stylen dich zum Star!«

Ich wollte Protest einlegen. Energischen Protest. Aber da machte die Schere schon *schnipp.*

* * *

»Weißt du, was dein Problem ist? Du reflektierst nicht. Du lebst einfach.«

»Du machst das genau richtig. Das Leben ist zu kurz für Bedauern!«

Bille und Signe schoben den Bestsellertisch in die Ecke neben der Tür zum Büro. Sie sprachen nicht miteinander, sie sprachen mit mir. *No love lost* zwischen den beiden, wie der alte Barde aus Stratford-upon-Avon gesagt hätte. In eine Metapher übersetzt hieß das so viel wie: Selbst wenn nach einem Atomschlag alle acht Milliarden Menschen ausgelöscht und nur noch Signe und Bille auf diesem Erdenrund übrig wären, würden sie keine lesbische Lebensgemeinschaft eingehen. Im Gegenteil, sie würden an die entgegengesetzten Enden des Globus ziehen.

»Bille, ich reflektiere sehr wohl. Signe, danke.« Ich war für den Aufbau der Klappstühle zuständig. Dabei betrachtete ich mich ständig in der Schaufensterscheibe. Chantalle hatte mir einen raspelkurzen Pony geschnitten, der laut ihrer Aussage mit Gel zu einem Bürzel gedreht werden musste. Das Resthaar war platinblond gefärbt und am Ansatz toupiert. Ich sah aus wie ein *Material-Girl*-Verschnitt, der in eine Steckdose gelangt hatte. Sehr, sehr gewöhnungsbedürftig. Angelina Jolie hatte niemals so ausgesehen. Und falls doch, hätte sie ihren Friseur gefeuert. Aber nun war es zu spät. Mein Leben hatte sich verselbständigt und an Fahrt aufgenommen. *Nur noch sechzig Sekunden* – im Turbogang in die nächste Kurve. Ich seufzte und klappte weiter Klappstühle auseinander.

Bille veranstaltete eigentlich keine Lesungen in ihrer Buchhandlung, dafür war der Laden zu klein. Aber Jürgen – den sie im Gegensatz zu Signe sehr schätzte – hatte sie darum gebeten. Und so räumten Signe und Bille die Mitte des schlauchartigen Raumes von den Büchertischen frei. Währenddessen baute ich die Stühle auf, die wir von Kemal ausgeliehen hatten. Das war der, bei dem Bille mittags immer versackte. Es handelte sich um insgesamt zwanzig ehemals weiße Klappstühle, die sich leicht fettig anfühlten und nach Döner rochen. Das war jetzt kein böser Rassismus, das war naheliegend, wenn billiges Plastik gefühlte hundert Jahre als Sitzmöbel in einem Imbiss stand.

»Soll ich alle zwanzig Stühle aufbauen? Oder erst mal zehn, und wir schauen, wie viele Leute kommen?« Ich war unschlüssig. War es nicht peinlich für den Autor, wenn er vor kariösen Stuhlreihen lesen musste? Und voll würde es sicher nicht werden, da legte ich meine Hand für ins Feuer.

»Alle zwanzig natürlich«, entschied Bille. Sie war zuversichtlich, dass der Laden voll würde, hatte Jürgen doch im ganzen Viertel Handzettel in die Briefkästen geworfen. Aber vielleicht hätte Jürgen erwähnen sollen, dass es kostenlos Essen und Getränke gab. So, wie der Handzettel jetzt aussah, lockte er niemanden hinter dem Ofen hervor.

Lesung und Gespräch mit Jürgen Schöllhammer

RAGNARÖK

»Die altnordische Götterdämmerung öffnet uns die Augen
für das, was in unserer Republik los ist.«
(Elmsbütteler Bote)

Schonungslos. Ehrlich. Nichts bleibt verborgen.
Ein Mann und seine Mission:
Schöllhammer sagt, wie es ist!

Bille hielt sich nun die Nase zu. »Mein Gott, das stinkt!«

Damit meinte sie aber nicht die Dönerstühle, sondern die Fischhäppchen, die Signe mitgebracht hatte. Thunfischcracker, Lachs mit Meerrettichperle auf gebuttertem Pumpernickel, Heringsröllchen und Matjesfilet auf Knäckebrot.

»Der Fisch ist frisch! Da riecht nichts!« Wütend warf Signe ihre blonden Zöpfe nach hinten.

»Und wie das riecht. Ich kann nur hoffen, dass der Fischgeruch nicht auf die Bücher übergeht.« Bille schnupperte versuchsweise an einem Bildband.

In diesem Moment schlug das Windspiel über der Tür an. Jürgen trat ein, mit wehendem Haupthaar und unseren beiden WG-Einkaufstrolleys. »Toll, ihr habt schon alles vorbereitet. Dann baue ich jetzt noch schnell meine Bücher auf.«

Der Selbstkostenverlag, in dem Jürgen sein *Ragnarök* veröffentlicht hatte, stellte Bille natürlich keine Bücher auf Kommission zur Verfügung. Die lebten nach der Devise: Kauf ohne Rückgaberecht und nach uns die Sintflut. Also hatte Jürgen einhundert seiner fünfhundert – natürlich gegen Geld erworbenen – Belegexemplare in die Einkaufstrolleys gepackt, um sie an das gierige Lesungspublikum zu verscherbeln. Zu fünfzehn Euro pro Buch, eine persönliche Widmung des Autors inbegriffen.

Ich half ihm, die Bücher auf der Kassentheke auszulegen. Da Signe nach dem Motto »Unseren täglichen Fisch gib uns heute« lebte und sie den Fisch immer abwechselnd in einem der beiden Einkaufstrolleys nach Hause brachte, rochen Jürgens *Ragnarök*-Exemplare leider deutlich nach Fisch. Ihn schien das nicht zu stören. Diese olfaktorische Mischung aus Fisch und Döner ließ mich an Frau Knesebeck aus dem ICE denken.

»Voilà, perfekt!«, freute sich Jürgen.

»Ja, sieht sehr gut aus«, meinte auch Bille und sah sich

im Laden um. Die Bücher lagen aus, die Stühle standen, die Beleuchtung war angenehm schummrig, jetzt mussten nur noch die begierigen Leser kommen.

»Es ist ja erst zwanzig vor acht. Die meisten kommen immer auf den Punkt genau«, sagte Bille, die das gar nicht wissen konnte, weil sie ja nie Lesungen durchführte. Aber sie wollte den sichtlich nervösen Jürgen beruhigen, und ich freute mich, endlich mal einen angenehmen Zug an meiner Cousine zu entdecken.

Jürgen wollte im Stehen lesen und vortragen, weil er das als Lehrer auch immer so gehalten hatte. Nun stand er vor der geschlossenen Bürotür, räusperte sich mehrmals und machte Stimmbandübungen. Die Hand, die das Buch hielt, zitterte wie Espenlaub. Signe, Bille und ich saßen in der letzten Reihe, direkt neben der Kasse. Und warteten.

»Du bist noch jung, du willst dich ausprobieren, ich finde das in Ordnung«, fing Signe wieder an.

»Sich offenen Auges ins Unglück zu stürzen ist nicht in Ordnung«, widersprach Bille.

»Da müssen wir doch nicht jetzt drüber reden«, verlangte ich.

Die beiden schwiegen. Vorn intonierte Jürgen »Abraham a Santa Clara«, mit besonderer Betonung auf den »As«.

»Ich muss ehrlich sagen, dass ich mehr von dir erwartet hätte. Mit über vierzig hat man an anderes zu denken als nur an Liebschaften. Das hat nicht zuletzt auch deine Arbeitsleistung beeinträchtigt.« Bille guckte spitz.

»Leben ist Liebe, nicht Arbeit. Wir leben, um zu lieben.« Signe sang es fast. War *Wir leben, um zu lieben* nicht wirklich ein Song? Von Adoro? Oder Mireille Mathieu? Ich schaltete mich in diese Unterhaltung gar nicht mehr ein, die beiden brauchten mich nicht.

»Leben ist vor allem auch Pflicht. Du hättest dich ruhig besser um Rüdiger kümmern können, dann hätte er sich nicht anderswo umgeschaut. Und Arbeit ist ein unabdingbarer gesellschaftspolitischer Beitrag. Du könntest sehr viel mehr erreichen, als nur von meinem Gnadenbrot zu leben. Du bist doch Volkshochschuldozentin und hast mal Germanistik studiert. Mach was draus.«

»Aaabraaahaaam aaa Saaantaaa Claaaraaa …«

»Wozu leben, wenn das Herz verdorrt? Mach dir keine Vorwürfe, dass es mit diesem netten Herrn Hensch nicht geklappt hat. Du warst lange außer Übung. Hast dir gleich die A-Liga ausgesucht. Die schwierigen Männer und die berühmten Männer, für die braucht man Raffinesse und Erfahrung. Fang kleiner an. Durchschnittliche Normalos ohne Altlasten. Und dann Schritt für Schritt. Erst harmlose Flirts …«

»Mooooment! Hensch? Doch nicht etwa Goswin von Hensch? Du hast dich einem meiner Stammkunden an den Hals geworfen?« Bille sprang vom Klappstuhl auf.

»Oh Gott, nur noch fünf Minuten, sitzen meine

Haare?« Jürgen lief in die kleine Buchhandlungstoilette. Man hörte Wasser rauschen.

Beinahe wäre bei mir auch Wasser gelaufen. Salzwasser. Aus den Augen. Auf der Achterbahn meiner Gefühle war ich mal wieder in einer Talsohle angelangt, und Signe und Bille machten es mit ihren Kommentaren nicht besser.

Ich war das Gegenteil von Midas: Alles, was ich anfasste, verwandelte sich in Mist. Aber ich biss die Zähne zusammen. Ich hasste es, wenn Leute, die älter als zwei Jahre waren, in der Öffentlichkeit heulten. Wenn man alt genug war, um allein aufs Töpfchen zu gehen, war man auch alt genug, um Haltung zu bewahren. Egal, wie heftig der Sturm des Lebens einem ins Gesicht blies.

Und ich würde ganz sicher nicht hier und jetzt und schon gar nicht vor meiner doofen, angeheirateten Cousine Bille darüber in Tränen ausbrechen, dass mein Leben eine einzige Nullnummer war. Ich presste die Lippen zusammen und gelobte feierlich, den Männern von nun an abzuschwören, mir ein nettes möbliertes Zimmer und einen ordentlichen Bürojob zu suchen und meine Sehnsucht nach Nähe und Streicheleinheiten dadurch zu befriedigen, dass ich mir eine Katze zulegte. Oder zwei. Oder drei.

»Ich rede mit dir!«, ereiferte sich Bille. »Was hast du mit Herrn von Hensch gemacht? Hast du ihn in irgendeiner Weise vor den Kopf gestoßen? Bestimmt hast du das, ich kenne dich doch. Der kommt doch jetzt nie wieder in meinen Laden. Dabei war er so ein guter Kunde. Jeden Monat Umsatz im dreistelligen Eurobereich. Nie Taschenbücher, immer nur Hardcover. Und so höflich. Ach verdammt, Mara!«

Bestimmt hätte sie mich im nächsten Moment gefeuert, doch da kam doch tatsächlich ein Lesungsinteressierter. Wenn man denn Rasmus als Lesungsinteressierten bezeichnen wollte.

»Bin ich zu spät?«, rief er und wartete die Antwort nicht ab, sondern ging gleich zu den Fischhäppchen, an denen er sich reichlich und mit viel Genuss bediente. Jürgen trat mit klatschnass an den Schädel gepappten Haaren aus der Toilette.

Um nicht gänzlich in Selbstmitleid zu versinken, beschloss ich, Jürgen zu bemitleiden. Ein hoffnungsvoller Jungautor fortgeschrittenen Alters, der sich seinem Publikum öffnen wollte. Doch leider gab es kein Publikum, nur seine WG-Mitbewohner und die Buchhändlerin, die jetzt gerade »Ich bin so wütend, ich muss eine rauchen!« rief und den Laden verließ.

Acht Uhr kam und ging.

»Mimimimimi …« Jürgen lockerte seine Stimmbänder. Ich fand das tapfer von ihm. Er würde das durchziehen. Kein Schwein interessierte sich für die Perlen, die er zu werfen hatte, aber er warf trotzdem.

Da ging die Ladentür wieder auf. Der Lustgreis, der den Aretino bestellt hatte, kam herein und eilte gleich zur ersten Stuhlreihe. Jürgen strahlte, räusperte sich und rief Bille zu: »Soll ich schon anfangen, oder warten wir noch? Kommt dein Mann noch?« Bille funkelte ihn nur finster an und lief an ihm vorbei ins Büro. Die Tür warf sie hinter sich zu.

Jürgen sah ihr nach, dann mich an. Ich nickte. Also fing er an.

»Guten Abend, meine Damen und Herren, willkommen zu meiner Lesung aus *Ragnarök – Untergang einer Republik.* Ein mitreißender, ja, ich möchte sagen, ein Augen öffnender Abend erwartet Sie, an dem Ihre Ansichten zu Politik und Gesellschaft kräftig durcheinandergewirbelt, ja, ich möchte sagen, auf den Kopf gestellt werden. Ein Abend …«

»Entschuldigung«, rief der Greis und hob wie ein Grundschüler den Arm. »Darf ich eine Zwischenfrage stellen?«

»Ja gern, bitte?«

»Bin ich denn jetzt falsch?« Der Greis hob den Handzettel hoch, den Jürgen im Viertel verteilt hatte. »Ist *Ragnarök* nicht das Kamasutra der Skandinavier? Hier steht doch *Schonungslos. Ehrlich. Nichts bleibt verborgen.* Das bedeutet doch, es gibt auch eine Strip-Einlage, oder? Aber, ganz ehrlich, wenn *Sie* sich ausziehen und nicht eins der zwei Mädels da hinten, dann möchte ich vorher lieber gehen.«

* * *

Ragnarök. Die alten Nordmänner verstanden darunter das Ende der Welt und den Tod von Odin und Thor und noch ein paar anderen Göttern. Und das Versinken der ganzen Erde in Wassermassen. So grausam wie Jürgens Lesung kann deren Weltuntergang aber nicht gewesen sein.

Breiten wir den Mantel des Schweigens über diese dröge, sich endlos ziehende, von Versprechern und Monotonie geprägte Veranstaltung. Rasmus und Signe putzten die Tabletts mit den Häppchen leer, mir wurde vom Billigsekt schlecht, der erotomane Rentner rief mit der Gleichmäßigkeit eines Metronoms alle fünf Minuten: »Lauter, geht das nicht lauter?«

Möglicherweise war ich mittig in der Lesung eingeschlafen, beschwören könnte ich es nicht. Auf jeden Fall wurde ich in dem Moment wieder wach, als der Applaus aufbrandete. Wenn man denn von Brandung sprechen wollte. Der Greis klatschte arthritisch, Signe dafür umso euphorischer. Rasmus stampfte mit den Füßen.

Jürgen schien gerührt. In seine zwischenzeitlich getrockneten Haare war wieder Fülle gekommen, und nie hatte er Einstein mehr geähnelt als in diesem Moment.

»Bravo«, rief Rasmus.

»Zugabe«, rief Signe. Bloß nicht. Ich sprang rasch auf, holte die in Geschenkpapier verpackte Bonbonniere, die ich – auf eigene Kosten, Bille hatte sich verweigert – für Jürgen besorgt hatte, und überreichte sie ihm. Rasmus hielt das Ganze im Handyfoto fest.

»Lasst uns alle noch zum Italiener gehen und feiern«, rief Jürgen. »Die Rechnung geht auf mich.« Das ließ sich keiner zweimal sagen, auch der Lustgreis nicht.

»Geht ihr schon vor, ich schließe noch den Laden ab«, sagte ich und schob die anderen aus der Buchhandlung. Dann klappte ich die Dönerklappstühle zusammen, schob die Büchertische wieder in die Ladenmitte und löschte alle Lampen bis auf das Nachtlicht. Am Schluss ging ich zur Bürotür und klopfte zaghaft.

»Bille?« Nichts.

»Bille, alles in Ordnung?« Immer noch nichts. Sie hatte die gesamte Lesung über im Büro verbracht. Ich ahnte, dass da was faul war. Um sie zu trösten, sagte ich: »Na schön, die Lesung war alles andere als ein Erfolg. Aber das macht doch nichts.« Ich fügte noch etwas an, das jedes Schwabenherz im Nu beglückt hätte. »Dir sind keinerlei Unkosten entstanden.«

Da riss Bille die Bürotür auf.

»Du hast doch keine Ahnung!«, fauchte sie. Meine Cousine war wieder in ihrem typischen Eisköniginnen-Modus. Was für Gefühle und Emotionen in ihrem Innern auch köcheln, gar brodeln mochten, fürs bloße Auge waren sie nicht mehr sichtbar.

Sie stürmte an mir vorbei zur Kasse. Die Einnahmen warf sie nach Geschäftsschluss immer beim Nachtschalter der Sparkasse nebenan ein. Das machte sie persönlich, da traute sie mir nicht. Bei Tageseinnahmen von – Tusch! –

bis zu neunzig Euro war das ja auch nur zu verständlich. Ich hätte mich mit diesen Summen ja nach Brasilien absetzen können, ein Land, das keinen Auslieferungsvertrag mit Deutschland hatte. Ihre Tageseinnahmen wären für immer verloren gewesen.

Ich schlüpfte in meinen Trenchcoat. »Wir sind alle bei Jürgens Lieblingsitaliener«, sagte ich und wollte gehen. Da brach Bille in Tränen aus.

Bille weinen zu sehen war in etwa so spektakulär wie eine flächendeckende, mannshohe Schneedecke über der Sahara. Oder eine völlig ausgetrocknete Ostsee, in der man zu Fuß nach Schweden laufen konnte. Ich hätte nicht geglaubt, dass Bille so etwas wie Tränendrüsen überhaupt besaß.

»Bille?«

Sie ging hinter der Kassentheke in die Knie, haltlos schluchzend.

Zu jeder anderen wäre ich hingerannt, hätte sie in den Arm genommen, ihr über die Haare gestreichelt und sie getröstet. Bei Bille traute ich mich das nicht. Ich hatte Angst, sie könnte mir die Hand abbeißen. Und nein, das war nicht nur so dahingesagt.

»Bengt will sich scheiden lassen«, schluchzte sie. Jetzt kam ich doch näher.

»Wie bitte? Aber wieso denn?« Bengt und Bille, B und B, die beiden waren ein untrennbare Einheit. Immer schon gewesen. Seit dem Kindergarten. Billes Arm tastete nach dem Päckchen Taschentücher, das neben der Kasse lag. Sie schniefte.

»Hat Bengt dich betrogen?« Der Gedanke lag für mich auf der Hand. Bengt war auch nur ein Mann. Wie Rüdiger. Und Goswin. Alle Männer waren gleich.

»Nein«, jaulte Bille.

»Aber er muss doch einen Grund haben.«

Ihr Kopf tauchte über der Theke auf. »Ich habe mich verliebt.«

Die Liebe, das Salz des Lebens …

Das also hatte Jens gemeint, als er damals andeutete, nur Bille hätte etwas zu verbergen!

Auch der Rest von Bille wurde jetzt sichtbar. »Es war keine Absicht, ich wollte es auch gar nicht, es ist einfach so passiert …« Sie sah mich an, als ob gerade ich sie verstehen müsste. »Die Liebe ist eine Naturgewalt, da kann man nicht gegen an.«

Wenn es auf diesem Planeten einen gefühllosen Stockfisch gab, dann war das Bille. Und jetzt sollte Bille sich außerehelich verliebt haben?

»Wer? Wann? Wie?«, stotterte ich.

Bille schob die Lippen vor. »Erst war es nur ein freundliches Wort hier, eine Gratissalatsoße dort …«

Oh mein Gott!

»Aber dann, ganz absichtslos, spürten wir … wir spürten …«

»Kemal vom Dönerimbiss!«, rief ich.

Bille strahlte. »Ja, Kemal. Der wunderbarste Mann auf der ganzen Welt. Ich glaube, ich liebe ihn.«

Tja, wo die Liebe hinfiel. Ob Kemal wusste, was er sich mit Bille angelacht hatte? Aber vielleicht stand er ja auf Stockfisch. Oder aber in seiner Gegenwart mutierte Bille zu einer warmherzigen, liebevollen Frau. Hm, nein, Kemal musste auf Stockfisch stehen.

»Aber wenn du Kemal liebst, ist es doch in Ordnung, wenn du dich von Bengt scheiden lässt«, befand ich. Naiv, wie sich gleich darauf herausstellte.

»Bengt finanziert mir die Buchhandlung. Die wirft doch nicht genug ab, um davon zu leben. Was soll ich denn tun, wenn er den Geldhahn zudreht? Und das wird er nach der Scheidung tun, nicht wahr?«

Ja, diese Vermutung lag nahe. Noch näher allerdings lag die Vermutung, dass Bengt bereits in diesem Moment mit Schweißtropfen auf der Stirn am Geldhahn saß und ihn mit aller Kraft zuschraubte.

Während Bille sehnsuchtsvoll über die nach Döner riechenden Klappstühle strich, schoss mir ein Gedanke durch den Kopf: Ich würde mir eine neue Arbeitsstelle suchen müssen. Und zwar pronto.

* * *

»Ist hier noch frei?« Ja, mein Gott, jaaaa!

Ein Déjà-vu. Nein, mehr noch – ein Wunder! Der

Mann erkannte mich nicht. Womöglich, weil ich an diesem Abend nicht nach Mottenkugeln und Münsterkäse roch. Aber ich erkannte ihn sofort wieder: der Unbekannte aus dem Zug. Der in Mannheim zugestiegen war. In Leder und Jeans und mit roten Löckchen. Mein Vorsatz, von nun an nur noch an Katzen zu denken, löste sich in Luft auf.

Jener Entschluss war gerade mal einen Tag alt. Ich saß im Hamburger Literaturhaus im Schwanenwik in der ersten Reihe. Bei der Lesung eines berühmter Wiener Autors, der durch seine packenden Reisebücher à la Bruce Chatwin zu verdientem Ruhm gelangt war. Im Grunde hatte mich die Hoffnung hergetrieben, vielleicht den einen oder anderen Buchhändler zu treffen und ihm meine Dienste zu offerieren.

Ich hatte mir den Platz ganz vorn schwer erkämpfen müssen: Die zu Dutzenden anwesenden Hamburger Matronen – alle sexy aufgebrezelt in Transparentoberteilen oder Miniröcken, was in dem Alter einfach nur peinlich wirkte – waren offenbar fest entschlossen, sich diese männliche Leckerschnitte mit Schmäh nicht entgehen zu lassen. Gut, dass Jürgen nicht dabei war. Nach seinem Fiasko vom Vorabend hätte ihn der Anblick des übervollen Lesungssaales vermutlich in den Suizid getrieben.

Als sich eine der Matronen einen Prosecco an der Bar holte und ihren Pashminaschal quasi als Strandtuch zur

Sonnenliegenreservierung missbrauchte, setzte ich mich, kaum war sie weg, keck auf ihren Stuhl. Da glitt der Pashmina – *hoppla!* – zu Boden. Als sie zurückkam, meckerte die Frau über den spitzen Stein. »Hier sitze aber ich.«

»Nein, *ich* sitze hier, wie Sie sehen«, blaffte ich zurück. Erstaunlich, wie viel Hornhaut mir in dieser kurzen Zeit in Hamburg schon auf den Ellbogen gewachsen war. Und wie wenig es mich scherte, wem ich meine gepanzerten Ellbogen in die Seite rammte. Die Hamburgerin funkelte mich böse an. Aber mein smaragdgrünes Etuikleid war so toll, dass es wie ein Kraftfeld wirkte, das mich vor bösen Blicken schützte. Ich lächelte nur kalt und sah dann angelegentlich auf die Bühne.

Meine Gegnerin schreckte das allerdings nicht. Sie war gebotoxt und hatte Schlauchbootlippen mit Po-Fett im Gesicht. Die kannte keine Angst. Ein Anflug von Panik stellte sich bei mir ein, weil ich fürchtete, gleich einen rechten Haken punktgenau aufs Kinn zu bekommen. Oder wenigstens den süßlich-klebrigen Inhalt der Proseccoflöte auf mein geliebtes Etuikleid. Doch just in diesem Moment trat *er* mit einem Hocker heran und fragte: »Ist hier noch frei?«

Dabei zeigte er auf die Stuhlreihenlücke neben mir.

Immer noch gletscherblaue Augen und rote Locken mit grauen Schläfen, in Lederjacke und Jeans und mit einem unaufdringlichen, aber betörenden Aftershave. Ich hätte ihn überall wiedererkannt.

Die Matrone traute sich nicht, mich vor seinen Augen zu schlagen oder nass zu spritzen, und zog ab.

Er setzte sich und lächelte mich an.

»Gerade noch mal gut gegangen.« Verschwörerisch zwinkerte er mir zu. Ich schmolz dahin. Was auch sonst?

»Sie haben die Einzelheiten mitbekommen?« Das war mir jetzt einen Tick peinlich. »Ich eigne mir normalerweise keine Stühle an, die mir nicht zustehen. Aber hier werden Weiber zu Hyänen.«

Kleine Lachfältchen sprengten die Haut um seine Augen. Es war, als würde seine gesamte Konzentration in diesem Moment nur mir gelten. Trotz des Tohuwabohus um uns herum, weil nur etwa hundert Matronen in den Raum passten, aber fast doppelt so viele den Wiener Literaten hautnah erleben wollten. Der Literaturhauschef glättete zwar souverän die Wogen und versprach, dass der Autor all denen, die nicht an der Lesung teilnehmen konnten und oben im Restaurant warten mussten, nach der Lesung im Séparée ein besonders charmantes Autogramm in ihre Bücher schreiben würde. Unter vier Augen. Diese Aussicht brachte gut hundertachtzig der zweihundert Frauen dazu, ins Restaurant zu strömen. Das war natürlich nicht im Sinne des Verfassers, woraufhin Gegenmaßnahmen eingeleitet wurden. Kurzum, das Chaos tobte.

Dennoch hatte der Rotgelockte nur Augen für mich. Er strahlte eine ungewöhnliche Präsenz aus, so als sei er wirklich zu hundert Prozent da. Als ob er immer ganz da war, wo er gerade war. Und jetzt gerade war er bei mir.

»Ist es hier so heiß, oder bin ich das?« Ich fächelte mir mit dem Programm zur Lesung Luft zu. Und beugte mich ein wenig auf seine Seite, damit ich bei meiner Hechelatmung den Duft seines Aftershaves einatmen konnte.

»Mir kommt es eher etwas kühl vor. Aber ich bin ja auch erst seit heute wieder zurück. Eine Woche Sylt. Wir hatten phantastisches Wetter.«

»Urlaub?«

»Oh nein, beruflich. Ich bin in der Gastronomie tätig. In ganz Deutschland.« Er strich sich eine widerspenstige rote Locke aus der Stirn. Die goldene Rolex an seinem Handgelenk schimmerte.

Von Männern wie ihm hatte ich schon gehört. Reiche Müßiggänger, die sich kleine, feine Hotels auf Inseln und in den Bergen und hie und da auch in Metropolen leisteten. Da ihre Geschäftsführer die ganze Arbeit für sie erledigten, hatten sie im Grunde nichts weiter zu tun, als kreuz und quer durch die Republik zu fahren und sich Kurzbesuche in den Wellness-Oasen ihrer Häuser zu gönnen.

Und dieser Mann interessierte sich für mich. Daran konnte schon deshalb kein Zweifel herrschen, weil er fragte: »Wenn ich jetzt losziehe und uns beiden etwas zu trinken hole, würden Sie dann meinen Hocker gegen übergriffige Damen verteidigen?«

»Mit meinem Leben!«

Er lächelte wieder und zog los. Mein Gott, ich hatte einen echten Lauf. Erst die Promi-Nase, dann der Komponistenbruder und jetzt ein jetsettender Hotelier. Ich war der Stoff, aus dem urbane Legenden gestrickt wurden!

Der attraktive Mann kehrte mit zwei Gläsern Rotwein zurück.

»Vielen Dank. Auf Ihr Wohl!«

»Auf einen schönen Abend!« Wir tranken und sahen uns dabei in die Augen.

»Sie sind heute Abend der Quotenmann«, sagte ich. Jetzt nur nicht den Gesprächsfaden abreißen lassen.

Er sah sich um. »Da hinten erkenne ich einen Journalisten vom *Hamburger Abendblatt,* aber sonst … Ja, der Autor spricht wohl eher Frauen an.«

»Niedere Motive«, unterstellte ich in Sippenanklage.

»Das müssen nicht die schlechtesten sein.« Erneut sah er mir in die Augen. Tief. Solche Zweideutigkeiten gaben Anlass zur Hoffnung. Gern hätte ich etwas ähnlich Doppeldeutiges erwidert, doch da wurde das Licht gedimmt, der Autor sprang jugendlich forsch auf die Bühne, und das Spektakel begann.

Worum es in dem neuen Buch des Wieners ging? Keine Ahnung. Ich war mir nur der Präsenz des Rotgelockten bewusst. Ich spürte ihn mit jeder Faser meines Körpers. Und mein Körper hatte nur einen Wunsch: Koitus!

Zur Verteidigung meines Körpers musste gesagt werden, dass mir das Schicksal in den letzten Wochen den Mund mehr als wässrig gemacht hatte, aber nie, wirklich nie, war es zum Vollzug gekommen. Mittlerweile war ich bereit, all meine Wertvorstellungen, meine Erziehung, meine Ideale, das Bild meiner im Grab rotierenden Großmutter über Bord zu kippen und mich dem Rotgelockten für einen One-Night-Stand an den Hals zu werfen.

Wie hieß er eigentlich?

Nach unendlich langen neunzig Minuten ertönte der Schlussapplaus und riss mich aus meiner erotomanen Erstarrung.

»Bravo!«, kreischte es sopranig aus der Menge. »Zugabe!« Bloß nicht. Ich hatte Glück. Die Matronen, die ins Restaurant verbannt worden waren, bestanden offenbar auf zügiger Durchreichung des Autors nach oben und ins Séparée. Okay, sagte ich zu mir, Mut fassen, und los!

»Möchten Sie mir noch bei einem Schlummertrunk Gesellschaft leisten?«, fragte ich.

Die Lachfältchen wieder. In mir gluckste es. »Sehr gern. Aber nicht hier.«

Wie die Ratten dem Hamelner Rattenfänger, so strömten die Frauen dem Autor in den oberen Stock hinterher. Kollektives Lechzen lag in der Luft.

»Ich bin neu in Hamburg. Was würden Sie vorschlagen?«, fragte ich.

Er legte mir die Hand ins Kreuz, beugte sich leicht nach vorn, sodass ich ihn noch besser riechen konnte, und während mir fast die Sinne schwanden, meinte er: »Warum gehen wir nicht ein paar Schritte an der Alster entlang und schauen, wo wir landen?«

Ich musste mich sehr davon abhalten, nicht wild zu nicken.

An der Garderobe sagte er: »Ich habe mich Ihnen noch gar nicht vorgestellt – Michael Matzenroth.«

»Mara Emmerich«, revanchierte ich mich.

»Würden Sie hier kurz auf mich warten, Mara?«, bat er.

»Gern.« Michael Matzenroth. Ein guter, solider Name. Kein Name, den man aus den Medien kannte. Kein Name, den ein Verwandter so groß gemacht hatte, dass man ihn selbst nicht mehr auszufüllen vermochte. Hätte ich ein Smartphone besessen, ich hätte diesen Namen gegoogelt. Er zerging auf der Zunge. Wie M & Ms. Michael Matzenroth.

Kurz darauf spazierten wir in Richtung Binnenalster. Es war ein angenehm milder Abend. Trocken noch dazu. Ich wertete das als gutes Omen. Michael legte seinen Arm um meine Schultern.

Mein Herz schlug weniger arrhythmisch heftig als bei Helge und Goswin. Gut möglich, dass es mittlerweile mehr Übung hatte.

Vielleicht heilte die Zeit wirklich alle Wunden. Oder vielleicht kamen einfach nur größere Wunden des Weges, die die alten Narben ersetzten.

»Da drüben ist schon das *Atlantic.* Sollen wir an der Hotelbar ein Glas Champagner trinken?« Michael zeigte auf einen weißen Prachtbau mit grünem Dach, auf dem Fahnen flatterten. Oh ja, das sollten wir!

Für den Rest meines Lebens würde *Champagner* nun gleichbedeutend mit *Sex* sein. Ob mit erfülltem Sex, das würde sich in dieser Nacht zeigen.

Mir war klar, dass alles viel zu schnell ging. Ich spürte auch, dass es sich nicht um Liebe auf den ersten Blick handelte. Nur um Lust auf den ersten Blick. Mochte sein, dass ich dafür wie Faust mit meiner Seele bezahlen musste – oder zumindest mit dem Teil, der einen befähigte, in der realen Welt sein Glück zu finden. Aber ich war im Rausch der Hormone und mithin unzurechnungsfähig.

Außerdem war ich auf der sicheren Seite: eine Dreierpackung Kondome hatte ich seit meinem ersten Drogeriebesuch in Hamburg immer bei mir. Der grün livrierte Türsteher öffnete uns die Tür, und wir schritten erst durch die luxuriöse Lobby und dann nach rechts zur Bar. Michael schien den Weg zu kennen, aber immerhin begrüßte ihn der Barkeeper nicht mit Namen, ich war also beruhigt.

Wir tranken Champagner. Und nicht die billige Hausmarke.

»Bei Champagner muss es Ruinart sein, einverstanden?«, raunte Michael und fuhr mir zart über die Hand. »Barkeeper, Ruinart Blanc de Blanc.«

Ich wollte mir die Haare aus dem Gesicht streichen, aber dank Wunderfriseuse Chantalle hatte ich ja keinen streichfähigen Pony mehr, sondern nur noch eine Art Bürzel über der Stirn. Und die toupierten Resthaare waren mit Haarspray festbetoniert. »Sie arbeiten also in der Gastronomie«, wiederholte ich, um ein Gespräch in Gang zu bringen und ihn besser kennenzulernen.

»Lassen Sie uns nicht über mich reden. Lassen Sie uns über *uns* reden.« Er streichelte mit seinem Zeigefinger meinen Handrücken.

»Sie erinnern sich also doch an mich?« Er stutzte.

»Wir haben uns vor ein paar Wochen im Zug nach Hamburg gesehen. Sie sind in Mannheim zugestiegen.« Wenn man das laut aussprach, klang es albern. Ich trank mein Glas in einem Zug halb leer. Sollte er meine Albernheiten wenigstens darauf zurückführen, dass ich angetrunken war.

»Ah, mir war doch gleich so, als ob Sie mir bekannt vorkommen, Mara. Das muss ein Wink des Schicksals sein.« Frech gelogen, aber lieb gelogen.

Ich lächelte. Mein Date legte seine Hand auf mein Knie. Wir leerten unsere Gläser. Der Barkeeper fragte, ob er nachschenken dürfe. »Sie dürfen.«

Da nahm Michael abrupt mein Gesicht fest in beide Hände und küsste mich feurig. Mit Zunge – was mir dann doch etwas zu schnell ging.

Andererseits wollte ich doch genau das, oder etwa

nicht? Ich war wie Angelina in *Lara Croft: Tomb Raider* – wollte nehmen, was ich kriegen konnte.

Bis Oberkante Unterlippe vollgepumpt mit Hormonen, brauchte ich jetzt Sex. Aber das *jetzt* kommt dann doch immer ein bisschen zu plötzlich, wie schon der Erste Offizier zum Kapitän der Titanic meinte, als es *rums* machte.

Außerdem stand der Barkeeper nur wenige Schritte neben uns, und der Austausch von Körperflüssigkeiten in der Öffentlichkeit war für mich als Kleinstadtkind dann doch zu großstädtisch.

Ich entzog mich Michael. »Nicht vor ihm«, flüsterte ich. Laut genug, dass der Barkeeper es hörte. Er lächelte unverbindlich und ging zum anderen Ende der Theke.

»Kümmere dich nicht um ihn. Es gibt nur uns, wir sind ganz allein auf der Welt.« Wieder wollte er mich küssen. Seine Lippen spitzten sich ins Leere.

Ich hatte mich ihm entzogen. »Erst wenn wir allein sind«, flüsterte ich.

Michael verwandelte sich in ein einziges, breites Lächeln. »Ich hatte gehofft, dass du das sagst, nein, ich hab's tief in meinem Innern gewusst. Darum habe ich uns vorhin telefonisch ein Zimmer reserviert. Komm, lass uns gehen.« Er winkte den Barkeeper wieder zu uns. »Wir nehmen die Gläser mit aufs Zimmer. Und die Flasche nehmen wir auch gleich noch mit.«

Ein Mann der Tat. Der mit kühnem Federstrich den Champagner aufs Zimmer schreiben ließ. Ich konnte ihm nur staunend und wie im Traum in den rundum verspiegelten Aufzug folgen.

Michael beugte sich vor und knabberte an meinem Ohrläppchen. Ich wusste nicht, wie mir geschah, schien zu schweben. Dieses romantische Ineinandergreifen der Ereignisse kannte ich sonst nur aus Fernsehserien wie *Sex and the City.* So etwas war in meinem Heimatdorf ein völliges Unding. Schon allein deshalb, weil es im einzigen Hotel, dem *Ochsen,* keinen verspiegelten Aufzug gab.

Das Zimmer war ein Traum in Altgelb, mit dicken Vorhängen und Fotos alter Luxusdampfer an den Wänden. Michael stellte die Champagnerflasche und die Gläser auf den kleinen runden Tisch in der Zimmermitte. Dann zog er mich an sich und küsste mich. Okay, vielleicht einen Tick zu feucht, aber ich würde jetzt nicht wie Goswin anfangen und Noten verteilen. Stattdessen erwiderte ich einfach den Kuss.

Schon schob sich sein Bein zwischen meine Schenkel, und er bog mich nach hinten, als wäre er Fred Astaire und ich Ginger Rogers. Seine Lenden pressten sich eng an meinen Hüftknochen, und ich spürte, wie steif er bereits war. Meine Güte, der legte ja ein ordentliches Tempo vor. Und in diesem Tempo ging es dann auch weiter. Ich sah natürlich nicht auf die Uhr, aber ich schätzte, dass wir alles in allem vom Betreten des Zimmers bis zu seinem lautstark hinausgebrüllten Orgasmus nicht länger als zehn Minuten brauchten. Aufgerundet. Hm.

Ich hatte endlich bekommen, was ich mir gewünscht hatte. Sex mit einem anderen Mann als Rüdiger. Wobei der Akt im Großen und Ganzen identisch gewesen war. Nur spuckeintensiver, lauter und hüftenrotierender. Michael war in seiner Jugend Sambatänzer gewesen, wie er mir erzählt hatte.

Aber wie bei Rüdiger war ich nicht zum Orgasmus gekommen, und wie Rüdiger schlief auch Michael sofort ein, nachdem er von mir heruntergerollt war. Unbefriedigt traf es nicht annähernd. Bestimmt lachte sich meine tote Oma ins Fäustchen. Das war die Strafe für mein liederliches Lotterleben.

Dennoch war ich zufrieden, denn es hatte sich etwas für mich sehr Wichtiges gezeigt: Ich konnte es noch!

Sex war wie Fahrradfahren: Wenn man erst mal wieder im Sattel saß, kamen die Fertigkeiten von ganz allein zurück. Wobei man bei Daliegen und Es-geschehen-Lassen nicht wirklich von Fertigkeiten sprechen konnte. Fehlte nur, dass ich die Augen geschlossen und an England gedacht hätte. Nächstes Mal würde ich aktiver ins Geschehen eingreifen.

Dennoch war es enorm beruhigend zu wissen: Liebe machen verlernt man nicht!

* * *

»Housekeeping!«

Ich erwachte aus traumlosem Schlummer. Bevor ich richtig wach war und etwas wie »Jetzt nicht!« rufen konnte, stand das philippinische Zimmermädchen im Zimmer. Sie entschuldigte sich: »Verzeihung, Madame. Ich komme später wieder.« Schon war sie wieder weg.

Weg war auch Michael.

Auf dem Tisch in der Zimmermitte lag ein Zettel. *Wow, was für 'ne Nacht! Musste schon los. xxx*

Ich ließ mich wieder aufs Bett fallen. Mit einem seltsam leeren Gefühl.

Eigentlich war mein Leben mindestens so aufregend wie das von Angelina Jolie. Bevor sie Brad Pitt kennenlernte und sesshaft wurde. Wilde Affären – mehrheitlich ohne beziehungsweise mit unbefriedigendem Vollzug, aber immerhin Affären. Genau das hatte ich mir doch gewünscht. Mann, Villa, Kreuzfahrt. Ich erinnerte mich an das Buch *Bestellungen beim Universum.* Das Universum hatte auf meine Bestellung hin prompt geliefert: sukzessive gleich drei Männer, die Villa in Blankenese, in der ich hatte übernachten dürfen, die Barkasse Lola II, auf der ich Salzluft und Wellen zur Genüge hatte schnuppern können. Vielleicht hatte ich nicht exakt das bekommen, was ich mir gewünscht hatte, aber das war allein mein Fehler. Ich hätte den Bestellschein einfach genauer ausfüllen sollen …

Ich nahm ein ausgiebiges Schaumbad in der Badewanne – der Schaum wurde in einem so noblen Hotel wie dem *Atlantic* natürlich mitgeliefert –, und es war mir vollkommen egal, dass es auf zehn Uhr zuging und ich zu spät in Billes Buchhandlung kommen würde.

Ohne Gummiente war ein Schaumbad eigentlich kein richtiges Schaumbad, aber ich genoss es trotzdem. Ich, Mara Emmerich, lag – frisch begattet! – in einem legendären Grandhotel mit dem Flair von Glamour und Luxus in der Wanne. Wenn die winzige Scheibe über der Wanne nicht aus Milchglas gewesen wäre, hätte ich sogar Blick auf die Außenalster gehabt. Ganz ehrlich, besser konnte es doch gar nicht kommen.

Noch war ja alles offen, was das Happy End betraf. Wie bei den Dreharbeiten zu *Mr & Mrs Smith* – eins führte zum anderen, und am Ende saßen sie mit sechs Kindern in einer Mittelmeervilla …

Wobei die sechs Kinder nicht zwingend zu meiner Vorstellung von einem Happy End gehörten. Ich streifte mein Etuikleid über, wuschelte mir die Frisur in Form, stellte den Bürzel auf und stolzierte wie die Königin von Saba hinaus in den Flur, die Treppe hinunter in einen zweiten Flur, eine weitere Treppe hinunter in die Lobby und über den flauschigen Teppich zur Rezeption. Dort legte ich nonchalant den Zimmerschlüssel auf die Theke, der in seiner Form ein wenig an eine schmale Metallwurst erinnerte.

»Es war sehr schön bei Ihnen, vielen Dank«, sagte ich noch und wollte entschweben.

»Verzeihung, gnädige Frau. Da wäre noch die Rechnung.«

Wie sich herausstellte, war mein ungestümer Galan Michael Matzenroth nicht nur beim Sex in Eile, sondern auch beim Verlassen des Hotels. So sehr, dass er das Bezahlen vergessen hatte. Oder seine Spendierhosen waren in der Reinigung.

Anmerkung am Rande: Eine Nacht zum Normalpreis in einem Standarddoppelzimmer ohne Frühstück und dazu eine Flasche Ruinart kostete exakt halb so viel, wie mir meine Cousine Bille pro Monat in der Buchhandlung bezahlte. Aber hey, das war es mir wert. Das war *ich* mir wert. Ich, die neue, verbesserte, weltgewandte Mara Emmerich. Pleite, aber glücklich.

* * *

»Komm doch mit«, bat Signe. »Du sitzt jetzt schon seit Tagen abends zu Hause herum, das ist nicht gesund.«

Nach der – sehr kurzen – Hochphase war ich wieder in einer Talsohle gelandet. Gleich nachdem ich beim Nachhausekommen von meiner Einmalkiste – in angelsächsischen Ländern auch Walk of Shame genannt – den Namen Michael Matzenroth gegoogelt und nichts gefunden hatte. Gar nichts. Signe hatte mich noch beruhigt, »Hanseaten sind nicht mediengeil, es spricht für ihn, wenn man ihn nicht finden kann«. Aber seine völlige Nicht-

Existenz hatte etwas so Surreales, als hätte es diese Nacht gar nicht gegeben.

»Signe hat recht, gib dir einen Ruck. Außerdem müssen wir dein vierwöchiges WG-Jubiläum feiern«, fand Rasmus.

»Ich habe kein Geld!«, erklärte ich.

»Wir ziehen nur ein wenig um die Häuser. Ich gebe dir ein Bier aus«, bot Jürgen großzügig an. »Und ich eine Currywurst, die beste von Hamburg!«, legte Rasmus noch eins drauf.

»Es ist doch schon spät«, wehrte ich mich noch ein bisschen.

»Morgen ist Sonntag, da können wir ausschlafen«, sagte Signe. »Es regnet auch nicht.«

Wer konnte da schon Nein sagen?

Wennschon, dennschon – trotz schlechter Laune. Ich zog mir meine schwarzen Jeans an, in die ich schon fast wieder hineinpasste, weil meine Kummerpfunde purzelten. Hier in Hamburg hatte ich zwar auch Kummer, aber möglicherweise wirkte die Salzluft abführend auf meinen Organismus. Okay, die Jeans saß noch ein wenig sehr eng, aber ich beschloss, das sexy zu finden – der Presswurstlook. Dazu ein ebenso hautenges Rippenshirt in Schwarz. Ich fand, ich sah aus wie eine Actionheldin. Wie Angelina. Fünf Kleidergrößen dicker, aber genauso taff.

Ich hätte in diesem Moment mal besser an ihren Film

The Tourist denken sollen – es kommt immer anders, als man denkt.

Wir gingen zu Fuß zur Reeperbahn, das war ja das Tolle an unserer WG. Eine unschlagbare Lage. Signe und ich gingen voraus, Jürgen und Rasmus folgten uns wie Bodyguards.

»Schau, das ist die Laeiszhalle. Da habe ich letztens Daniel Hope gehört, begnadeter Geiger … Und das ist das TUI Operettenhaus, da läuft *Sister Act.* Da kann ich bei jedem Song mitsingen, ich war schon fünf Mal drin … Und das ist das St. Pauli Theater, eins der ältesten Theater Deutschlands überhaupt, wo der Tukur sich eingekauft hat. Ulrich Tukur? Sagt dir nichts? Schaust du nie *Tatort?*« So in etwa lauteten Signes Kommentare.

Die Jungs hinter uns beguckten sich die Reeperbahn-Touristen, Rasmus die männlichen, Jürgen die weiblichen. Was man als Hamburger eben so machte, wenn man sich mit Gästen von außerhalb einen Kiezbummel gönnte.

»Da vorn ist es«, rief Rasmus irgendwann von hinten.

»Futter!«, freute sich Jürgen. Vor uns lag ein halbrunder, verglaster Imbissstand namens *Lucullus* mit kultiger Beleuchtung.

»Hier triffst du alle. Sicherheitsleute, Huren, Touris, Einheimische, Promis. Das ist *der* Klassiker unter den Imbissbuden hier in St. Pauli«, erklärte Rasmus.

»Viermal die Currywurst«, rief Jürgen.

»Viermal Currywurst, kommt sofort«, rief es zurück.

Ich schluckte. Und drängte mich an Signe und Rasmus vorbei an die Theke. Die Stimme kam mir doch bekannt vor …

»Michael?«

Rote Locken unter rotem Uniformkäppi, Rolex (Imitat, wie mir jetzt klar wurde) am Handgelenk – ja, das war Michael Matzenroth, mein One-Night-Stand aus dem *Atlantic.* Der Mann, den ich für einen vielreisenden Hotelier mit Häusern in Wien, Weimar und Westerland gehalten hatte. Er war also Currywurstverkäufer, der saisonal an Imbissständen aushalf.

Das Wiedersehen war ihm sichtlich unangenehm, aber dennoch zuckte er mit keiner Wimper. »Hallo, Mara. Willst du deine Currywurst mit Ketchup oder Mayo?«

»Das ist Michael?« Signe setzte ihre Brille auf.

»Wer ist Michael?«, fragten Jürgen und Rasmus unisono.

»Ja, das ist Michael«, bestätigte ich. »Oder heißt du vielleicht gar nicht Michael? Alles andere stimmte ja auch nicht.« Das klang jetzt einen Tick pampig.

»Komm schon, wir hatten doch eine echt tolle Nacht. Mach uns das jetzt nicht kaputt.« Michael – oder wie immer er heißen mochte – zog eine Schnute.

»Wer ist Michael?«, fragte Jürgen neuerlich.

»Wartet ihr bitte draußen?«, bat ich Jürgen und Rasmus, die sicher nicht freiwillig gegangen wären. Doch Signe schob sie raus, und wenn eine Dänin, die in direkter Linie vom Wikingerheld Erich dem Roten abstammte, erst mal schob, dann gab es kein Pardon.

»Ist das so eine Masche von dir? Frauen in ein teures Hotelzimmer locken, sie zu vögeln und dann sang- und klanglos zu verschwinden?« Ich klang immer noch pampig. Ich wollte *ohne zu bezahlen* hinzusetzen, fand das dann aber knickrig.

»Ich bitte dich, ihr wollt es doch so.«

»Wer, ihr?«

»Ihr Literaturhausschnepf... Frauen. Ihr kommt dorthin, um euch einem berühmten Autor vor die Füße zu werfen. Und wenn der euch nicht will, dann nehmt ihr jeden, der zufällig gerade da ist. Das läuft jedes Mal so ab. Nicht, dass ich mich beschweren würde ...«

Durch die offene Tür des *Lucullus* bekamen Jürgen und Rasmus alles haarklein mit. Ihre Augen wurden groß.

»Du hast sie auf dem Geld für das Hotelzimmer und den Champagner sitzenlassen!«, schimpfte Signe.

»Und du hättest ruhig von Anfang an ehrlich zu mir sein können«, schimpfte ich.

»Ihr da, was nölt ihr hier so? Lasst unseren Kleinen in Ruhe!«

Zwei »ortsansässige Gewerbetreibende« stemmten sich die Hände in die Hüften und funkelten Signe und mich finster an.

Ich hasste Szenen. Und dabei hatte ich Szenen von solch einem Ausmaß noch gar nicht erlebt. Der Schleusenwärter meiner Tränendrüsen hob hilflos die Arme. Noch ein Wort, und die Fluten würden sich ergießen.

»Wir nölen hier, weil ›euer Kleiner‹ meine Freundin im *Atlantic* gebumst hat, ohne zu zahlen.«

Das war jetzt etwas missverständlich. »Ich dachte, die paar Kröten machen dir nichts aus. Du hast so reich ausgesehen in dem schicken grünen Fummel«, druckste Michael herum. Das war jetzt eigentlich ein Kompliment. Ich schniefte.

»Zahlst du nun, oder was?«, donnerte Signe. Die Gewächse der Nacht sahen von Signe zu Michael und wieder zurück.

»Ich habe nicht so viel Geld«, räumte Michael ein. »Aber die Currywurst für euch alle geht auf mich.«

Na, wenn das kein Angebot war. Ich heulte los.

»Ist ja gut, was ist er dir schuldig?«, fragte die drallere der beiden Huren und öffnete ihre Handtasche. »Das geht auf uns.«

Die Loyalität der Huren gegenüber ihrem Currywurstmann fand ich unglaublich bewegend. Ich heulte noch heftiger, brachte kein Wort heraus.

»Vierhundert Euro«, sagte Signe an meiner Stelle. Die dralle Nutte hob eine Augenbraue. »Alle Wetter, wofür hältst du dich, für 'ne hochklassige Escortbiene?«

»Da waren Extras mit drin«, erklärte Signe, ohne mit der Wimper zu zucken.

Die Nutte nickte wissend und zahlte.

Was würde Marlene Dietrich tun?

Was sein soll, findet immer einen Weg.

Bengt hatte Bille den Hahn abgedreht, und ich brauchte sofort eine neue Stelle. Job-Hopping, das war mir früher immer als Katastrophe erschienen. Und öfter als einmal pro Jahrzehnt umziehen? Nie und nimmer. Aber *früher* war abgehakt.

In Hamburg konnte ich nicht bleiben. Noch keine sechs Wochen dort, und schon eilte mir mein Ruf wie Donnerhall voraus: Ex-Frauen hielten mich für eine Hardcore-Domina, Nutten hielten mich für eine von ihnen, Greise hielten mich für eine Erotikaspezialistin.

Da empfand ich es als Wink des Schicksals, als der Süße von Rasmus kurz nach der Currywurstbudenepisode mit froher Kunde anrief: »Du, es gibt hier in Flensburg eine total nette Buchhändlerin mit einer echt goldigen Buchhandlung, fußläufig zur Förde. Die sucht gerade händeringend jemanden, der ihr hilft und ein bisschen Ahnung von Büchern hat. Sie kann auch eine möblierte Unterkunft vermitteln, sogar in der Roten Straße, besser geht's hier in Flensburg nicht. Da habe ich sofort an dich gedacht.«

Ich war richtig gerührt.

Gesagt, getan. Wenn man mir in Flensburg eine tolle Stelle als Buchhändlerin anbot, dann griff ich doch zu. Warum nicht Flensburg? Die historische Hafenstadt am Fördebusen, fußläufig nach Dänemark gelegen, Heimat von Beate Uhse und dem Punkte sammelnden Kraftfahrtbundesamt (das hatte ich der städtischen Homepage entnommen und mir noch notiert, dass ich dringend einen eigenen Laptop brauchte, der von Signe würde mir ja bald nicht mehr zur Verfügung stehen).

Wenn man sich dem Schicksal in die Hände gab, dann sorgte es auch für einen. Bei mir in Form von Student Jens. Der mit dem Scherzerpresserfreund. Der kam nämlich aus Flensburg. Eigentlich kam er aus Glücksburg, aber das war von Hamburg aus gesehen ein und dasselbe. Jens hatte nicht vorgehabt, an einem stinknormalen Mittwoch nach Hause zu fahren, aber das schlechte Gewissen plagte ihn immer noch. Wegen besagter Erpressungskiste. Ich würde wie *Der blaue Engel* mit Jens zum Flens fahren. Ein Ausflug!

»Du bringst mich nach Flensburg, trinkst mit alten Kumpels ein paar Flens aus der Bügelflasche, schläfst bei den Eltern deinen Rausch aus und fährst mich am Donnerstag wieder zurück«, erklärte ich ihm. Klare Ansage. Da musste was von der Goswin-Domina in mir zurückgeblieben sein.

Meine Abenteuerlust war ungebrochen. Ich wollte immer noch was Neues erleben. Das Leben ganz neu, ganz frisch spüren. *Mich* neu spüren. Keine der bärbeißig-verbitterten Klimakteriumshexen werden, die mit dem Leben abgeschlossen hatten.

Zumindest jetzt noch nicht. Ich würde meine Tafel ein weiteres Mal sauber wischen und mit der Kreide in der Hand den Fortsetzungsroman, nämlich mein Leben, an einem neuen Ort weiterschreiben. Dieser Gedanke war unglaublich belebend.

Also stieg ich am Mittwoch nach dem Frühstück fröhlich zu Jens in den Mini Cooper, und los ging die wilde Fahrt.

Nur dass sie nicht wild war. Jens fuhr wie ein Tattergreis, hielt sich mit religiösem Eifer an die Geschwindigkeitsbegrenzungen und sämtliche sonstigen Verkehrsregeln. Mir wurde langweilig. Und wenn mir langweilig war, kam ich auf dumme Gedanken. Die sich bekanntermaßen seit meiner Trennung mehrheitlich um Männer drehten.

Kaum hatte ich dank etwas Fortüne, dank einer günstigen Wendung der Schicksalswinde, wieder etwas Oberwasser, musterte ich die Kerle meiner Umgebung auf ihre Tauglichkeit für niedere Gelüste. In meiner Umgebung gab es zu diesem Zeitpunkt nur einen Kerl: Jens. Na ja, kein echter Kerl, aber immerhin ein Mann.

Wiewohl, konnte man ihn bereits als Mann bezeichnen?

Aus den Augenwinkeln betrachtete ich Jens mit seinem flaumigen Kinnbart und dem, ja tatsächlich, Pubertätspickel auf der Stirn. Er musste satte zwanzig Jahre jünger sein als ich. Das käme dann wohl einem Krippenraub gleich. Früher hätte ich über Cougars hämisch gelacht. *Wer's nötig hat,* hätte ich gedacht. Jetzt fand ich die Vorstellung zumindest der Diskussion wert. Es ging ja nicht wirklich um Pädophilie. Der Junge war fünfundzwanzig. Oder vierundzwanzig. Jedenfalls volljährig. Aber machte es das besser? Als er seinen ersten Schrei tätigte, war ich längstens entjungfert worden, hatte meinen Führerschein gemacht und mein Germanistikstudium so gut wie hinter mich gebracht.

Das sind prämenopausale Gedanken, und die verdrängst du jetzt schön, mahnte ich mich. Nur um diesen mahnenden Gedanken gleich wieder zu verwerfen.

Wenn man nach einem Betrogenwerdtrauma seelische Wallungen bekommt, daraufhin spontan in der süddeutschen Provinz alles hinwirft und beschließt, unter dem Motto *Jetzt oder nie!* in Hamburg völlig neu anzufangen, dann böte es sich eigentlich an, das weitere Leben detailliert zu planen. Aber geplant hatte ich in meinem Leben genug. Ich wollte alles, wirklich alles anders machen. Ungeplant einfach drauflos. Und immer von allem nur das Beste. Kalb war einfach zarter als Ochse. Und überhaupt, Rüdiger hatte sich ja auch ein Baby gekrallt. Wieso sollten mir diese Freuden versagt bleiben? Durften nur Männer sich mit jungem Gemüse umgeben? Es war ja auch erzieherisch wertvoll – womöglich, nein, ganz sicher konnte ich Jens noch etwas beibringen. Und er wäre für mich wie ein Jungbrunnen. Beide Seiten profitierten davon.

Wieder ein Blick aus den Augenwinkeln zur Fahrerseite. Baby Jens trug Jeans, ein Polohemd und, wie gesagt, einen Kinnbart. Mit Oberlippenschnauzer. Ein sehr gepflegter Bart im Kunstschnitt. Erinnerte an einen spanischen Granden. Einen sehr jungen spanischen Granden. Aber ich mochte keine Bärte, reagierte sogar allergisch darauf. Bärte waren eklig. Voller Essensreste. Zecken und Milben und anderes Kleingetier hausten darin. Ich mochte Bärte wirklich nicht. Nicht mal den vom Weihnachtsmann. Er musste definitiv ab, bevor ich ihn küsste. Andererseits, ohne Bart würde er ja noch jünger aussehen. Kein Kneipenwirt der Welt würde ihm dann noch abnehmen, dass er alt genug war, auch nur ein Alsterwasser zu bestellen. Wie sollten wir zusammen was trinken gehen? Dann musste der Bart wohl doch bleiben. Ich seufzte.

»Alles okay bei dir?«, fragte Jens und stierte auf den Asphalt, als ob sich auf der A7 jede Sekunde ein Abgrund auftun könnte, in den der Mini hineinstürzen würde, wenn er auch nur einen Moment den Blick von der Straße abwandte.

Wie süß, er sorgte sich um das Wohlbefinden seiner Beifahrerin. Er war wirklich zum Anbeißen. Aber zubeißen wollte ich nicht, wiewohl mein Mund in den Softsketchbildern vor meinem inneren Auge durchaus eine Rolle spielte. Zusammen mit Weichteilen seiner Anatomie. Die in meiner Vorstellung allerdings nicht mehr weich waren.

»Ich rede nicht so gern beim Fahren, da konzentriere ich mich lieber auf die Straße. Ist das für dich okay?«, sagte er, während uns ein Schulbus überholte. Auch ein Siebenjähriger auf einem Roller hätte uns überholen können.

Ich nickte nur. Er musste auch nicht reden. Dann konnte ich ihn umso ungestörter vor meinem inneren Auge ausziehen und Dinge mit ihm anstellen. Wilde Dinge, wie ich sie noch nie getan hatte. Hätte da vorher mehr recherchieren sollen. Spontan fiel mir nichts Wildes ein. Also nur Perverses, an das ich seit Jürgens *Hottehü* und Goswins Peitschenspielen schon viel zu oft gedacht hatte, vielen Dank auch, und das ich nicht wieder tun wollte. Auch nicht in meinem neuen Leben. Bäh. Dazwischen musste es doch etwas geben. Nur was?

»Ich könnt schon, du auch?«

Was? »Was?«

»Ich könnt hier schon eine kurze Pinkelpause einlegen. Ist das für dich okay?«

»Klar, ich hab's nicht eilig. Die Buchhändlerin meinte, sie sei den ganzen Tag im Laden, ich solle einfach vorbeikommen.«

»Dann fahr ich mal da vorn an die Tanke.«

Wie süß, eine Pennälerblase. Wir waren noch keine dreißig Kilometer gefahren.

»Ich warte im Auto«, sagte ich und schaute seinem knackigen Hintern nach. Mein Gott, ich wurde alt und schmierig. Rasch senkte ich den Blick auf meine Oberschenkel. Ein Fehler. Die Cellulite konnte ich durch den Jeansstoff natürlich nicht sehen, aber ich wusste, dass sie da war. Dellig. Hässlich. Selbst wenn Jens spontan seine Vorliebe für ältere Frauen entdeckte, war Sex unmöglich. Nicht am Tag. Nicht bei Licht. Nicht mit Anfassen. Was ich brauchte, war ein Vampir, der sowieso nur nachts zugange war und bei dem ich vorher die Kerzen ausblasen konnte. Und der Handschuhe trug. *Geht's noch,* hörte ich meine innere Alice Schwarzer schimpfen, *hat dich die Hochglanzmedienmafia gehirngewaschen? Beim Sex geht es um Leidenschaft, Zärtlichkeit, Fühlen, Schmecken, Tun – nicht darum, wie sehr man einem Klon von Heidi Klum gleicht. Makellosigkeit ist langweilig. Es lebe Wabi Sabi!* (Nein, nicht der grüne japanische Meerrettich, den es zum Sushi gibt, der heißt Wasabi – sondern das japanische Ideal der unvollkommenen Schönheit ...)

Kurz darauf kam Jens zurück.

Bevor er die Straße zwischen Pinkelhaus und Auto überquerte, schaute er brav nach links, dann nach rechts, wiewohl von dort nur ein verrückter Verkehrsrowdy hätte kommen können, dann wieder nach links, und dann ging er los.

Ich seufzte. Nein, es war hoffnungslos. Ich sah in ihm nur den kleinen Buben, den man an die Hand nehmen wollte, um ihm ein Eis zu spendieren.

Noch mal seufzend hakte ich diesen Gedanken ab.

* * *

Wir erreichten Flensburg fünf Pinkelpausen später. Jens hielt vor dem berühmten Nordertor, das jedoch viel kleiner war, als ich gedacht hätte. Quasi nur unwesentlich größer als auf der Briefmarke mit dem Flensburger Wahrzeichen.

»Immer da lang«, sagte Jens, zeigte eine lange, gerade Straße entlang und fuhr dann weiter zu seiner Mutter, die vermutlich jünger war als ich. Kurz schämte ich mich für meine Begehrlichkeiten, aber immerhin war das Thema Jungmänner für mich nunmehr abgehakt.

Überhaupt sollte ich mich jetzt erst mal auf die Arbeit konzentrieren. Ich strich mein Strickkleid glatt, schulterte meine Reisetasche und holte tief Luft. Na schön, mutig voran, dachte ich und stiefelte los.

Die sich scheinbar endlos ziehende, gepflasterte Einkaufsstraße musste die Multikultimeile von Flensburg sein: dänische Bücher, asiatisches Essen, italienisches Eis, afrikanische Kunst, ein Tattooshop und – Tusch! – *Lene Laurits Bücher und mehr.*

Jede andere hätte vielleicht einen Moment verweilt, die

Fassade des schmalen weißen, zweistöckigen Häuschens in sich aufgenommen, das Schaufenster begutachtet, die Atmosphäre aufgesaugt. Nicht so ich. Forsch öffnete ich die Tür und rief, wie man das im Norden – egal zu welcher Uhrzeit – so machte: »Moin!« Und … erstarrte. Der Laden war leer. Die Regale an den Wänden: leer. Die Lampe an der Decke: eine nackte, baumelnde Glühbirne. Ich musste im falschen Laden sein. Oder – Moment – schlimmer noch, *Lene Laurits Bücher und mehr* war über Nacht insolvent geworden. Ich hatte die Reise völlig umsonst angetreten!

»Hallo?«, wisperte ich.

»Moin, du musst Mara sein.« Eine sehr große, sehr schlanke blonde Frau Ende dreißig kam mit ausgestreckter Hand die Wendeltreppe im hinteren Ladenteil herunter und trat auf mich zu. »Freut mich sehr. Tee?«

»Äh …«

»Ich kann dir einen schönen Assam mit einem Klecks Sahne anbieten.«

Lene goss aus einer angeschlagenen Kanne in zwei blaugepunktete Becher ein.

»Dir hat's wohl die Sprache verschlagen«, sagte sie, als sie mir den Becher reichte, den ich – heiß! – im nächstbesten leeren Regal wieder abstellte.

»Hat dir der Freund von Timm nicht erzählt, dass ich den Laden erst zum nächsten Ersten öffnen werde?«

»Timm?«

Wie sich herausstellte, war Timm der Süße von Rasmus. Ich hatte nie nach seinem Namen gefragt.

Lene setzte sich auf einen Umzugskarton, schlug die langen Beine übereinander und strich sich eine blonde Strähne aus dem aristokratischen Gesicht. Ich konnte hier unmöglich arbeiten. Ich würde jeden Tag neidischer auf dieses äußerlich perfekte Geschöpf mit den strahlend grünen Augen werden, bis ich binnen Monatsfrist platzte. Oder so grün vor Neid war, dass man mich für den weiblichen Hulk hielt.

»Ich komme eigentlich aus Bremen. Eine eigene Buchhandlung war immer schon mein Traum. Immer. Und hier in Flensburg hat sich jetzt eine Chance ergeben. Eine Freundin von mir hat einen Kosmetiksalon in der Roten Straße, da habe ich eine Drei-Zimmer-Wohnung gemietet. Du könntest im Gästezimmer wohnen, bis du was Eigenes gefunden hast. Und im Laden das Übliche: Sobald wir ihn fertig eingerichtet haben, wechseln wir uns ab. In Stoßzeiten, die's hoffentlich bald gibt, schieben wir gemeinsam Dienst. Groß abräumen werden wir hier nicht, aber die Lage ist günstig. Touristen, die von der Innenstadt zum Nordertor laufen, kommen unweigerlich bei uns vorbei. Ich dachte mir, wir locken sie sirenengleich zu uns herein, und keiner verlässt die Buchhandlung, ohne nicht mindestens ein Buch in der Hand zu haben. Und sind die Leute nicht willig, so brauchen wir Gewalt.« Sie grinste. Unwiderstehlich gut gelaunt.

Das war ansteckend.

»Ich mag dich«, sagte sie plötzlich. »So was weiß ich immer schon in den ersten fünfzehn Sekunden. Du bist mir sympathisch. Ich kann mir sehr gut vorstellen, dass wir es miteinander aushalten. Wie sieht's bei dir aus? Möchtest du bei mir arbeiten?«

»Wie wirst du die Bücher in die Regale stellen?«, fragte ich.

Die Gretchenfrage.

Das erwischte Lene eiskalt. »Wie bitte?«

Auf der Fensterbank lagen drei Bücher. Ein Branchenbuch von Flensburg, ein Opernführer und die gebundene Ausgabe einer Biografie von Agatha Christie. Ich drückte Lene die Bücher in die Hand und fragte erneut: »Wenn du diese Bücher jetzt da drüben ins Regal räumen würdest. Wie würdest du das tun?«

Lene legte den Kopf in den Nacken und grinste. »Also, ich verstehe nicht ganz, worum es hier geht, aber ich spüre irgendwie, dass es dir wichtig ist.«

Ich nickte heftig.

»Es ist gewissermaßen die alles entscheidende Frage.«

Lene stand auf und ordnete Telefonbuch, Einkaufsführer und Biografie ins nächstbeste Regal. Alle nach links ausgerichtet, damit man als Kunde den Kopf nur in eine Richtung schräg legen musste. Obwohl der Einkaufsführer, wenn man ihn nun herauszog, auf dem Kopf stand.

»Bestanden?«, wollte Lene wissen.

»Bestanden!« Ich atmete erleichtert aus. Hier war ich richtig. Eine Frau nach meinem Geschmack. »Wann kann ich anfangen?«

»Morgen!« Lene breitete beide Arme aus. »Du siehst ja, was hier noch alles zu tun ist. Und dabei ist der Ladenraum schon fertig, warte, bis du das Büro im ersten Stock siehst: Das muss noch gestrichen werden. Ich dachte an Zitronenfaltergelb. Oder Laubfroschgrün. Im Ernst, je eher du anfangen kannst, desto besser.«

»Das wird in der ersten Zeit finanziell sicher knapp, bis der Laden mal richtig läuft«, meinte ich ohne falsche Scheu. Es ging ums Überleben, da musste man Tacheles reden. »Wie willst du das durchhalten? Wovon willst du mich bezahlen? Hast du finanzielle Puffer? Oder schießt dir dein Mann Geld zu? Und wenn ja, hast du eine Affäre mit dem Dönerimbissbetreiber von gegenüber?« Lene lachte.

»Du bist unglaublich. Ich muss nicht alles verstehen, was du so von dir gibst, oder? Also erstens, gegenüber gibt es nur den süßen Timm mit seinem Spezialgeschäft für Rum und alles rund um Rum. Den Timm könntest du mir auf den Bauch schnallen, da würde nichts passieren. Also keine Affäre. Zweitens bin ich nicht verheiratet. Überhaupt gibt es gerade keinen Mann am Horizont. Und drittens habe ich geerbt. Bei vorsichtiger Kalkulation kann ich auf jeden Fall fünf Jahre durchhalten. Und wenn ich es nach fünf Jahren mit der Buchhandlung nicht geschafft habe, dann ist ohnehin Hopfen und Malz verloren, und ich häng mich auf. Oder heuere als Ulknudel auf einem Kreuzfahrtschiff an.«

Fünf Jahre, so weit plante ich nicht im Voraus. Fünf Monate hätten mir schon gereicht.

»Okay«, sagte ich.

»Okay was?«, fragte Lene.

»Ich bin dabei.«

»Yippie!« Sie sprang auf und umarmte mich. »Wann kannst du anfangen?« Ich sah auf die Uhr. »Mal überlegen. Heute ist Mittwoch. Es ist vierzehn Uhr. Wie wäre es mit morgen Mittag?«

»Echt?«

»Echt!«

* * *

Gott, was für ein tolles Gefühl!

Noch vor kurzem war ich ein Spielball des Schicksals gewesen, jetzt nahm ich mein Schicksal selbst in die Hand. Bille würde mich nicht vermissen. Nicht schmerzlich jedenfalls. Wenn sie ihre Ehe nicht doch noch in letzter Sekunde retten konnte, würde Bille stattdessen Döner verkaufen müssen. Und genau danach sah es leider aus.

Meine WGler würde ich vermissen. An Jürgen, Rasmus und Signe hatte ich mich in den letzten sechs Wochen gewöhnt. Aber Hamburg war ja nicht aus der Welt.

Zwei Stunden mit dem Zug. Den ich nach dem Handschlag, den ich Lene im Laden gegeben hatte, auch nehmen musste, um nach Hamburg zurückzukommen, zu packen und am nächsten Morgen wieder nach Flensburg zu fahren.

Jens konnte ich nicht erreichen. Ich hatte vergessen, mir seine Handynummer geben zu lassen. Und als ich im Glücksburger Telefonbuch seinen Nachnamen suchte – Hansen –, gab es über dreißig Einträge. Also entschied ich mich für den Zug. Ich war jetzt eine Frau spontaner Entscheidungen!

»Hamburg hin und zurück, bitte«, sagte ich am Schalter. »Heute hin, morgen zurück.«

Morgen, wenn ich um 11.23 Uhr aus dem Eurocity stieg, fing in Flensburg mein neues Leben an. Ich spürte den mittlerweile vertrauten Adrenalinrausch, der sich einstellte, wenn ich etwas Neues anfing. Möglicherweise war ich süchtig nach diesem Rausch. Wer konnte schon sagen, ob ich nicht in ein paar Monaten wieder etwas völlig anderes machte, an einem völlig neuen Ort. Ich jedenfalls vermochte das nicht zu sagen. Und fühlte mich sauwohl mit dieser Unsicherheit.

An dem leicht verratzten Flensburger Bahnsteig musste ich nicht lange auf den Zug nach Hamburg warten. An diesem Mittwochnachmittag stiegen nicht viele in Flensburg ein. Ich hatte ein Abteil für mich und Zeit, mir vorzustellen, wie ich in dem froschgrün-zitronengelben Büro von Lenes Buchhandlung den Schreibkram erledigte. Abends, nach getaner Arbeit, ginge ich dann in die Rote Straße, um in meiner kleinen Dachkemenate rote Grütze zu essen. Ja, mein neuer Lebensabschnitt lag rosarot vor mir.

»Ihnen geht's gut, stimmt's?«, fragte der Schaffner bei der Fahrkartenkontrolle.

»Mehr als gut!«

Mein beseeltes Vorfreudelächeln gefror allerdings über dem Nord-Ostsee-Kanal. Ich war nicht wirklich höhenangstfrei, und der Zug fuhr in schwindelerregender Höhe übers Wasser. Auf einer Eisenbrücke, die verdammt rostig wirkte. Ich konnte unmöglich einfach in meinem Abteil sitzen bleiben und mit fest zugekniffenen Augen darauf warten, dass ich Metall quietschen hörte und dann zweihundert Meter in die Tiefe in mein nasses Grab stürzte.

Ich trat auf den Flur und tigerte durch den Zug. Ein klitzekleines bisschen hoffte ich auf einen Klon von Frau Knesebeck. Auf eine weise Alte, die mir mit ihren Sprüchen gewissermaßen aufs Pferd half. Ich war wieder an einem Scheidepunkt angelangt. Wie würden die Knesebeck'schen Weisheiten jetzt lauten?

Damals, als ich in Stuttgart in den ICE stieg und neben der alten Frau ins olfaktorische Koma fiel, hatte sie mir klarmachen wollen, wie gut es das Schicksal mit uns allen meinte. Auch mit mir. Dass es keine blöden Zufälle gab, sondern Chancen und Möglichkeiten. Ihrer Meinung nach konnte man durchaus von einem spannenden Highlight zum nächsten übergehen, ohne dazwischen in einen Abgrund aus Verzweiflung zu stürzen.

Ich musste zwar noch lernen, die Abgründe wegzulassen, aber die Highlight-Theorie hatte ich mir schon zu eigen gemacht. Klar, es blieben viele lose Enden. So war das Leben. Aber wenn man unablässig weiterknüpfte, wurde am Ende dennoch ein fulminanter Wandteppich daraus.

Wenn ich der Knesebeck jetzt von meiner ganz persönlichen *Pleiten, Pech und Pannen*-Show erzählte, würde sie dann trotzdem noch sagen, dass alles gut sei?

Ich hatte immer noch keinen stringenten Lebensplan, wollte einfach weiter in meiner Nussschale auf dem Strom des Lebens treiben und mich überraschen lassen, was alles auf mich wartete – Stromschnellen, Wasserfälle, Seeungeheuer, Meerjungfrauen, Piratenkapitäne, Südseeinseln … das volle Programm eben.

Auf meinem Weg durch den Zug sah ich in jedes Abteil und lächelte diversen Pendlern, einer stillenden Mutter und den unvermeidbaren Rucksacktouristen zu. Und entdeckte im Erste-Klasse-Waggon eine mir bekannte Nase.

Eine edle Nase, über einem dunklen Rollkragenpullover und dunklen Cordsamthosen. Eine Prominase. Helge. Helge Harenfleth!

Mir wurde erst heiß, dann kalt, dann stockte mir der Atem, und ich bekam Gänsehaut. Ganz automatisch drückte ich mich zur Seite und zwang mich, unsichtbar zu werden. Nach kurzer Hechelatmung fuhr ich vorsichtig wie eine Schildkröte meinen Teleskophals aus, um einen Blick auf ihn zu erhaschen.

Harenfleth saß hochkonzentriert über einem Manuskript und notierte, trotz Zuggewackel, fein säuberlich handschriftliche Änderungen auf das Papier. So typisch für ihn, keinen Laptop zu benutzen, geschweige denn ein iPad. Ob ich ihn ansprechen sollte? Nein! Oder doch?

Schätzungsweise war ich die 693ste Frau, die er ins *The Greek* mitgenommen hatte. Sehr vorsichtig geschätzt. Ich war die Verschmähte, die ihrerseits nichts weiter hatte verschmähen können als die Tasse Earl Grey seiner Haushälterin. Die arme Frau hatte es nur gut gemeint.

Andererseits war es albern, so zu tun, als kenne man sich nicht. Vielleicht hatte Harenfleth nur einen schlechten Abend gehabt. Vielleicht war 693 seine Glückszahl, und dabei wollte er es von nun an bewenden lassen? Hatte Warren Beatty ja auch so gehalten. Alles war möglich.

Nein, Lene hatte vollkommen recht: Die ersten fünfzehn Sekunden des physischen Aufeinandertreffens entschieden alles – man wusste, ob man sich sympathisch war, man spürte, ob es prickelte. Funkte es nicht in diesen fünfzehn Sekunden, dann funkte es auch nicht, wenn man Wochen später in einem Zugabteil wieder aufeinandertraf. Von wegen *tausendmal berührt.* Mein früheres Ich hätte auf ein Hollywoodwunder gehofft, doch die neue Mara stand mit beiden Beinen im Leben und wusste:

Prickel ist entweder da oder nicht, man kann ihn einem Unwilligen nicht mit aufgezwungener Mund-zu-Mund-Beatmung einhauchen. Genau. So war es. Basta!

Ich löste mich von der Abteilwand, mit der ich förmlich eins geworden war, und strich mir das Strickkleid glatt, atmete ein paarmal tief durch und … betrat Helges Abteil.

»Helge, was für ein netter Zufall. Schön, dich wiederzusehen. Hast du ein paar Tage in Dänemark ausgespannt? Gut schaust du aus.«

Er legte das Manuskript beiseite, stand auf und wusste tatsächlich noch meinen Namen.

»Mara!«, rief er und sah aus, als ob er sich freue.

Was würde Mara Emmerich tun?

Eins steht fest: In dem Bruchteil der Sekunde, bevor ich an meinem 110. Geburtstag von der Bühne des Lebens abtreten werde – ganz klar, in einem Haute-Couture-Nachthemd aus Seide, mit Tahiti-Perlen um den Hals, fetten Brillanten an den Fingern und in den Armen meines jungen vierten Ehemannes –, in diesem Bruchteil einer Sekunde, in dem ich meinen letzten Atemzug tue, werde ich auf mein Leben zurückschauen und denken: *Wow, was für eine Sause!* Das jedenfalls schwöre ich bei allem, was mir heilig ist.

In Hamburg hat mein Leben nicht neu angefangen, es wurde nur eine neue Seite aufgeschlagen. Besser gesagt, Hamburg hat mir die Augen für den Ozean des Lebens geöffnet, der vor mir liegt. Was ich dort gelernt habe, ist unbezahlbar: Ausnahmslos alles lohnt sich. Und jeder Mann war ein Treffer, selbst die Nieten. Weil man im wirklichen Leben auch dann trifft, wenn man danebenschießt.

Wir alle sind auf unsere Weise verrückt. Man kann's gar

nicht vergeigen. Und so etwas wie ein banales Leben gibt es nicht, wenn man immer neugierig bleibt.

* * *

»Pass gut auf dich auf«, sagte Signe beim Abschied zu mir und schenkte mir ein Kochbuch mit dem Titel *1001 leckere Fischrezepte.*

»Ich werde dich ganz oft besuchen kommen«, versprach Jürgen und hatte doch tatsächlich eine Träne im Augenwinkel. »Ach ja, du hast mein *Ragnarök* bei dir auf dem Zimmer vergessen. Gut, dass ich noch mal nachgeschaut habe.« Er drückte mir sein Machwerk in die Hand.

Rasmus blieb ungerührt. »Wir sehen uns ja alle vierzehn Tage, wenn ich meinen Süßen besuche. Du musst seine Rumkugeln probieren, ein-fach gött-lich!

Und dann hatten mein Koffer und ich Hamburg verlassen. Auf zu neuen Ufern. Auf nach Flensburg!

* * *

Mann, Villa, Kreuzfahrt – alles noch unerfüllt. Aber vielleicht will ich meine Wünsche gar nicht erfüllt sehen. Zumindest noch nicht. Wie sagte schon Marie von Ebner-Eschenbach: *Am Ziele deiner Wünsche wirst du eines vermissen – das Wandern zum Ziel.*

Der Weg ist das Ziel. Oder wie Cervantes es formulierte: *Reisen ist heiliger als Ankommen.*

Jetzt erst begreife ich allmählich, was das heißen soll. Ich bin gern unterwegs. Habe ein freies und leichtes Leben – immer so, wie es sich gerade ergibt. Und ich kann ruhig noch eine Weile so weitermachen wie bisher – als Buchhandlungsaushilfe, als Untermieterin im Gästezimmer, als lustvolle Frau mit wechselnden Lovern. Kurz, als sich immer wieder neu erfindende Frau, die sich vor kurzem von einer Transe namens Chantalle die Haare platinblond hat färben und einen Bürzel schneiden lassen, die am liebsten Champagner trinkt und sich immer wieder neu verliebt. So, wie es ist, ist es gut.

Lebe

Liebe

Lache

PS: *Die 48 ultimativen Dinge,*
die du getan haben solltest,
bevor du 48 bist,
finden sich auf der Homepage der Autorin …

Mein Dank gilt meinem Lieblingsitaliener in Hamburg, der Osteria Due, *und den wunderbearen Hanseaten, für die ich Äquatorialgewächs sukzessive freiwillig zum Nordlicht wurde, nicht zuletzt dem kompletten Krimistammtisch, Tannimaus und der Champagnerbande.*